まほり　下

高田大介

角川文庫
22994

目次

第十二章　古文書

裕《ゆう》はその後も古賀《こが》から出してもらった書誌目録を片手に歴史民俗資料館の資料室と県立文書館の写真版マイクロ版資料リファレンスを往復しては、慣れない古文書の解読に専心していた。マイクロフィルム閲覧コンソールの使い方も、資料探索の手続きもそうとう堂に入ってきて、民俗誌を訪ね郷土史に分け入る作業の難しさと面白さが少しずつ判ってきた。

どうしても解読が敵《かな》わない時には、町立図書館分館に香織《かおり》を訪ね、字の読みと解釈に力を借りた。重たい資料のコピーを紙袋に提げて閉館間際に立ち寄ると、業務に勤《いそ》しんでいた香織の顔がぱっと明るくなって裕を迎える。いまでは、香織に聞きに行かなければならないような難所を見つけると、それが面倒なことどころか有り難いことのように思えてくるようになっていた。

こうして歴史資料の本文《ほんもん》に分け入っていると、朝倉《あさくら》のように大胆に史料を批判して紙背に歴史の真実を読み込むことも、古賀のように史料の存在そのものを重要視して歴史解釈に対しては中立を守ることも、各々の価値観とその有効範囲とが摑《つか》めてきたように思える。それらは遠い過去にあった人の営為に切り込んでいくための車の両輪であり、どちらを欠いても歴史の姿は歪み、恣意《しい》的なものになっていく。

差し当たり裕の関心は琴平《ことひら》、毛利《もうり》の由緒由来だったが、長谷川淳《はせがわじゅん》が追いかけている少女をめぐって、毛利宮に特別な神事が保存されているとすればそれがどんなものであったかという懸案が加わった。冗談めかして「竜神に捧げる贄《にえ》」などという話まで香織とはしていたが、毛利宮に由来し、琴平宮が保存しているという巫女神楽《みこかぐら》の演目などに見るように、その神事はすでに高度に様式化し、儀礼化しているはずだった。つまり巣守《うろもり》郷《ごう》集落住人の人当たりの悪い挙措《きょそ》を見誤って、彼らがとんでもない「田舎者」で、迷信を信じ込んでいるとか、物狂いの巫女の口寄せを信じているとか、彼らの習俗を矮小化して捉えてしまってはこちらの目が曇る。人身御供《ひとみごくう》の習俗を残存してしまっては本質を見失う。彼らとても、そんな迷信がかりではなく、習俗の保存と迷信の内容との間に、何らかの合理的な関係を見ているはずだと裕は考えていた。現世的な意味があるはずだ。神話や教義は、夢物語でも戯言《たわごと》でもない。何らかの形で現実ときれいに接続しているものなのだ。そこに言及している史料があれば巣守郷で何が起こっているのかを、何が起こってきたのかを知りうる縁《よすが》が、糸口が見つかるだろう……

古文書原本の写真版資料を参考にしながら、裕はすでに校訂が施され釈文が確定されて活字になっているものを中心に地域寺社の由緒と相互関係を表にまとめていった。琴平も毛利も、その起源が中古中世にまで遡行《そこう》する節はなさそうだったし、地域の入植と村落の成立そのものがせいぜい近世初期にしか遡《さかのぼ》らない。したがって近世古文書を丁寧に掘り起こして寺社の系統図を作っていけば欠落はあれども大きな構図は描いていけそうな雰囲気だった。

垂迹習合《すいじゃく》、分霊移築と、寺社の集合離散を縦軸に整理していくと、なるほど古賀にアドバイスされた通り、大概は飢餓と藩政改革が横軸となって系統図を横切っていく。民《たみ》草《くさ》の死活が大きな影響を被《こうむ》る大災害、凶饉《きょうきん》が出で来れば、寺社はいずれ人心の動揺に応えて精神的な手当てを施さなければならない、もとよりそれが存在意義である。時には救恤《きゅうじゅっ》救済の基地となり、時には相続く不幸に疲弊した人心を慰労して、時にはさらなる災いを封じ込めるべく魂鎮《たましず》める。年表を太い線で横切っていくような大飢饉があれば、必ずいずれかの寺社が動きを見せていたことが古文書の片言隻句《へんげんせっく》からも拾い上げられる。

そして琴平、毛利二宮の名も、膨大な文書に埋もれながら、やはり確かに史料の中に刻まれていたのだった。ただし、そこには必ずと言って良いほど、裕には判らぬ奇妙な符丁《ふちょう》が伴われていた。

「あの……古賀さん、ちょっといいでしょうか」

「ああ、いいですよ、何ですか。こっちはご覧の通りの閑職ですからお気になさらず」

閑職と言ったのは謙遜だろう。古賀は今も事務机に資料の写しを山と積み上げて、なにやらデータベースに入力を続けていた。資料館に出入りを許されてから、ずっと裕は資料室に放置されていたのはまず有り難かったし、それでいて質問があれば古賀は資料に則した事ならなんでもたちどころに答えてくれる。

「ここのところがちょっと判らないんですよ」

「今日は先生がおられないから」と古賀は含み笑いである。古賀が先生と言ったのは香織のことで、じっさい古文書の文字を特定するということがこれほど練熟の必要な技術だとは知らなかった。解読、翻刻《ほんこく》というのは復元する釈文の表現に予《あらかじ》めあたりがついていなければなかなか難しいものだ。

「『毛野誌《けのし》』っていう文献なんですが」

「笈川昭憲《おいかわあきのり》ですか、知らないな。文化《ぶんか》乙亥《きのとい》十二年（1815）と」

「琴平神社について言及のある、今のところ一番古い証言なんですが……」

「文化年間ですか、これは新しいでしょ。もう少し古いものもあるんじゃないですか」

「笈川の筆が文化年間だということで、中身は寛永《かんえい》（1624－1645）に遡ることがらに言及しているんです」

「ああ、それで。で、ご質問は——」

……空抜洞所呼ハ洞ニ而育難籠空抜謂也、濫觴寛永癸未年神主琴平紀伊守記ニ、

飢饉殊深甚各戸牢籠之事有、雖糸惜據所無一宇一子空抜弔慰セル傍例也、云々

（笈川昭憲　文化乙亥十二年（1815）『毛野誌』）

「この『空抜』なんですが……どう読むのか。後段にも『一宇一子空抜』ともありますが」

「これはね『うろぬき』ですね。ほかにも『おろぬぎ』、『おりぬき』とか訓じた例《ためし》もあるかな。でもみんな同じことです、うろは隙間っていうこと。隙間を空ける」

「隙間ですか？　それはまたどういう……」

「もとは農作物のことでしょ。芽を間引いてスペースを確保するっていうことですよ。この文脈……ではもちろん作物のことを言っているんじゃない。これは子間引きの話ですね。地方にも依《よ》りますが、うろぬき、おろぬぎ、おりぬき……いずれも間引きのことです」

「子間引き……」

「由来は寛永の飢饉ですね。勝山《かつやま》さんはどうお読みになりました？」

「うろぬき……うろぬきですか。読んでみます。『空抜洞《うろぬきだう》と呼びたるハ洞《ほら》ニ而《テ》育て難きを籠《こ》め空抜《うろぬ》く謂也《いひなり》、濫觴《らんしやう》寛永　癸　未《みづのとひつじ》　年神主琴平紀《ことひらき》伊守《いもり》記すニ』ですか」

「濫觴はことの起こりということね」

「はい。『飢饉《けがじ》殊に深甚《はなはだし》く各戸牢籠《ろうろう》之事有りて、糸惜《いとほし》かれども據所《よんどころ》無く』……次が――」

『一宇《いちう》一子《いっし》』ですね、『一宇一子、空抜《うろぬき》て弔慰《てうゐ》セル傍例《ぼうれい》也。云々《うんぬん》』と。宇は屋根のことです、ここでは家のこと。可哀想なのはやまやまだがどうしようもないので一戸あたり一子を間引いて供養した先例である、と言っているわけですね」

「育て難きを籠め……」

「洞穴に育てられない子を捨てに行ったと」

裕の背筋に戦慄が走っていた。

「古賀さん、これが琴平宮の神主の記録だというんですが……」

「琴平紀伊守ですか、こっちは残ってない？」

「ないですね」

「じゃあ孫引きしか伝存しないということですね。それは仕様がない」

「古賀さん、この空抜の洞《ほら》ってどこにあったんでしょう？」

「どこにって……特定のものじゃないかもしれませんよ。勝山さんがお調べになってるのは御巣鷹《おすたか》の禁域でしょう？　あの辺はほら、なんて言うんですか、地盤が溶岩の……」

「溶結凝灰岩《ぎょうかいがん》ですか、或いは流出した火砕流溶岩地形とか……」

「溶岩地形って言うんですか、洞穴《どうけつ》がたくさんあるでしょう」

「溶岩洞穴《どうけつ》……」

「そっちの用語は知りませんが、洞穴《ほらあな》はたくさんあるから、そのことを一般的に言ってるんじゃないですかね」

「そんなにたくさんあったんですか？　その……この空抜洞《うろぬきどう》っていうのが」

「具体的には知りませんが、子間引きは横行していたはずですから。特に飢饉の度にね」

「この地域で、ですか」

「いやもう全国的に。むろん上州《じょうしゅう》も例に洩れません」

「空抜洞に捨ててくるというのも普通のことだったんでしょうかね」

「それはどうかな。もっと漠然と山に埋めてくるとか、そういうことを指して空抜の洞といったものかもしれない。一種の忌み言葉かもしれませんよね。実際、間引き、うろぬきと言っているのだってすでに、苗に言寄《ことよ》せて直接的な表現を避けたものでしょうし」

「『子殺し』とは言いづらいということですか」

「こうした習俗は明治期までまだ残存してますから……ことによると戦前まで。かならず何らかの言い換えをするものですよ。民俗語彙集成なんかに項《こう》立てになっているはずです」

「たとえば『口減らし』とか……」

「それなんかまだ直接的な部類じゃないですか、もっと誤魔化しますよ。『山芋《やまいも》掘り』とかね。河畔なら『杜父魚《かじか》掬《すく》い』とか『蟹《かに》取り』に行くなんて言うんですよ。これは文字通り『子を流す』ということを言い換えているんでしょう」

「山に入るなら『山芋掘り』ですか……怖いですね」

「もっと抽象的な言い方だと、普通には戻す、返す、潰すとか……」

『戻す』は『遠野物語《とおの》』で読んだかな……『子を汲む』とも言いますよね」

「それは堕胎でしょうかね。取りあげ婆のいう言い方でしょ。近畿、四国、中国なんかになると『おす』なんていいますね。丙午《ひのえうま》で女の子だったからおした、なんて」

「丙午《ひのえうま》？」

「丙午《へいご》の女児間引きなんていうのは維新直前まで続いていたんですよ」

古賀は近世の世の悲惨を当たり前のことのように開陳する。写真版資料を手に持ったまま裕はうーんと上を見上げて凝った肩をほぐすように首を回した。

「前の時は食人、今度は子間引き、なんだかこんな話ばっかりに興味持っているみたいで……調べていても気が引けますね」

「勝山さん、歴史は遡《さかのぼ》ればきっと何らかの……残酷無惨に行き当たるもんですよ。歴史に分け入れば、そうした時代の無惨、時代の酷薄《こくはく》に迫ることになる。どこか猟奇趣味めいた気味を帯びてくるのは普通です。そこで気が萎《な》えたら美辞麗句の糖衣《とうい》に包まれた偽の歴史を掴まされることになる……これは朝倉さんなんかが言いそうなことですが」

古賀は先回りにそう言って笑った。人懐っこい古賀の笑顔に裕も相好をくずし、ややあって意を決したように言ってみる。

「古賀さん、僕はこの『空抜洞』っていうやつ、見たことあるかも知れません」

「へえ、どこで」

「まさしく今調べてる琴平神社の近くなんですけど……」

琴平宮裏杣道《そまみち》の井戸に見まがう小祠《しょうし》のことを古賀に説明した。岩盤に土塁を継ぎ、社《やしろ》を載せたあれは……空抜《うろぬき》の洞《ほら》を祠で塞いだものではなかったのか。

「断定は出来ませんがねえ……空抜洞か……」

「この地域でも子間引きは横行していたと仰《おっしゃ》いましたね。古賀さん、そんな史料もたくさんあるんですか」

「ありますよ。ちょっと見てみましょうか」

「しかしこういった……どっちかと言えば忘れてしまいたいような話じゃないですか、例の食人の話じゃないですが……よく史料に残りましたね。なかなか記録に残しづらいようなことだと思うんですが」

「ああ、それはね……種明かしをしてしまえば、子間引きを禁止するためのお触れが何度も出てますから。逆に言えばこの悪弊が廃れなかったと判る訳で……先《ま》ずは一番大きい話で言うと明和《めいわ》年間に幕令が出ています。言うところの『明和四年十月の令』（1767）ですね。中身はずばり子殺しの禁止です」

「有名なものですか」

「この類いでは一番。幕令ですから当然ですが、ほとんど公文書なみの扱いで纏《まと》められています、だから簡単に見られますよ。明治政府司法省の『徳川禁令考《とくがわきんれいこう》』2訂の所載です。これは……マイクロ見るよりもネットの方が早いかな」

「ウェブ上にあるんですか」

『禁令考』は国会図書館のデジタルコレクションに全文があるはず。写真版ですから本文検索は出来ないが……ほら、すぐ出る。明和四年と……目次見た方が早いかな……」

手あかで画面が汚れたモニターに国立国会図書館の検索画面が映っていた。司法省が編輯《へんしゅう》した禁令目録が写真版で画面に現れるが、分量が多く目指す幕令はどこかに埋もれていた。

「これは……どこかに典拠の指定があればいっぺんに問題のページに飛べそうですね」

古賀はもう一つウィンドウを開くと学術文献検索のポータルサイトからあっというまにいくつかの論文を拾い上げる。

「この論文に言及がないはずが……ない」

京都帝國大學經濟學會『經濟論叢《けいざいろんそう》』という昭和初期の学会紀要《きよう》のリプリントに本庄榮治郎《ほんじようえいじろう》「奥羽諸藩における赤子養育仕法」という論文を見つけた。すぐに内容に分け入るに、古賀の見立て通り『徳川禁令考』は論文内の引用典拠の文献表にあり、件《くだん》の「明和四年十月の令」が司法省の訂2版『禁令考』のどの頁に載っているかがあっという間に特定できた。

「第五帙《ちつ》の276ページと……」

早業である。すでに国立公文書館のデータベースからは当該の『禁令考』の写真版本文に迫っているのだが、つごう前聚《ぜんしゅう》に六帙、後聚《こうしゅう》に四帙とある分量である、すぐに頁を繰っていかずに、当該の令に言及しているはずの別論文から頁数までを一意に確かめた

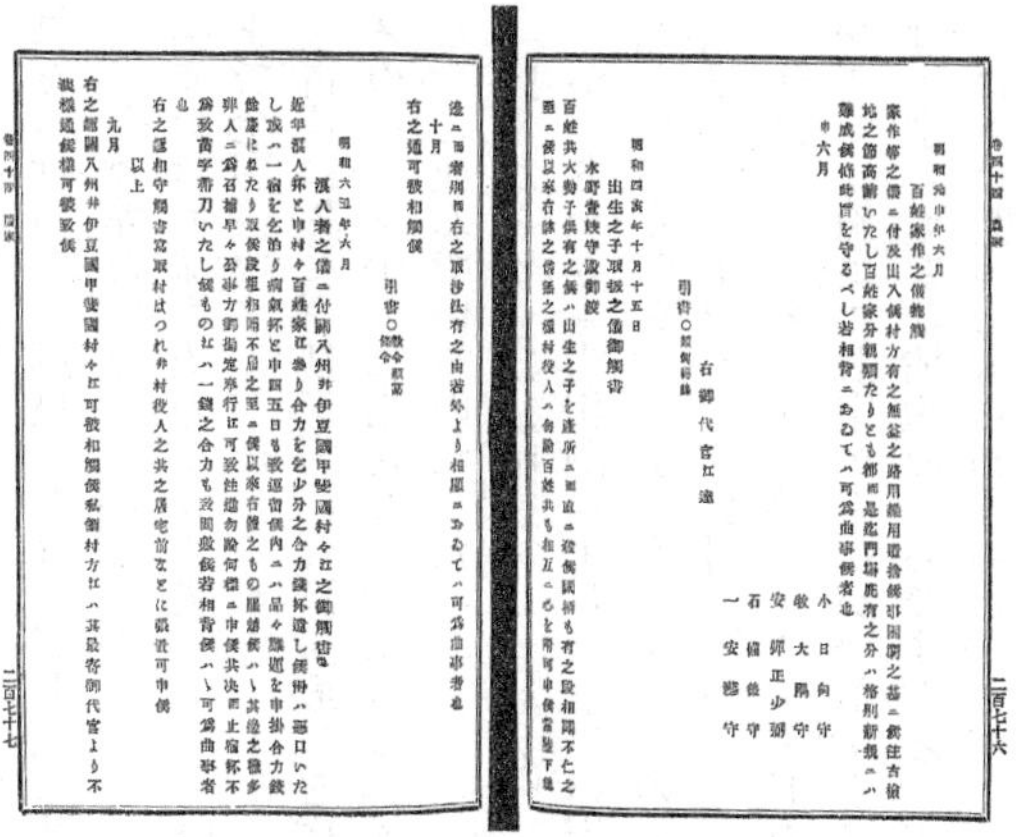
巻四十四　農家

明和元申年六月
百姓家作之儀觸書
家作等之儀ニ付及出入候村方有之無益之路用諸用費掛候非困窮之基ニ候往古検地之節高請いたし百姓家分親類たりとも都而是迄門屋庇有之分ハ格別新規ニハ難成候此旨を守るべし若相背ニおゐてハ可為曲事候者也
申六月
小日向守
敏大隅守
安部正少弼
石備後守
一安藝守
右御代官江達
引書〇駿府録

明和四亥年十月十五日
出生之子取扱之儀御觸書
水野壹岐守殿御渡
百姓共大勢子供有之候ハ出生之子を産所ニ而直ニ殺候國柄も有之段相聞不仁之至ニ候以来右躰之儀無之様村役人ハ勿論百姓共も相互ニ心を附可申候常陸下總

二百七十六

邊ニ而者別而右之取沙汰有之由若外より相顕ニおゐてハ可為曲事者也
十月
右之通可被相觸候
引書〇教令類纂 御觸令

明和六丑年六月
浪人者之儀ニ付關八州并伊豆國甲斐國村々江之御觸書也
近年浪人躰之者村々百姓家江參り合力を乞少分之合力錢抔遣し候得ハ惡口いたし或ハ一宿を乞泊り病氣抔と申四五日も致逗留候内ニハ品々難題を申掛合力錢餘慶にねたり取候段相聞不屆之至ニ候以來右躰之もの罷越候ハヽ其處之者多葬人ニ爲召捕早々公事方御勘定奉行江可致注進万一除何様ニ申候共決而止宿抔不爲致貰候帯刀いたし候ものにハ一錢之合力も致間敷候若相背候ハヽ可爲曲事者也
右之通相守猥無之村はつれ并村役人之共之居宅前などに張置可申候
以上
九月
右之趣關八州并伊豆國甲斐國村々江可被相觸候私領村方江ハ其最寄御代官より不洩様通候様可被致候

巻四十四　農家
二百七十七

徳川禁令考（国立公文書館所蔵）

のだ。

「はい、出ました」

明和四亥年十月十五日
出生之子取扱之儀御觸書
水野壹岐守殿御渡
百姓共大勢子供有之候ハ出生之子を産所ニ而直ニ殺候國柄も有之段相聞不仁之至ニ候以來右躰之儀無之様村役人ハ勿論百姓共も相互ニ心を附可申候常陸下總邊ニ而者別而右之取沙汰有之由若外より相顯におゐてハ可爲曲事者也
十月
右之通可被相觸候

「これはもうこのまま読めるでしょ」

「はあ、なんとか」

「百姓のあいだで生まれた子を殺す弊風《へいふう》が

ある、不仁《ふじん》のいたりであって、こういうことがないように役人ばかりでなく百姓同士も気をつけろと。露見したなら隠し立てするなよ、と。まあこうしたものですね」

「これは常陸《ひたち》、下総《しもうさ》の話ですか」

「これはたまたま常総《じょうそう》が問題になってますが、子間引きの習俗は北は奥州《おうしゅう》から南は九州まで全国区ですよ。ほらこれ」

古賀は先に京都帝大『經濟論叢』を探し当てた検索画面を指さす。古賀がリファレンスのキーワードに指定していたのは「赤子養育仕法」であったが、これに係る文献がぞろっと並んでいるのだった。

「奥州ならまずは鍋田《なべた》三善《みつよし》「磐城志《いわきし》」、ここに出ているのは『岩磐史料叢書』の所載ですが、さっき『明和四年十月の令』の出典を確かめた本庄論文の方が簡便ですね、もう開いてるんだから。引用もウェブ上のものと違って厳密です」

「やっぱりネットじゃ駄目ですか」

「駄目ってことはないけど文字コードの問題があるでしょ。ちょっと前まではシフト・ジスでは満足に旧字が出なかったから仕方ないんですけど校訂が雑なんですよ。史学では用字も重要な情報のうちですから、出来れば正字を使う、せめても『新字新仮名に改めた』は断ってもらわないと。それにネット上の文は誤記も直されないままコピーされていくしね」

子間引はうろぬくの義なり、即《すなはち》空抜《ウツロヌク》の省言《しょうげん》なり。其の間を空くするの意也。木苗物の蕃殖せるを抜き捨るより出たる詞とみえたり。又方俗これを戻すとも云、是來るものを還すの義なり。處により或はぶつ返すとも云とぞ。即打返すなるべし

「なるほど先ほどの古賀さんのご説明の通りですね」
「それはまあ、もとからこれ読んで言っていることですから。同論文同所に「磐城志」からはもっと具体的な記述が拾われていますよ」

夫多子を乳するは稼穡《かしょく》産業の妨《さまたげ》になるとて、窮民は一二子を育し、富家は三四子に過ず、五人以上を生育する者、世の稀なることに思ひ、合壁《がっぺき》四隣《しりん》怪しみ謗《そし》る。先づ胎子を産み落すや、夫婦諸とも赤子をつかみ、藁糠《わらぬか》の類を口に推込み、呼吸を止め、肛門を塞ぎ、膝下《しっか》に推し敷き、或は薦莚《こもむしろ》に裹《つつ》み、臼《うす》碓など重き物をおしに置き、或は土中に埋め、或は絞め縊《くび》りなど種々樣々の仕方にて害するなり。其殘忍慘毒なること誰か惻隱《そくいん》の心を動かさゞらんや。幸に死にそこなひて活《いき》たるものも、首筋曲りよぢれて生れ得ぬかたわに成るなり。予が家の奴婢などにもかゝるものありき。舊習《きうしふ》の國俗とはいひながら、惡鬼夜叉の心に侔《ひと》しく人類の爲すべき業とも思はれす《ママ》、人面獸心に非ずや。其多くの中には、手づからなし兼て穩婆

に託して戻さするものあり。是等は穏婆を嚴く戒むべきことなり。又胎内の子を薬を用て破り殺すもあり。是又生れて殺すも何んぞ異ならんや。人の人たるものゝすまじきこと也。此悪習年久しく民心に浸潤《しんじゅん》し常のことゝなり侍れば、銘々禽獸にも劣りたるわざともしらず、又人間の恥づべきことゝも思はず、かくせねばならぬことゝ心得たるは歎かはしきことならずや

鍋田三善「磐城志」、『岩磐史料叢書』上巻、pp.50-51。ただし用字、句読法ほかは、本庄榮治郎「奥羽諸藩における赤子養育仕法（特別號）」、京都帝國大學經濟學會『經濟論叢』第二十六巻第一號、昭和三年（1928）一月：pp.155-156に拠り孫引き。ルビ、引用者。

「……しかし凄まじい話ですね……この『合壁《がっぺき》四隣《しりん》怪しみ謗る』って、どういうことですか？」

「子供が多過ぎると向こう三軒両隣であれこれ言われるっていうんですよ。子間引きはほとんど当たり前のことになってしまっていて、周囲からの同調圧力すらかかっていて、そうしない訳にも行かない……悪習が染み込んでしまって誰もいけないこととも思っていない、と」

「ひどい話ですね」

「無論、鍋田はそれを糾弾している訳で、これをして現代とは人倫の規準が違うと見て

は勇み足になりますね」

「やはりいけないことだと考えていた者はいたということですか……」

「この時代の家族構成を統計的に調べた研究がたくさんありますが、まず子供の年齢に妙に間隔が空いている、三年四年は普通です。避妊の発達していない時代だからこれは不自然なんですね。そして第二子、第三子と進むにつれ男女出生比が歴然と傾いていく――大声で間引きましたと宣言するものもありませんが、明らかに堕胎、殺児が常態化していた痕跡《こんせき》が人別調べに残っている」

「そんなことが普通のことだったんですか……。ときに古賀さん、さっきちょっと変わったキーワードで絞り込んでましたね。『赤子養育仕法』――ですか」

「ああ、これはちょっとしたコツみたいなもので。ゴシップ的なことでなくて、子間引きの現実を調べようと考えるならね、『子間引き』『子殺し』で検索してどんな悲惨があったかと追っていくよりも、誰が子間引きを止めさせようとしていたか、どういう施策を取ったか、そっちから攻めた方が実がありますから……」

「そういえば初めの話も子間引きの禁令からでしたね」

「間引き防止策がとられたことの方が、はっきりとした記録になりますから」

「間引き防止ですか」

「間引きは為政者にとっては農村の生産性を損なうものとも言えますからね。倫理に悖《もと》るということが一つ、その他に実利の面でも子間引きは勧賞されない、働き手が減る訳でしょう。農民にとっては子一人は食い扶持で持ち出しですが、為政者にとっては生産者で稼ぎ手な訳です、減られちゃ困る。各地各藩で子間引きを防止するために、要するに福祉政策がとられたんですよ。こっちは人倫を盾に取れて後ろ暗いところがないものだし、記録がわんさとあるわけね」

「史料もそういうところは隠し立てしないと」

「そういうこと。そっちに実情が切実に語られるんです。行政上の公文書っていうのに史料性が高いのはそんな事情もある……『磐城志』が奥州なら、逆に南から九州ではこれですね、佐賀は唐津《からつ》藩の岸田《きしだ》家文書『旧記調』です。元禄壬申《みずのえさる》五年（１６９２）の由来を伝えていますが……」

古賀は画像の文面を指で辿《たど》りながら読み上げる。

郷中ニテ生子殺シ候由、不届千万ニ候、向後懐胎の女相改め候て五ヶ月ニ成リ候ハバ、手代衆迄相断ルベシ、その子自然生殺し候ハバ、その村庄屋・名頭、五人組立会い相断り、いよいよ生殺しに相極候ハバ、その訳注進仕るべき事

右釈文は松浦史談会・山田洋『「赤子養育仕法」にみる唐津藩の間引き防止策』に拠る。『旧記調』現物は唐津市所蔵、九州大学デジタルアーカイブス（現在はサービス終了）から（55枚中の22、当該の件《くだり》が右ページ後半にある）

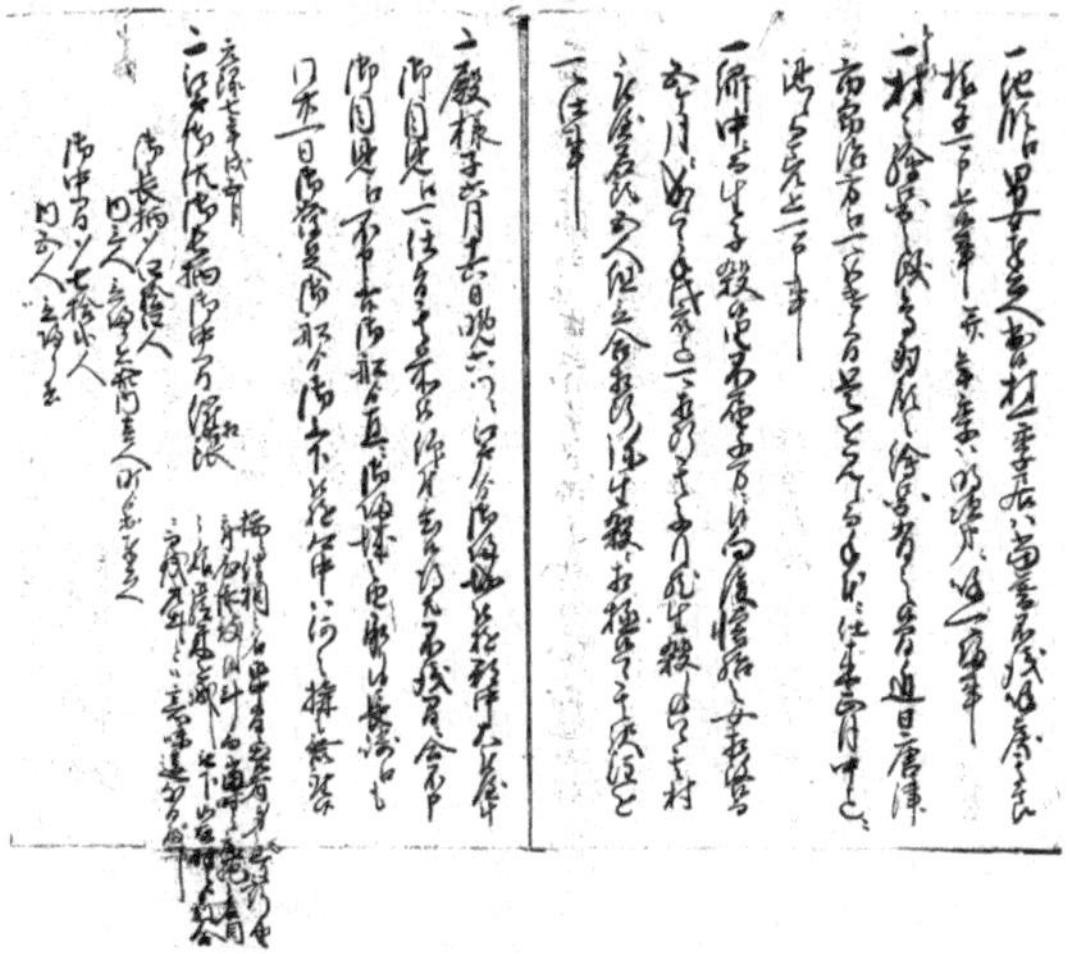

旧記調

「これはどういうことを言っているんですか」

「要するに妊娠五ヶ月、俗に言う帯祝いのタイミングで届け出を出せと言うんですね。堕胎・殺児を取り締まろうってことです。相互監視を命じていますね。元禄期ですから類例の中で割に早めの施策です」

「連帯責任ですか」

「唐津は施策としてはかなり手を尽くしてますよ、罰則を決めただけじゃない。今釈文を見た山田《やまだ》レジュメに要領良く纏まっています、時代はぐっと下って『旧記調』から百三十年余、天保四年（1833）になりますが『赤子養育取締仕法書』を制定してますね。目的は懐胎・出生届の徹底に、出産時の役人立ち会い、罰則の強化と……堕胎・殺児が露見すれば島流しです、かなり厳しいですよね。さらには福祉に乗りだして『赤子養育米』を支給する。今で言う児童手当ですね。但しこっちはきっちり支給してますよ。初年度に三俵、続けて二、三年度と二俵ずつ、子供を産み育てるインセンティブと手段を支えようとしている訳で、かなり踏み込んだ施策です、この養育米を捻出するのに八方手を尽くしたらしいですね。こんな具合に飴と鞭で法制を整えてますが、これで終わらない。面白いところでは他に『赤子養育の歌』なんてのを作ったり、赤子方役所というところで子育ての人倫にとっての重要性を啓蒙する教科書を作ったりしている。これは教化活動というところですか、赤子を大事にするのが人の道だと説いて聞かせて間引きに罪悪感を持たせようとしている。民心に意識改革が必要だとする卓見があった」

「上手くいったんですか」

「唐津ではこの後で藩の総人口が歴然と増えてますね。天保年間は時代的にはかなり厳しい頃合いですから微増でも立派な事跡と見るべきでしょう。特に男児が七百四十四人増えたところ、女児は千六百十一人の増ですか、露骨なもんです」

「女の子の増加は倍以上ですか。そりゃすごいな」

「それだけ女児間引きが酷《ひど》かったということでしょ」

「これ藩としては相当な持ち出し《ひっぱく》ですよね」

「幕末の藩財政逼迫の中で廃藩置県まで継続してやっていたそうですから立派なもんで

す」

「しかし……奥州から九州までですか……本当に子間引きは常態だったんですね」

「だからこそ各藩挙げて対策に出ていますよ。江戸町触《ふれ》でも公然と堕胎医を営むことを禁じていますしね。天保の改革では觸書《ふれが》きで『女醫師之儀ニ付』と断って堕胎を禁じています。妊婦の届け出制度、育児手当ての支給といった施策は……先の本庄論文に見れば——白河《しらかわ》、庄内《しょうない》、仙臺《せんだい》、米澤《よねざわ》、秋田、水戸《みと》、土佐、鹿児島と全国各藩で堕胎・殺児の弊風を改善しようと動いています」

「全国とは言ってもこの辺りに絡《から》みませんね」

「とんでもない、上州近隣でも普通にありますよ。ただ、この辺では改易減封で藩が潰され天領扱い、つまり代官を置いた直轄地の扱いになっていた時代があったから、藩政として施策を見ることがないというだけのことですよ。もとより藩じゃないんだから」

「そうなんですか、でも幕府直轄というとその分だけ手が遅れるってこともあるでしょう」

「それはどうかな……中山道《なかせんどう》の情報ネットワークは近世でも結構太いですよ。たとえば文書館所蔵のものでは明和二年（１７６５）十月に天田《あまだ》壮家文書『百姓子供之儀ニ付御触流写』というのがあります。大目付の書き付けで宿横手《しゅくよこて》村の名主《なぬし》宛になってます。これは間引き禁止の触を池田《いけだ》喜《き》八郎《はちろう》役所から近隣村々に回覧したものの写しだと」

「明和二年……というと……」

「ね、幕令、明和四年の禁令より早いんですよ。宝暦の大飢饉と天明の大飢饉の間ですね」

「やはり旧道の宿では子間引きの問題は周知されていたということですか」

「そういうことね、問題は知られていた。よしんば代官が動かなくても、代わりに地元の篤志家《とくしか》が収拾に乗り出すケースもありましたし。関東では天保年間に下野鹿沼《しもつけかぬま》に鈴木《すずき》四郎兵衛《しろべえ》、安政年間に上総《かずさ》國武射《むしゃ》郡に大高善兵衛《おおたかぜんべえ》と、この辺りは伝説化した篤志家で、それぞれ自ら東奔西走し家々に説諭してまわり、私費を投じて貧児孤児を養育した、との伝がある。同じような例が上州でもあったことは以前にお話ししました……よね」

「ええ、資料の写しも頂きました。吾妻郡の話ですよね、『浅間焼け復興尽力につき褒美申渡し状』でしたか、読んであります」

「もちろんお上だって動いていますよ。上州近縁ということならこの辺ですと、天和《てんな》改易以後ながらく代官を置いていましたが、後に沼田《ぬまた》藩が再興しています。それで沼田藩主土岐頼潤《ときよりみつ》……八代藩主だったかな……この人が子間引き対策に施策を打ち出してます。まず実務レベルでは養育方役所を設けたし、合わせて子間引き防止の教戒書っていうのを出しています。これは土岐家文書、沼田市役所の所蔵ですね。これまた県立文書館が『ぐんまの古文書』に蒐集《しゅうしゅう》した一通」

「達筆ですね」

「お習字の手本に使えそうですね、文面も妙に文学的で面白いです。真筆とすれば藩主

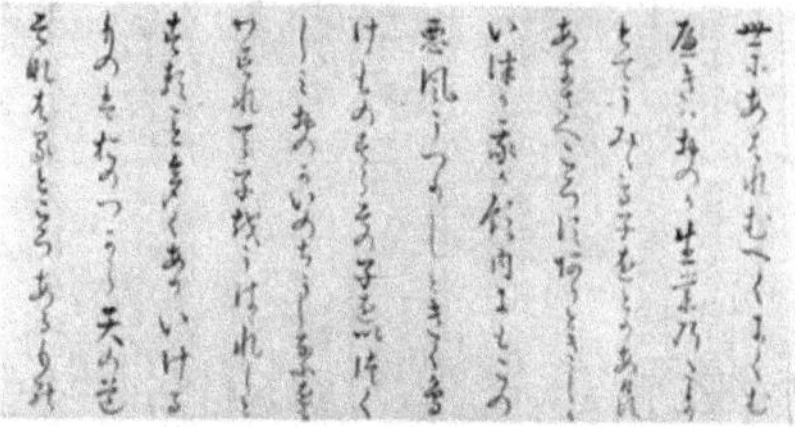

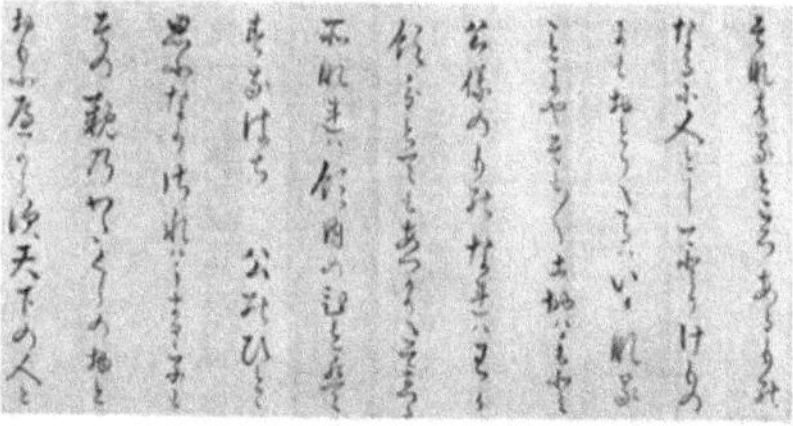

土岐家文書

はなかなかの文人ですね。中身は要するに堕胎圧殺をするなど禽獣《きんじゅう》にも劣る情けないことであり、大体子供は天下のものであってそれを殺すというのは天道に背く大罪である、と。子は天下のもの、っていうのが大上段で面白いですが、養育大世話人という役職を置いて子供育成の策を取ってのことですから、口ばかりのお説教ではないですね」

「沼田藩ですか。文政《ぶんせい》元年（1818）……この施策は唐津みたいに奏功したんでしょうか」

「正直微妙ですね」

古賀は席を立つとすぐ後ろの棚から『群馬県立文書館収蔵文書目録』を取り出してきた。

「県立文書館所蔵の資料に限っても

子間引きを問題とする報告はその後も絶えませんから。しかし子間引きをなんとか止めさせようという動きは上州でも根強く続けられています。間引き絵馬なんてのも上州には多いですしね」

「間引き絵馬……間引かれた子供の供養かなにかのものですか」

「違いますよ、現物ご覧になってない？ 太田《おおた》の間引き絵馬なんかが有名ですが、これは供養のためじゃなくて、やはり教戒《きょうかい》のためにお上が作ったものです。つまり文字の読めないものにも判るようにっていう配慮で――キリスト教会のステンドグラスみたいなものですよ、絵で見せる方が早いわけ。間引き絵馬ってのはね、大概は残忍な顔になった母親が子供を絞め殺しているような絵でね、鬼もかくやと角が生えていたりして……後ろに鬼が立ってるとかね。ともかく子間引きは鬼畜の所業ですよと『絵解き』にしてあるもんです。当時はこれが一番効果あったんでしょう」

「上州に多いんですか……知らなかったな」

「ともかくこの辺りでは子間引きをなんとか止めさせようとえらく苦労している。悪く言えば悪習が止まなかったということですし、良く言えば人倫を説いた有徳者も多かった。文政以後ですと……天保九年（１８３８）に倉品右近《くらしなうこん》家文書に『乍恐《おそれながら》 以書付奉願上候（巡見に付博奕・間引・穀物高直等民情書上）』、これは吾妻郡須川《すかわ》村寄場大惣代名主伝兵衛《でんべえ》の筆で巡見役人衆中宛と見えます。『教戒書』の二十年後ですから問題は長期的には解決していないようですね……いっしょに博打《ばくち》の横行を訴えているのがこの辺りらしい話ですか。さらには嘉永《かえい》五年（1852）ですか『御願書四通（弘化《こうか》二年沼田藩間引禁止教諭書等）』、これも文書館蔵倉品右近家文書にありますが、弘化乙巳《きのとみ》二年（1845）は先の『乍恐』のたかだか七年後ですが、改めて間引きを禁止する教諭書を出す必要があったということ。翌年が丙午《ひのえうま》ですから特に女児間引きを牽制《けんせい》する意味があったかも知れません。……さらに嘉永から十年余数えれば、元治二年（1865）に倉品信固『御書写弐通（間引き禁止他に付）』、もう幕末です、それでもまだ間引きはことあらためて禁止を訴えなけりゃならないものだったたってことです」

「その倉品右近家文書っていうのは……？」

「いやなに『文書館収蔵文書目録』の筆頭第一集が倉品家文書だったから初めに覗いたまでですよ。文書目録はぜんぶで三十集以上ありますから総覧すればこれに限らずまだまだ出てくるでしょ。他にも例えば——割と知られた話として安中《あんなか》藩で嘉永年間に養育奉行というのが村々をまわって教戒に努めたと、これは市指定重文の北野《きたの》寺所蔵文書ほか市史に纏められています。『辺土民間子孫繁盛手引草』なんていう啓蒙書を配布してますね。この『手引草』は人倫を説くと言うよりは『間引きをしたものは地獄行き』と威《おど》しにかかっているような具合で。唐津の例と同じように文政年間に『養育歌』なんてものを出版した国学者もいる。やはり歌も効果が高かったんでしょう」

「どちらの方ですって」

「安中《あんなか》、板鼻宿《いたはなしゅく》の松本思斎《しさい》と伝えられていますね、上毛では知られた文人です。碓氷《うすい》峠なら松井田宿《まついだ》、河田知行所《かわだちぎょうしょ》というところで養育手当て、こちらでは養老手当ても出してますね、これは文政年間」

「しかし逆に言えば……これだけ繰り返して禁止を訴えているということは……」

「まあ上州では所謂《いわゆる》『子間引きの國俗《こくぞく》』は根強かったとして差し支えない」

「それでは例の空抜洞なんてものが地域に散在していたわけですか」

「それはどうでしょうか……なるほどこの悪弊は習俗に定着していた訳で、実際には所を選ばず横行していたはずでしょう。ですが憚《はばか》るところのある無体な行《おこな》いだという意識もまた歴然と共有されていたわけですから。そうした……共同体の中で隠微に継承されていた決まった場所があるともちょっと考えづらいですよね。あったとしても闇の中、口を噤んでしまうのが人情じゃないでしょうか。堕胎はまだしも取り上げの場で暗々裏に……処理といいますか、人目に立たず誤魔化してしまえるでしょうが、居た子がいなくなるというと言い訳が立たないでしょう。むしろ困窮を共にしている者達の間では互いに連帯して口を噤みあうのが自然じゃないですか。だからしぜん記録にも残りづらくなってくる」

「しかし確かに子間引きがあったことは教戒が繰り返されていることから逆算できる、と」

「そういうところにしか見えないでしょうね。朝倉さんなら『隠蔽《いんぺい》の痕跡だけが残る』とか言うところでしょう」

裕は話題が陰鬱なのにも拘わらずかろうじて笑顔を見せて言った。

「確かに仰ってました、そんなこと」

「どうしたって史料というものの質的な偏りってものがありますから。領内のことでこれだけ手を尽くしました、っていうのは強いて吹聴して差し支えないですが、後ろ暗いことは書き残しづらい。先の教諭教戒の数々にしたって、中にはお上に対する言い訳《エクスキューズ》として書き記されたものもあるかもしれない、領内の不始末について手を拱《こま》ねいていたばかりではないというアピールとしてね」

「でも古賀さん、そんな風に史料の裏を読むということはどうなんでしょうか、古賀さんの仰っていた史料の真実性について判断を保留するという……真贋《しんがん》の判断に中立を保つという方針と矛盾しませんか」

「しませんよ、いいですか勝山さん。私が言っているのは史料を疑ってかかれとかそういう話ばかりじゃないんです。真実性が相当程度保証されているような勝《すぐ》れて客観性を認めうる史料であってすら、それが書き残され、保存されてきたということには、それだけで特別な意味が生じるということです。虚実を言えば、そもそも史料が存在するというまさにそのことに既に虚実が孕《はら》まれている。純粋に客観的であるような史料など原理的にありえないということです。史料の伝存自体がすでに書いたものの底意、保存したものの意志の働きを帯びているということです。そしてそれを出来うる限り客観的な形で今日に読み解き、将来に向けて紹介伝承していこうとする我々史学者の営みもまた、同じくなんらかの底意、なんらかの意志の働きを免れえないということなんですよ。史学そのものが透明なものではありえない、史学こそが、何らかの歴史、何らかの事実というご大層なものが形作られ、維持されていくのに手を貸してしまわざるをえないという、この背理に自覚的でなければならない理屈でしょ。歴史学は廉潔であろうとすればするだけ、客観性という幻想に対して慎重であらねばならない」

「それは幻想なんですか、客観性というものが」

「勝山さんは御専門は社会学だそうですが、まったく同じ構図の問題を抱えているでしょ。歴史でもいい、社会でもいい、それが先験的に存在していて徹底して客観的にアプローチすれば無垢の形で汲み出しうるなどと錯誤するなら……学問がまさに自らの対象を作り出してしまうという自覚に背を向けるなら、こんにち素朴との謗りは免れえないと思いますがね」

「仰ることは判りますが……」

「なんでしょ」

「生意気を言うようで恐縮なんですけど……古賀さんと朝倉さんのなさっていることって、それぞれ具体的な方向は正反対なようですけど、落ち着くところが似ているって言うか、結局のところでは同じことを仰っているように思うんですよ」

古賀は破顔一笑して、済まなそうに所見を述べた裕の肩を気安い仕草で叩いた。

「それ、朝倉さんには言わない方がいいですよ」

そう言ってまた膝を打って笑うのだった。

「私はそうかなと思いますけどね。彼の方はあんまりいい気持ちがしないかもしれないな」

裕もつられて苦笑いを浮かべながら、それでもこう思った。おそらく朝倉の方に同じことを言ってみたなら、彼もまた「自分はそう思うが、古賀は納得出来ないかも知れないな」とでも言うのではないか、と。

第十三章　翻　刻

裕は社会学の専攻に進むといっても純理論的な方向ではなく、もともと調査データの数理解析が守備範囲である。生データを表計算ソフトにのせて各項目に自動で構造化タグを埋め込み、カード型《タイプ》データベース・ソフトに流し込んでクロスリファレンスを作る——そうしたデータ処理には慣れていた。だから資料目録のコピーが持ち運びに不便なほどに溜まってきて、写真版の写しもゆくゆく整理するのが困難になるのが目に見えてきたので、早々にデータの構造化を考えはじめた。無論、初めはここまでやる気はなかったのだった。

初めに見込んでいたのとはずいぶん様相が違ったのは、写真データ、画像データが膨れ上がってきたことだった。こうも写真データが増えてしまったのはもちろん、古文書の翻刻《ほんこく》が思っていたよりも遥かに難しい作業だったからである。

難しいばかりでなく注意が必要な面倒な作業なのだ。「正字を使う」という方針一つ立てただけでも作業量は倍増する。琴平の平を「平」と書くか「平」と書くか——こんなことに拘泥《こうでい》し始めるとデータを文字起こしするだけで到るところに紛糾があるのだった。だが既に古賀から釘を刺されたように小さな用字の区別も史料の大事な情報である。史学には門外漢であるだけに、こうした瑣末事《さまつじ》といえど忽《ゆるが》せにはしたくなかった。また草書、変体仮名、古文書に独特の用字や記法が、ほとんどあらゆる文書で裕の作業を滞らせる。それで裕は、いちいち釈文を文字データ化していくことを諦《あきら》めて、写真に撮れるものはみんな撮っておいて、画像データのリファレンス方式に頭を悩ませた方がましだと思いきったのだった。

古文書はよっぽどの重要史料でもない限りは本文検索の可能な文字データにはなっていない。釈文が活字になっているだけでも有り難い方で、写真版、マイクロ版がデータベースに納められていればまずは僥倖《ぎょうこう》、文書館や歴史博物館、あるいは自治体や私人の書蔵にひっそりと収まっている資料は数をも知れない。最近では個人蔵の史料は資料館や文書館に寄託されることが多いが、これとても内容に立ち入ったようなデータベースはまだ斯界《しかい》の専門家集団によって書式がようやく策定されつつあるといった段階である。今のところは目録に表題が列挙されていれば重畳の至りとしなければならない。

都合よくも『毛利神社由緒』などという文書があっさり出てくることなど期待は出来ないのだ。こうなると蘇芳摂末社《すおうせつまっしゃ》所蔵の古文書や、神仏習合時に地縁が交錯した檀那《だんな》寺の過去帳でも当たる必要が出てくるわけだが、まずは何処《どこ》に赴けば良いというのか。

こうした中、裕が期待していたのはいまや、ある程度の分量のある地誌本文に埋もれている「典拠への差し向け」であった。先に『毛野誌』本文に見つけた琴平宮神主記といった記述のように、古文書原本が伝存していなくとも別史料に言及が、あわよくば引用、再引用がされていないか、ということである。つまりは二次史料に孫引き、曾孫《ひまご》引きでもあれば、そこに手がかりを得ようということで、思えばこれが普通の手続きであった。

その上での問題は二次史料を積み上げて総覧していかなければならないというところで、これはいきおい物量の勝負になってくる。一々の史料を現場でざっと読み込んで必要な部分だけを適宜抽出するという効率の良い方法が採れないのが癪《しゃく》だった。さっと斜めに目を通すという技術はそこそこ身に付いているものと自負していたのだが、同じ日本語で書かれているのには違いないのに古文書というのは、一つひとつゆっくり立ち止まって睨《ね》め付けてみないと容易にはその中身を明らかにしてはくれない。

二次史料に言及を見た文書を各種資料目録から呼び出して、デジタルデータがあれば大喜びでローカル保存、原本に遡《さかのぼ》れたなら即時に翻刻をしていると切りがないのでひとまず写真を撮っておく。こうして「まだ読んでいない」画像データが裕のラップトップの中に空《むな》しく積み重なっていく。あとはこの膨大なデータをどういう順序、どういう優先度づけで読んでいけばいいのか……

しかし思わぬところに糸口はあった。

研究が紛糾しているときに何らかの偶然によって突破口《ブレイクスルー》がもたらされることはしばしばあることだが、裕が糸口を見つけたのもたまさかのことに因《よ》っていた。延喜式神名帳《えんぎしきじんみょうちょう》のリストをつらつらと眺めていた時のことである。社格の低い神社の由緒は地域を束ねる有力な総社に集まってくるだろうと考えて、漠然と地元大社の欄を見渡していたのだった。

その時にもののついでに他県の大社をざっと総覧してみた。すると延喜式に大社の格式を認められた神社のひとつに奈良の添御県坐《そうのみあがたにいます》神社という名を見つけた。これは奈良県の旧社であるが、この名前が裕には気にかかった。あたかも文章のような名前ではないか。社号社名というものが意外と恣意《しい》的につけられるという話は朝倉からも聞いていたが、こうした名前もあるものかと案外に思った。古くからある家名、あるいは地名、あるいは祭神の号、そうしたなんらかの固有名から神社の号は決まるものだろうと考えていた。だが実際には……歴史の中の偶然によっては奇妙にも即物的なところから名付けられた社号が継承されていくことはありうるのだ。他に和布刈《めかり》神社などという社もあった。これは海岸の社《やしろ》で和布《わかめ》の繁茂を祈念する神事を伝えているという。何らかの固有名詞からではなく、こうした事跡から直に社号を戴いている場合、いわば動詞を直接に社号に結びつけている場合があるのが妙に気にかかる。

では翻《ひるがえ》って「毛利」というのはどうしてつけられた社号だったのだろう。毛利といえば姓として夙《つと》に口の端に上るものであり、「三本の矢」の毛利元就《もとなり》といった史上に名だたる人物にも知られる、中国地方に多い名字である。毛利神社が安芸《あき》に有力だった毛利氏と関係があるかは知らないが、それが名字としてあまりに普通のものであったために何の不審も抱いていなかった。だが毛利氏が上州に落ち延びたなどという逸話があるでなし、思えば毛利という名がこの上州にどこから出てきたのかは定かでない。

もともと群馬、栃木を毛野国《けぬのくに》と呼んだ事実も紛れを呼んでいた。毛利の「毛」の字を当たり前のことと思い過ぎていた。「毛」はともかくとして、それが「利」と結びつくからには何らかの由来があるはずだ。「毛野国」だから「毛利」もありそうだと安易に考えれば、他ならぬ「利」の一字がどうしてそこに足されてあるのかが判らない。およそ言葉というものは、欠けるにしても足されるにしても、形が変わるのに必ず動機を必要とする。なぜなら、放っておいたら勝手には変わらないというのが言葉のかなり重要な機能の一つだからだ。世の人が一般に信じているほどに言葉というものは闊達《かったつ》に変化したりなどしない。

ともかくも古文書に琴平の名前までは見るが、「毛利」の二字がなかなか登場してくれないのにはなにか訳があるのではないだろうか。聞けば琴平の宮司の家系も神社を預かる由縁で名字を許されたものの系譜だという。氏《うじ》といい、姓《かばね》といい、名字といい、それぞれに由来はことなるが後付けでいくらでも用意されるものだということだ。だいたい「名字帯刀を許される」などと言うように、近世にあっては名字を持つのは特段のことであって、大多数の大衆がことあらためて名字を持つのは明治期「平民苗字許可令」ならびに「苗字必称義務令」という布告令以後——すなわち「名字を持たねばならぬ」という観念が生じてからのことである。

はっきり言えば「毛利」という名も後から付けられた、あるいは差し替えられた名前だったのではないか……。金毘羅宮にしても「琴平」「金刀比羅」と用字にバリエーションがある。仮名《かな》で書けば例えば「己止比良《ことひら》」と書ける。これに比べれば毛利神社について、「毛利」という用字だけを確定した所与のものと認めていたのは、いささか不用意なことではなかっただろうか。

だとすれば古文書に毛利という名ばかりを探してもさしたる益はない。毛利という用字に落ち着く、何らかの別の名前がそこに刻まれている可能性は無いだろうか……あるとすれば他にどんな表記に依《よ》るだろうか……

「毛利」と入力して検索したのでは洩れてしまう何らかの名前があるかもしれない。それに気付けば、手元にある古文書の写しの束も、軽々に「該当なし」とは片づけられない。

古代言語や、碑文、写本、あるいは民俗誌、地誌といった古い記録に係るジャンルに携わるものなら一番に注意を払うポイントに、はじめて裕は気が付いたのだった。ことは単純な話である。それを斯界に「表記のゆれ」と言う。固有名詞であっても用字が一定であるとは限らない。長い時間を遡っていくとき、名前は不可変一意のものであるとは限らないのだ。

こうして手元に積み上がった各所の所蔵資料目録の中で「毛利」の名が検索にかからなかったリストを再び総覧してみる必要が生じた。用字が定かでないものを探すとなれば、これは基本的には総当たりになる。仮名書きか、万葉仮名か、あるいは中世以降の得手勝手な仮借《かしゃ》になるか、はたまたそれらの混用か……正規表現で複合検索を掛けるにも用字の候補が多過ぎて上手い式が立たない。予《あらかじ》め用字を想定しないで探し物をするというのは思ったよりも骨だった。裕は、既にサークルの追い出し合宿から帰っていた友人大橋《おおはし》の下宿にその後も継続して居候を決め込み、アルバイトと夜遊びで家主が留守にしている間も冷房もない部屋に閉じこもって書類やデータに頭を突っ込んでいた。

だが裕が探しているものは資料目録の膨大な項目に埋もれながらも確かにそこにあったのだった。毛利神社という社号に結実を見る、元の名前は実に用字ばかりか音までが不安定なもので、それがために表記の紛れが生じていた。「毛利」と書くと決め込んでいたならばなるほど見つかるはずもない名だった。探すべきは「末保利」の三文字だったのである。この名を冠した一史料は選《よ》りによって、裕がローカルのハードディスクに既に蒐集《しゅうしゅう》してきた古文書の中にあったのだった。

「毛利《もうり》」は古くは「毛保利」あるいは「末保利」と書き、それぞれ「もほり」ないし「まほり」と訓じているものと見えた。そして末保利宮と呼ばれる山社《やまやしろ》について由緒を書き上げているのが、累代琴平宮司の筆になるものであったからには、裕が探している名前はこれに他なるまい。問題の史料は表題に、天保壬寅《みずのえとら》十三年（１８４２）『末保《まほ》利《り》神社由緒事々《ゆいしょことごとご》御尋《じん》ニ付《つき》御請書上帳』。この一通は郷土資料館で本文写真版のＰＤＦ書類までマイクロから落として持っていたのだが、「神社由緒」のくだりと時代の一致で検索にかかっていただけの話で、これまで中身をあらためるつもりもなかった。放っておけばまさに死蔵となっていたところだ。

裕が切れかかった電灯の下で真夜中にも拘《かか》わらず「これだ！」と叫んだ時、飲み会から帰ってからベッドに倒れ込んでいた大橋は既に半睡でいた。

「……なんだ、勝《かつ》さん」

「見つかった、見つかった」

「そうかい、よかったね。明日も資料館いくんだろ。まぁずはぁに寝ようず」

「読んじまわないと」

「興奮するなって、こんな夜中に、うるさいよ。水くれ……」

大橋の足下に寝ていた助六《すけろく》もうるさいといわんばかりに裕に顔を上げ、伸びをして部屋を出ていった。この雉虎《きじとら》は、廊下とも台所とも玄関とも称すべき一画に小腹を満たしにいったのだ。二週間面倒を見てやっていた裕に対して愛想が良かったのは大橋が帰ってくるまでの話だった。大橋には裕が水を汲んできてやった。裕の立場は助六以下の下僕である。

「……俺は寝る……」

「悪《わり》いかった、もう静かにしとるから……お休み」

「ああ……」

大橋の返事はもう言葉になっていなかった。いっぽう裕が興奮していたのも無理はない。琴平文右衛門《ぶんえもん》と見える天保年間の神主が書き付けた末保利宮《まほりぐう》由緒には、余所《よそ》に聞かない奇妙な詳細が記されていたのである。しかもそれは裕が漠然と想像していたことに非常に近い内容なのだった。裕は画面に屈みこんで食い入るように文言を目で追う。

天保十三年　末保利神社由緒事々御尋ニ付御請書上帳
壬寅三月　琴平神社　琴平文右衛門
毛利神社初年ゟ之訳、委細可申上旨、御尋ニ付、奉畏左ニ申上候覚
末保利神社初發者何頃當社ニ而被勧請候哉、往古之訳一切相知不申候、當文右衛門先祖ゟ以前之義者、上野琴平法右衛門と申者朱印得、所領戴勧請承候由申伝候へ共、當社由緒書付等一切無御座候、法右衛門三代以前天明丙午六年ゟ余五十ヶ年勧請御請負仕来申候、然共當社初候哉之訳子細一切相知不申候、天明之義者、法右衛門方ニ委有之候、往古ゟ山中在處謂末保利洞、上野一圓ニ困窮仕由致方無鎮魂後レ、此上不叶鎮守返利子戻來ヿ頻々ニシ而萬事可有差支、宜祀典仕候由承、訴訟申上被遊御免香燃据ヱ、洞塞年度催祭禮奉、跡請負法右衛門之順孫被仰付候。末保利之處號由来不知申、勝義不詳、字不定、雖然唯真名ニ而毛保利と著申上候所、以右之用字向後毛利神社と號奉、琴平別宮扱ひニ付以御廻状被仰渡、以之可遂節奉畏候也
（後略）

書き上げは天保年間、由来として言及しているのは天明年間（1781‐1789）、

ということは、幕末を前に宮司文右衛門が、遡ること五、六十年の事跡に触れた文書だということになる。既に候文《そうろうぶん》にもいささか慣れてきた裕にはさほど難しいことはない、解読も困難な部分はほとんどなかった。やはり飢饉、そしてなんらかの洞、末保利洞に触れている——これが裕の関心を掻き立てて止まない。中盤に「不叶鎮守返利子戻來」とあるのをどう読むか、ここは解釈しかねた。「鎮守《ちんじゅ》が叶わず、利子が返却されて戻ってきた」という程の意味だろうか、古事に通じない裕には漠たる想像しか出来ない。これは香織なり、いや古賀なりに聞いて確かめておくことだろう。

古賀に聞くなら、ここまでは判っているというところまで形にしておかねば、あの多忙の人に質問もしづらいので、自ら判る範囲で翻刻を進め、タイプしておいて明日に備えようと思った。

だが裕はそれから明け方まで、新たに知った「末保利神社」という名前をめぐって、目録をめくる手を休めることが出来なかった。香織が翌朝その下宿に迎えにきたとき、卓袱台《ちゃぶだい》の下で寝袋に足だけ突っ込んで前後不覚に寝入っていた裕を起こしたのは、大橋の猫、助六だった。額に引っかき傷を作って寝ぼけ眼《まなこ》を擦りながら、顔も洗っていない裕は友人の下宿の玄関に立ち、呆れたような顔で戸口に立つ香織を迎えたのだった。

「もほり神社？」

「そう言うんだと。毛利と書くものとばかり思って見逃しとった。そこに末保利洞っていうのが出てくるんだが……やっぱりあの空抜洞のことじゃないかと思うんさ」

「そのもほりっていうんが毛利の語源なん」

「そう読めるんだが……これが前に言った子間引きの洞のことなんだとすれば、それを鎮魂しないといけないっていう文脈だと思う。それはいいんだが、鎮魂が叶わないと利子が戻るとか書いてあるんだな……そこがよく判らない」

「利子？」

「よく判んないんだよ。ひとまず出来るところまで翻刻しておくから、古賀さんに聞く前に見てくれるか」

その日も資料館の閲覧室を借りて資料に埋もれる予定だったが、頼みの古賀は午前中は会議で席を外しているということで、二人はまずは香織の仕事場である町立図書館に出向いた。ここ一週間は蔵書整理のために図書館は休館になっていたが、香織の言う「棚卸し」の作業はあらかた片づいているという話だった。館長は出勤しておらず、職員は香織の他に一人出てきているだけで、そちらも他館との連絡待ちで午前中だけの休日出勤である。そんなわけで今日は正規には業務外だが、蔵書整理休館の間ずっと無理を引き受けて業務に出てきていた香織のたっての頼みということで、関係者でない裕もお目こぼしにあずかって入館を許してもらっていたのである。暗い図書館の必要なスペースにだけ明かりを灯すと、裕がラップトップを広げている間に香織も執務机でメールをチェックしていた。

カウンターの方でプリンターが動くような音がした。しばらく釈文の打ち込みにかかりきりになっていた裕が顔を上げると香織が目で合図している。

「ファックスきた」

香織はメールから顔を上げると、カウンターを回って、たった今届いたファックスを巻き物を繰り延べるようにしながら持ってきた。

「ファックスって、今日は休館日だろ」

「文書館からだぃね」

「えっ……こっちの件か。もう届いたのか」

「だから言ったろうが」

香織が言っているのは、裕がリファレンスを頼んだ文書の写しのことである。裕は資料の存在を特定すれば文書館まで出向くつもりだったが、香織はファックスでコピーを取り寄せてしまえばいいと事も無げに言っていたのだった。

文書館の係員は年季の入った学芸員が多く、若い者にあたればともかく、年かさの者だとデジタル化の進行中のデータについては取り扱いかねる場合がしばしばある。画像データをメールで送ってもらうというような簡単に聞こえることも、案外と紛糾が多くなるのだ。それというのも所蔵資料の写真版デジタル資料は往々にしてデータサイズが巨大で、わずか十数葉の資料だけで文書館の貧弱なメールサーバーの容量を超えてしまうというのである。これは裕にもよく理解出来た。言語的な情報量としてはさほどでもないものが、生の画像データになると膨大なバイト数に膨れ上がる。裕の古文書コレクションもすでに外付けのハードディスクの容量を圧迫していた。

裕なら画像集全体にバッチ処理を噛ませてコレクションを丸ごと圧縮リサイズすることを考えるところだ。例えば文書館の一葉十メガバイトのTIFF画像なら百キロバイト程のJPG画像に圧縮してしまっても裕の用には足りるし、ざっとデータサイズは百分の一になる勘定で、メールに添付することも無理な話ではない。だが閲覧者が資料のどんな側面に注目しているかによって必要十分な圧縮率は違ってくる。文書館の係員にこちらの都合を事細かに話して複雑な処理をお願いするという話でもあるまい、まだウェブ上に公開する準備が済んでいないデータはこちらから出向いて取りに行かなければならないと思っていた。

だから、コピーをファックスで送ってもらえばいいと香織が言ったのには虚を衝かれた。香織が言うには、文書館の学芸員にとっては、生の画像データを処理して圧縮された文書形式に変換して送信する、などというややこしいことは期待出来ないかも知れないが、プリントアウトをファックスで送ってくれと言えばさっさとやってくれるだろう、ということなのだ。裕にしてみればせっかくデータ化されているものを物理的にプリントアウトして、それをさらにファックスして、というのはデータ化の甲斐がないような気もするし、双方に紙の無駄が生じるし、先方の手間も増えるような気がするのだが、香織に言わせれば「その方が面倒がないと思う人が多い」と自信満々であった。はたしてその通りだったのだ。もともと図書館、資料館、博物館と学芸コンソーシアムが準備されている折りで、こうしたやり取りが頻繁だったのも幸いしたが、文書館の反応は予想外に早かった。

「短いんね。『御厨別当下案主家乗断簡《みくりやべっとうあんずかじょうだんかん》』、享保十九年（1734）と……」

「この辺の資料の中では割に古いかな」

「ちょっとジャギーが出てしまったん。これで読める？」

「研究室のファックスよりずっと高精細だよ、足りる、足りる」

「う、でもこれ結構難しい……かも……」

「印刷が？　文が？　香織でもきついか」

「文が……家乗《かじょう》の断簡《だんかん》ってことは日記みたいなもんか、候文《そうろうぶん》と違って定型がないから却ってややこしいいん、文の切れが判りづらいから……なんでこれを……」

「書き出しに『金刀比羅《ことひら》』とあったわけなんだが」

「あるね……これはちょっと大きい字引きが要るんと違う」

「日国《にっこく》か。ここにはあるよな」

「もちろん。旧版だけど」

「二版はないのか」

「本館なら。でも旧版で用は足りよう？　漢和も大きいのあるし。資料館の方はどうだったかな……あっちにもそのレベルの字引きがあるか……」

「ないとも思えないが……玄人はけっこう手ぶらで読んじゃうだろ。じゃあ資料館に行く前にここで片のつくことはつけてしまおうか」

図書館に他に人がないのをいいことに、二人は閲覧室ではなく参考図書書架の傍机にコードを引っ張ってラップトップを据え、『日本国語大辞典』のある書架と『大漢和辞典』が並んだ書架の間に椅子を引きずっていった。日国は旧版で二十一巻、諸橋大漢和は補巻込みで十五巻、これを持って往復するよりもこっちが近づいてしまった方が早い。

字引きの詰まった書架は丈が低く、上に書物を広げられるようになっていた。薄暗い図書室の中で裕と香織は額を寄せ合って二通の古文書を解読し釈文を確かめていく。核心に迫るような史料を入手したばかりだし、それを二人でなんとか読みこなしていくというのは、作業にかかった当初は心躍るようなものがあった。

だが新たに手に入った『家乗断簡』が物語る故事来歴には底冷えのするような凄惨さがあった。一つひとつの言葉を確かめていく度に裕と香織は顔を見合わせていた。

断簡と言うだけに、一通は短いものであったが昼過ぎに釈文の一案をタイプし終わったときには二人はすっかり疲れ果てていた。勉強疲れというのとも違う、精神的な疲労があった。歴史に分け入れば、時代の無惨、時代の酷薄《こくはく》に立ち会うことになる……古賀が言っていた。だが漠然と想像されていた時代の残酷が、現実に時処《ときところ》を持つ具体的な証言の中に具体的な相貌をもって立ち現れてくるとき——それに立ち会うことがこれほど人を困憊《こんぱい》させるものだとは知らなかった。裕も香織も、その話が展開した当の場所に立ったことがあるということを疑わなかったのである。

「今日はお二人お揃いで」

軽口に二人を迎えた古賀であったが、裕と香織の表情がやや暗かった。来る途中で喧喧嘩でもしたかと思ったのだが古賀から何を言うのも憚《はばか》られる。

「古賀さんにちょっと見てもらいたい史料がありまして……」

約束よりも早めに着いてしまったので、古賀はまだ遅い昼食を取っている最中だった。目録のファイルをキーボードの上に開いたままで、菓子パンの袋がモニターの上に載っていた。缶コーヒーを少し離れたマイクロのコンソールにおいてあったのは、古賀が自分は粗忽《そこつ》者だと自覚しているからだろう。飲み物を作業空間から遠ざけたわけだが、それで置いた先がマイクロ閲覧機の上というのは溢《こぼ》す危険を考えた場合にどうなのだろうか、こちらの方が被害が大きくならないか……。カレーパンと餡《あん》ドーナツをモニターの上の袋から膝に移して、古賀は「いいですよ、でもちょっと待ってこれ片づけちゃいますから」と笑った。裕は指紋だらけのモニターの訳はこれかと思い、香織は古賀の太鼓腹の理由はこれかと察していた。

「古賀さん、先日お話しした空抜の洞なんですけど、やっぱり毛利神社はそれに関わっていた節があるんですよ」

「何か出てきましたか」

「古くは末保利神社と呼ばれていたみたいなんですけど、そこに末保利の洞《ほら》っていうのが出てくるんです。文脈からも多分……子間引きの風習と関係がありそうで……」

「どれ……なるほど末保利神社ですか。『由緒書上』……」

「もともとはこう言ったんですかね」

「まあ、そう書いてあるんなら少なくともそう受け取っていたものが居たということで。それ以上の意味は無い、と。霊地の呼び名が音写を経て合理化されて、もっともらしい用字に落ち着くなんてことは、あると言えばままあることですからね。社号がどこかで確定するとそれっきり動かなくなるもんですが」

「この末保利っていうのは何でしょう。古い地名にも無さそうですし、こうした姓があるという話も聞きませんが」

「屋号とか徒名《あだな》が由来になることもありますが、まあ珍しいかな。これ、字には意味は無いでしょぉね」

「そうお考えですか。そりゃまた何故……」

「だって『末保利』って万葉仮名でしょ。崩して書けばそのまま平仮名になるじゃないですか。上代特殊仮名遣いの名残ですよ。これ書いている人は……天保の琴平文右衛門ね……書いている人は漢字を当てたつもりではないんでしょ、こりゃ普通の仮名遣いですよ。だからその伝では後に出てくる『毛保利』の方が怪しいね。これは音をとった後で平仮名から戻って用字が曲がったんじゃないかな。そうすると『毛利』なんていう名前らしい名前に引きずられていっても不思議はないか」

「古賀さん、僕はこの『毛保利』が元の形だったんじゃないかと思っていたんですが……『末保利』も『まほり』、つまり『もおり』と読めるでしょう？」

「むしろそう読むのが普通でしょ。でも判りませんよ、だってこれにしたって神主文右衛門が正しいことを書いているかどうかだって判らないでしょ」

「……そこから疑えますかね」

「だって書き上げは天保年間で、語った由来はその時点からも遠い昔のことでしょう。そもそも自分の見聞を書いているというんじゃないですし、ぶっちゃけた話、この一文、由来はよく判らないって言っているだけの話じゃないですか」

「末保利洞っていうのが出てくるんです。これが毛利神社の直接の由来じゃないでしょうかね……そこが知りたくて……」

「どうお読みになりました？」

「中盤に判らない所もあるんですが、まずは釈文を見ていただけますか」

裕は自分のラップトップを古賀の見やすいところに開き、まだカレーパンを手にしている古賀が触らないようにと一工夫、離して据えた。

「なになに……『末保利神社初年ゟ《しょねんより》の訳《わけ》、委《ゐ》細《さい》可申上《まうしあぐべ》き旨、御《ご》尋《じん》ニ付《つき》、奉畏《かしこみたてまつり》、左ニ申上《まうしあ》げ候《さうら》ふ覚《おぼえ》。末保利神社、初發者《ハ》、何頃《いつごろ》當社ニ而《テ》、被勧請候哉《くわんじやうせられさうらふか》、往古《わうこ》之訳《わけ》一切、相知不申《あひしりまうさず》候ふ』と。要するに『いつのことであるか知らないし訳も知らない』と」

「はい。なんかずっと言い訳めいてますが」

「これお上から問い合わせがあったんでしょね。寺社奉行か、蘇芳の別当か……。でも山社に由緒書きが残っていることなんて少ないですから、これは仕方がないでしょ。なんとでもでっち上げなかった分だけ真面目じゃないですか……『當文《たうぶん》右衛《ゑ》門《もん》先祖ゟ《より》以前之義《ぎ》者《ハ》、上野《かうづけ》琴平法《はふ》右衛《ゑ》門《もん》と申《まう》す者《もの》朱印《しゆいん》得、所領《そりやう》戴《いただ》き、勧請《くわんじやう》承《うけたまは》り候ふ由《よし》、申伝《まうしつた》へ候へ共《ドモ》、當社由緒書付《ゆいしよかきつけ》等一切無く御座《ござ》候《そろ》、法右衛門三代以前天明丙午六年ゟ《より》余五十ヶ年勧請御請負《おんうけお》ひ仕来《つかうまつ》り申し候、然共《しかれドモ》當社初候哉之訳《やのわけ》、子細《しさい》一切《いっさい》相知不申《あひしりまうさず》候ふ』と。本当に知らないづくしだ。それに酷《ひど》い悪文ですね、候文の悪い見本だ」

「そうですか」

「同じ候文でも筆が立てばちょいと洒落てるもんですよ。これは書き上げは琴平神主で御尋の中身は末保利神社ということでいいでしょうか。當社というのがどっちのことか判り辛いですね。ここでは琴平の方でしょうが……」

「結局、末保利神社は琴平の別宮と迎えられたということなので」

「もともとの関係がべったりなのかな。『天明之義者《ハ》、法右衛門方ニ委《くはし》く有之《これあり》候、往古《わうこ》ゟ《より》山中ニ在《いま》す處謂《いはゆる》末保利《まほり》洞、上野《かうづけ》一圓ニ、困窮仕《こんきうつかうまつ》る由、致方無《いたしかたな》く鎮魂《たましず》め後レ……』」

「古賀さん、ここなんですよ、判らないのが――『不叶鎮守返利子戻來』。鎮守が叶わず、利子が返還されて戻って来る、とでも読むんでしょうか」

「そりゃ変ですね。誰が誰に利子を返すんですって？　まず第一に所領を戴くっていうのは純然たる寄進であって、およそ貸借《たいしやく》関係なんぞじゃないですからね……だいたい神社仏閣っていうのは寄進を得て護摩祈禱《ごまきとう》、お祓い、念仏とやるわけで、それは全て喜捨と引き換えっていう訳ではなくて……というか信者から『喜捨させていただく』という形なわけで、それを受け取ってあげるのも寺社の施しのうちですよね」

「そうなんですか……受け取ってあげるのも施し……？」

「喜捨浄財っていうのは信者が自分のためにするものですから。寺や神社に『お金を払って、お祓い、念仏を上げてもらう』っていうものじゃないでしょ、少なくとも建て前上は」

「はあ……」

「たとえば乞食《こつじき》僧に投げ銭するのだって、あれはお金を投げる方が施しをしているんじゃなくて、お金を投げる方にとっちゃそれは功徳《くどく》になるんだから、功徳を施すのはお金を受け取る方っていう理屈があるでしょ」

「乞食《こつじき》の方が施してるってことになるんですか。話が反対ですね。聖賤《せいせん》が逆転してますね」

「いや、洋の東西を問わず聖者と賤民は常時逆転可能なものですよ。宗教上の喜捨の性質っていうのはどこでもそうでしょ。乞食《こつじき》っていうのはある意味、富める者に浄財の機会を与える聖職ですから」

「そうすると賽銭《さいせん》とか玉串料なんていうのもみんな同じですか」

「寺社はもともとサービス業なんかじゃないですから。喜捨はお祓いの対価を払ってるんじゃない、喜捨すること自体がお祈りの形の一部なわけで……だからここには貸借関係も、対価の交換もないですよ。実際、たとえば雨乞いをして雨が降らなかったからといって、寺社が責任を取って所領を返した、喜捨を断った、布施を返還したっていう話はないでしょ？　だって責任はないですから。お祈りしたのは信者ご自身で、神職はそれを神さんに伝える通訳みたいな仕事をしただけですよね、形式的には。だから……鎮守が叶わないから利子を返すなんて話も成立しないでしょう。どこにも貸し借りも取引も無いんですよ」

「なるほど、じゃあこの話は……逆に何か返してもらったとか」

「うぅん、どうかな。中古中世では米銭《べいせん》の貸付は、なるほどたいがい寺社勢力が受け持ちですけどね。鎮守の正否に利平《りびょう》の返還が絡《から》むなんて話は聞きませんねえ。まず読みが違いますよ」

「となると、どう読みます？」

香織がここで口を挟んだ。

「この『返利子』っていうところ、利子じゃなくて、この『利』は仮名《かな》なんじゃないかな――送り仮名」

「送り仮名……ですか」

「『末保利』の『利』だって、古賀さん、仮名《かな》だっておっしゃってたでしょう。それと同じようにこれは『返《かへ》り』って読むんじゃないの？」

「すると『此の上、守《も》り鎮《しず》め叶はず』……『返《かへ》り子《こ》戻り來たり』……？　どういう意味と取るんか」

「飯山《いいやま》さんの言う通りとすれば……読みはそうなるか。でも『返リ子』って変ですね。『返セル子』とするならまだしも……」

「そう読むとすると、古賀さんの取った『返す』っていうのは子間引きのことをいってるんでしょう？」

「ええ、だって間引くことを『返す』っていうのは普通の言い方でしょ。自然には『返セル子』か『返シ子《ご》』……わざわざ送り仮名をおくって『返リ子』っていうのはちょっと判らない。これじゃ『子』の方が返る主体ですよね。返される客体でなしに」

「間引いた子が戻ってくるとでも言うんでしょうか。その……水子《みずこ》の怨念がとか……」

「えぇ、そういうオカルトな話なの、これ」

香織が小さく悲鳴を上げている。古賀が手を振って答えた。

「それは違うかな……水子の霊障《れいしょう》があるとかいうのは割に最近に出来た話ですから。もう戦後の話、高度経済成長期……それこそオカルトブームの頃からの話ですよ、そりゃ。江戸期ならがんらい乳幼児死亡率も高いですし、子間引きは当たり前のこととして横行していた訳だし……」

「だからこそ間引きは人倫に反するという教戒が必要だったわけですものね」

「ええ、だから天保年間に間引き子の怨霊が返るなんて話はちょっと考えづらいかな……」

「じゃあ古賀さん、これは文字通りの意味なんじゃないでしょうかね」

「というと？」

「忌み言葉じゃなくて……間引いて『返セル子』っていうことじゃなくて、文字通りに『返ル子』、『返ってくる子』っていう意味なんじゃないかと」

「文字通りにって、どこから返ってくるっていうんです？　黄泉《よみ》の国から？」

「いえ、もう本当に具体的な話です。子間引きの洞からですよ。そこから返ってくる、村落に」

「ちょっと判らないなぁ。それはどういう……」

「そういう話がありそうなんです。今日持ってきたもう一つの古文書なんですけど」

裕は鞄から蛇腹折りの感熱紙をとり出した。午前に届いていたファックスである。さ
「どれ拝見」と古賀は眼鏡を老眼鏡に掛け替えると、指先を濡れ布巾で拭っていた。さすがに古文書を扱う研究者が、ファックス用紙といえども油のついた指のままで書類を受け取るわけがない。汚していいのは機械まで、文書はもっと尊いものなのだ。

「文書館からですか。『御厨別当《みくりやべっとう》下案主《あんず》家乗断簡《かじょうだんかん》』……享保年間ということは……今の『由緒書上』より百年さかのぼりますね。『由緒書上』に出てくる法右衛門の三代前と重

なるんじゃないの。これ年代は確かですか」

「いえ、裏は取ってないんですが」

「同時期の他文書に言及があればまずは良し、あとの高等批評は文書現物を見ないと厳しいか。ファックスで中身だけ見たんじゃ判断はできないでしょうね」

「ちょっと史料批判までは手がまわらなくて……」

「まあ、それはこっちの仕事です。で、中身は……」

「それが結構酷い話みたいなんですよ」

享保甲寅十九年　御厨別当下案主家乗断簡
聞道享保癸丑迎寒金刀比羅本宮ニ庚申待ちて地下陪従講だちて鼓騒せるが峰坤ゟ獣匍匐たる哉と見れば一髻の童の萎へたる也立柄無云甲斐程ニ冷四裑者菌黴て襤褸け手足肉痩不立一身瘡蓋不固浅猿迚眼ニ球無饗子眼瞼ニ充てり雖講中穢気有労敷所念行不敢禁涙脆宜刷迚無為方、以為夷則中元空抜捨不遂直洞抜出由折凶饉有之事鬼籠迚空抜之弊風汚俗不能傾申。童雖有若亡神可返と所念行氏子中密々ニ囲祀棟別出合育と事実者心痛事也　（後損）

「な、る、ほど……『神返すべし』か……神隠しならぬ神返しですね。これが返り子……確かに筋は通りますか、『空抜《うろぬき》』の一語も見えますね」

「釈文案を書いてきたので見てもらえますか」

こちらはまだプリントアウトが無いので裕のラップトップに文案を呼び出した。古賀は画面に屈みこんで、手の中のファックス用紙と裕の書写した候文と、交互に目を送って読み上げていった。

『聞道《きくならく》、享保癸丑迎寒《みづのとうしげいかん》（旧暦八月）、金刀比羅本宮《ことひらもとみや》ニ、庚申《かのえさる》待ちて地下《ちげ》・陪従講《べいじゅうかう》だちて鼓騒《こさう》せるが』と」

「金刀比羅本宮《もとみや》というのは琴平神社のことでしょうね」

「そうですか、末保利神社を別宮としたって話でしたか」

「その辺の由来だと思うんですが……」

「この『庚申待《こうしんまち》』ってのはご存知？」

「ええ、庚申《かのえさる》の日に集まって夜通し酒盛りをするって話ですよね。なにか虫が出て行かないようにするとか……」

「そうそう、三尸《さんし》の虫って言って、ほっておくと体から抜け出して天帝に宿主の悪行を告げ口に行くっていうんですね。そのあとの地下《じげ》、陪従《べいじゅう》というのはそれぞれ地元の者と神楽奏者ということでしょ。庚申講《こうしんこう》です」

「この『鼓騒《こそう》した』というのは実際に笛太鼓を演奏したってことなんですか」

「どうでしょ、大騒ぎしたというほどのことじゃないかな……『峰』の……『坤与《ひつじさるより》』ですか……『獣匍匐《けだものはひず》りたる哉《か》と見れば、一髻《いっきつ》の童《わらんべ》の萎へたる也』と。一髻は髪形のことね。髷《まげ》を髻《もとどり》に曲げもどして縛る」

「はい、調べました」

「これ、ある程度大きな子供だってことでしょね」

「あっ……そういう……気がつきませんでした……」

「お稚児さんなんかによくある髪形で……乳幼児では髻《もとどり》まで戻して結えない、ね……『立柄無云甲斐程《ありさまいひがひなきほど》ニ冷《すさまじ》く、四つ裑者《みごろハ》、菌黴《くさひらかび》て襤褸《ぼろ》け、手足肉痩《ししこ》きて不立《たたず》、一身瘡蓋《かせ》不《かた》固《みず》』……なるほど。四つ裑は四肢のことじゃなくて、ここは着物の身頃のことね、胴回りの部分ですが、茸が生え黴だらけでぼろぼろになり、手足は痩せ衰えて身を起こすことも出来ない、傷だらけだが、その傷が瘡蓋《かさぶた》に固まっていかずぐじぐじしたままだと……」

「傷を治すだけの体力が無くなっていたんですかね」

「そうかも知れません。足の立たぬほど痩せさらばえ満身創痍《まんしんそうい》で治癒力も失っている……『浅猿迚《あさましくモ》眼《まなこ》ニ球《たま》無く蠁子《さし》眼瞼《まなぶた》ニ充《み》てり』と、ここが酷いね。蠁子《さし》というのはご存知でした？」

「いえ、でも字引きに有りました。蛆虫《うじむし》のことだと……」

「ええ……一同が驚き呆れたことには、眼球が無くなっており、瞼《まぶた》のうちには蛆虫がいっぱいになっていた、と……ちょっと想像するのもいやですね。うんと省筆ですが……蠁子が湧いたのが目ばかりとはちょっと思われない……」

香織が口を押さえて聞いていた。釈文を用意していた際にも読むに堪《た》えない文言と感じたが、こうして口にされると凄惨さが一入募《ひとしおつの》って聞くに堪えない。『雖講中穢気有《かうぢゆうゑきありといへども》、労敷《いたはし》く所念《おもほして》行、不敢禁涙脆《なみだもろなるをきんじあへず》、宜《よろし》く刷《かひつら》ふ迚《モ》、無為方《せんかたなし》』……なるほど庚申講の間ということもあって穢れを避けたいところであったけれども、あまりに可哀想に思い、中には涙をこらえられない者もおり、なにくれとなく搔《か》い繕《つくろ》ってやった、手当てして世話してやったが、どうしようもない……。なるほどね、庚申の日は八専《はっせん》の一つで比和《ひわ》、すなわち十干《じっかん》と十二支の五行が重なる日です。庚申は五行思想では十干に金、十二支も金、同じことが重なるのね。それで吉兆があれば吉が重なっていくし、凶事があればさらに凶事が重なるって考える。だから『穢《ゑ》気《き》有《あり》』というのは、庚申の日だけに凶事は本来なら御免だっていう雰囲気だったということ。『以為《おもへらく》、夷則中元《いそくちゆうげん》（旧暦七月中日）、空抜《うろぬき》捨てられつるが不遂直《なほりとげず》、洞抜出《ほらぬけいづ》る由《よし》』……ここは『不遂直《なほりとげず》』というところ、どう取りました？」

「ええと、体が回復しないということでは……？」

「それじゃ話があとさきだぃね」香織が茶々を入れてきた。

「そうですね、これはね、この『直《なほ》る』というのは、死ぬの忌み言葉でしょ。『不遂《なほりと》直《げず》』は死にきれなかった、死におおせなかった、ということです。いわく『考えるに、先月七月の中元に空抜《うろぬ》きがあって捨てられていたのだが、往生し切れなくて、洞を抜け出てきたものと思われる』と。『折《おりしもあれ》、凶饉《きようきん》 有之事、鬼籠《こころにく》く迚《モ》、空抜《うろぬき》之弊風《へいふうを》汚俗《ぞく》、不能傾申《かたぶけまうすあたはず》』……えぇと……享保十八年（1733）ですから享保の大飢饉がちょうどまっただ中ですね、これは……だから、折しも大飢饉があってのことで、まことに遺憾なことではあるけれども、空抜きという悪俗のことを軽々に批判することも出来ない、と。ちょっと視線が同情的ですね」

「御厨別当下案主というのは、これは神社の関係者ということですよね」

「寺社奉行下の書記官といったところじゃないでしょうか、家乗といっても個人的な日記じゃなくて公的な覚え書きかも知れませんね。同情的ではあるけれども、すこし他人事めいた感もあるでしょ……『童《わらんべ》雖有若亡《いうじやくばうなれども》、神可返《かみかへすべか》めると所念《おもほし》行、氏子中密々《みつみつ》ニ囲《かこひ》祀《まつ》り、棟別出合《むなべちだしあ》ひて育《はぐく》みたると。事実者《ことじちならば》、心痛《むねいた》む事也』。この『有若亡《ゆうじゃくぼう》』は死人も同様の有り様というところでしょう。この子は半死人にも等しい有り様だったが、神が返した子に違いないと考えて——なるほど——氏子のあいだで密々に保護して、各戸から持ち出し合って養育したという。この通りの話とすれば心痛事《しんつうじ》である、と……はあ、なるほど、『神が返した子』、これが返り子。勝山さんの仰《おっしゃ》る通りかも知れませんね。この『案主家乗断簡』に説かれた由来が、『由緒書上』と重なるとすれば——返り子っていうのはまさしく、この子のことじゃないですか」

「ええ、やはり空抜洞から返ってきたっていう……」

「だとすると『由緒書上』の段もそれで分かりますか」

古賀は『家乗断簡』のファックスを脇に置いて、裕のラップトップに屈みこむと、ウインドゥを『由緒書上』の釈文案に切り替えた。先に問題になっていた「返利子」のくだりである。

「『此《こ》の上不叶鎮守《もりしずめかなはず》ば、返利子《かへりご》、戻來《もどりきた》ること頻々《ひんぴん》にして萬事に可有差支《さしつかへあるべく》、宜《よろ》しく祀典《してん》仕《つかうまつ》り候《さうら》ふ由《よし》、承《うけたまは》りて、訴訟《うつたへ》申し上げ被遊御免《ごめんあそばされ》、香燃《こりたき》据ェ、洞塞《ほらふさ》ぎて年度《としごと》に催祭禮《さいれいもよほし》奉《たてまつ》り、跡請負《あとうけおひ》法右衛門之順孫被仰付《おほせつけられ》候』——なるほど、通りますね、意味は通る」

「それで、ここで問題になっている空抜洞っていうのが毛利神社の……鎮魂鎮護の対象になっているわけでしょう？　この空抜洞——『末保利の洞』っていうものが、やはり具体的にあったものだと……」

「それを山中にご覧になってきたと」

古賀は裕と香織の顔を見比べて不審げに訊いた。

「そう思うんです」

「これはちょっと断定しかねますね。文献が一二《いちに》と出てきただけじゃ古跡の比定《ひてい》は勇み足……仮説が飛び交う空中戦になります、益がないですよ。本格的に比定するなら物証がいるでしょうね」

「僕としてもそこまで踏み込むつもりはないんですが」

「物証って、あの洞を掘れってこと……ですか」香織が眉根を寄せて上ずった声を上げた。

「まあ考古学的な調査になりますか」

「ぜったい御免だがね」と裕の袖に縋《すが》り付いている。「何が出てくるんか」

香織の想像したことは容易に想像が付いた。もしあの洞が本当に末保利の洞、子間引きの空抜洞なのだとしたら、そこに埋《うず》もれているのは——中世近世にわたって窮乏極まれる浮き世の悲惨の犠牲となって、文字通りに地に埋め塞がれた数をも知れぬ童子の骨に相違ない。

古賀は困ったような顔で香織に説いた。

「なにも飯山さんに掘れと言ってるんじゃありませんが……まあ、この件はちょっと発掘調査にいたるには傍証がまだ少な過ぎるかな……そもそも、そこまでの価値のある発見とも、率直にいって言い兼ねますね。近世後期に子間引きが横行していたことは既にことあらためて主張する必要もない既定の史実と言えるでしょうし、そのときところをこの上州で殊更に特定しても意味がないかもしれない。なぜって子間引きはほとんど全国、各村、各戸に行われていたことでしょうから。加えて学術調査とはいえ、仮にもこうした件についてとなると、当の神社が協力してくれるとは、ちょっと……」

「確かにそうですね。時代の悪俗の為すところだったとはいえ、当の神社の過去をほじくり出して、仮説につけても子殺しの現場だと名指すことになるとすれば……地元の郷《ごう》の者がどう思うか」

「そちらでは今でも氏子中があるんですか、なんでも廃社になってたってことでしょ」

「判りませんが、おそらくは。宮司と呼ばれる人が残ってますから。ただ、ひどく閉鎖的な郷だと言われてまして……簡単に聞き取り調査も出来ないような有り様なんですよ」

「ああ、それは難しいかも知れませんね。村ぐるみで口が重いようなことってありますよ」

「そういう……調査地が非協力的なことってのはよくあることなんですか」

「なにかの古事に事寄せて村おこしに利用しようとしてるんでもない限りはね。学者だかなんだか知らないが余所者《よそ》にほじくられるのは誰だっていやなもんでしょ、ふつう。ましてほじくる中身が……これとなるとね」

「そうでしょうね……ただでさえ話も聞いてくれないような感じでしたから」

「そちらに、こうした子間引きに関わる伝承でもありそうなんですか」

「ちょっと判らないです、いまのところ」

「まあ仮にあっても、なかなか出てこないでしょ。こんな寝た子を起こすような話では、口が重くなっても当然ですし……だいたい通常は伝承自体が話を曲げてしまいますしね」

古賀の「伝承が話を曲げる」という言葉が裕の胸に刺さった。それは朝倉のところでも再々釘を刺された話だった。縁起の転倒、因果の逆転、それが寺社の由緒書き一つとっても史実の意味を書き換えてしまう。いや、我々が史実と見るそのものを産み出してすらいるのだ。

そういえば毛利宮を姥捨《うばすて》神社と腐した風聞があった。たんに近隣村落からの疎意に由来する根も葉もない悪口《あっこう》だったのか。それともここにも何らかの事跡の顚倒《てんとう》があったのか。この地域に棄老習俗など裏付けの一件どころか、それらしい伝承の欠片《かけら》さえ見出されなかった。ことによると「姥捨神社」という雑言《ぞうごん》すらがすでに婉語《えんご》のたぐいで、実相は違ったことが隠蔽《いんぺい》されていたのではなかったろうか。すでに裕は想像を逞《たくま》しくせざるを得ない……いちいち説話に残ってはいないものの古代から近世までほぼ厳然たる事実として連綿と繰り返されてきた口減らしの例がある。それは姥捨ではなくむしろ子捨て子殺しである。こちらはまさしくこの地域にも横行していたことが、禁令、触れ書き、教戒の数々によって間接的、消極的に、しかしそれだけにかえって確かな同時代的証言として、物語られていたのであった。

裕は一足飛びに結論に飛びつこうとしている愚を戒めようと自分の内心を窘《たしな》める。だがどうしても疑懼《ぎく》に近い思いが兆《きざ》してならない。あれは「姥捨の宮」ではなくて――「子捨《こすて》の宮」だったのではないのか……

内心の動揺を隠し、せいぜい実証性を重んじる態度を繕って、裕は古賀に意見を求める。

「現地では『毛利』という社号は確認出来ましたが、それぐらいですね、判ったのは。末保利という用字にはまったく出会っていません。それでこの辺の史料を今までまったく見逃してしまってたんですよ」

「この『由緒書上』の末尾でもまさに社号の由来が判らないと説いてるじゃないですか、

書き上げの天保年間で既に紛れちゃっているんじゃないですか。いわく『末保利之處《がうするところの》號由来、不知申《しりまうさず》、勝義不詳《しょうぎつまびらかならず》、字《じ》不定《さだまらず》、雖然《しかれども》唯真名ニ而《テ》、毛保利《もほり》と著《あらは》し申上候所、以右之用字《みぎのじをもって》、向後《きやうこう》毛利神社と號《がう》し奉り、琴平別宮扱ひニ付、以御廻状被仰渡《おほせわたされ》、以《これを》之《もつて》、可遂節《せつをとぐべく》、奉畏《かしこみたてまつり》候也』……と読む。やはりよく判らない。毛利神社が琴平神社の別宮になったのは享保以前のことと見えますが、その段ではどこから『末保利』ないし『毛保利』という呼び方が生じたのかが判明でないですね。書き上げの天保年間では毛利神社という名前は成立しているようですが……この間、百年ぐらい記述がずっとんでいますでしょ」

「この間に……浅間大焼がありますよね」

「それから天明大飢饉、上野飢饉、天保大飢饉、日本一統大凶作と相続きますしね。上州受難の百年ですね、こりゃ。その間の記録が侘《わ》びしくなっても仕方がないか」

「その間もずっと空抜《うろぬ》きはあった訳ですよね」予断を払拭できぬ自分を省みて、問いが自嘲を帯びた。

「最盛期——というと語弊が有るか。このころ猖獗《しょうけつ》を極めていたでしょね」

「じゃあ、古賀さん、ちょっとおかしくないですか。『由緒書上』が語る由来によると……返り子が戻り来ることが頻回になってはなにかと差し支えるから、洞を塞いで年ごとに御祀りをした、宮司琴平が累代請け負うよう仰せつけられた、とあるでしょう」

「ええ、その通りの読みになるかと——」

「でも……いやな言い方になりますが……空抜の洞はこの時期、さらに必要になっていく理屈じゃないでしょうか、時代的には」

「なるほどねぇ。塞ぐどころか入《い》り用《よう》になっていく訳だ」

「するとですね、『返利子《かへりご》、戻來《もどりきた》ること頻々《ひんぴん》にして萬事に可有差支《さしつかへあるべく》』っていうのも、『香《こり》燃《たき》据ヱ、洞塞《ほらふさ》ぎて年度《としごと》に催祭《さいれい》禮《もよほし》奉《たてまつ》り』っていうのも違った風に読めませんか」

「どういうことでしょ」

「たびたび返り子が戻ってこられないようにと堂を据えて洞を塞いだ……つまり、外から」

『洞塞ぎ』っていうのが、洞を潰したということじゃなくて、洞を閉ざしたという意味だということですか？　う～ん、それはどうだろ、読めますよ、読めますが、しかし……」

「古賀さんは……想像はなさらない」

「そうですね」古賀は苦笑を浮かべて続けた。「失礼ながら憶断《おくだん》じゃないでしょうか。なぜそんな風に、そこまで空抜の洞をですね……勝山さんが、なんていうか生かそうとしているのか……」

「いえね、先に……僕は毛利の語源は『毛保利《もほり》』じゃないかと言いましたね、それなんですけど……どうしてそう思ったかっていうと、これ『芋掘《いもほ》り』の転訛《てんか》だったんじゃないかと思ったんですよ」

「芋掘《いもほ》り……ですか。つまり子間引きの……」

「ええ、忌み言葉に『芋掘り』と言うとおっしゃってたでしょう。それで……空抜の洞が『芋掘りの洞』という風に言い換えられていったとすると、毛利神社の社号の語源は一貫して『子間引きの洞』だったということになるでしょう？」

「なるほど……その洞を塞いでいる香燃《こりたき》に閂《かんぬき》が支《か》ってあるという話でしたね。それをご覧になって……」

「深い井戸みたいなところの上に香燃――っていうんですか、要するにお堂が載っているんで、もとより内から開くことは難しいと思われるので、実際上の機能を狙ったものなのか、それとも象徴的な意匠に過ぎないのか、それは判りませんけれども……ともかく『由緒書上』にある『返利子』云々《うんぬん》のくだりは、返り子が以後出ないように取り計らうっていう話ではなくて、返り子を封じ込めるっていうことなんじゃないかって……なんというか霊的にではなくて、もう物理的に」

「うーん……仮説として伺っておきましょう。しかし率直に言って牽強付会《けんきょうふかい》だと思いますね。ご自分の関心にそぐうように史料を解釈しはじめると危険です。史料には存立そのものの事情からしてなんらかの歪曲《わいきょく》があるものですが、読みのレベルでそこまで読む者の意図を介在させてしまうと……正しい答えは出てきませんよ。というか、どんな答えでも出てしまう。そうした答えは批判に堪えません、やはり恣意的な読みと言うべきでしょう」

裕は脳裏に巻き起こっていた数々の予断、幾多の「想像」を拭い去ろうとするかのように、いつしか玉になっていた額の汗を袖口で拭って、努めて平静に、古賀からの恣意的との批判を受け止めた。

「僕としても確信があって言ってることじゃないですし」

「確信なんかあったって駄目ですよ。誤ったことを確信している人はいくらもいますからね。私の立場からすると、論者の確信の有無なんていうのは話の価値というか、話の真贋には係《かかずら》わないことです。むしろ確信なんて無い方が話としては信じられるぐらいで……」

「そう言われると……言葉もないですが」

「これは史学者としてのポジション・トークと取ってくださって構わないですが、仮説は批判に堪える形で提示していただかないと正直、評価しかねますね。仮説に当否があるんじゃなくて、仮説を提示する手法というか、手続きにまず当否がある訳で」

「おっしゃることは判ります」

「これは勝山さんがこっち側の人だと思っているから言っているんで、誰相手にでもこうした……学術的というか、厳密な基準を適用して歴史観を咎《とが》めるようなことは、私としては逆に慎んでいるんですがね」

裕は、ははは、と力なく照れ笑いに口元を引きつらせる。古賀の言うことはよく判った──裕は他人《ひと》の世界観というか、余人の世事に対する予断を論《あげつら》っては煙たがられることが多かったが、これはまさしく社会学なんぞに携わる者の悪弊というものかもしれない。裕からすれば、誰もがさしたる根拠もなしに驚くほど簡単に怪しげな「常識」を信じ込んでしまうことが不可解でならないのだが、どうも真面目な質《たち》が災いして事ごとにそんな「常識」の根拠を問い、是非を糾《ただ》してしまう。その度に理屈っぽいとか、神経質だとか評されるのが業腹で、間違った思い込みを間違ってると言って上手くいかないのが人付き合いなら端《はな》から御免被《こうむ》りたいような気持ちにすらなる。

要するに古典にあるごとく、知に働いては角を立て、意地を張っては窮屈な思いをしているということで、糞真面目も程々にした方が世過ぎに都合がいいのは自分でも判っているのだ。古賀の言うように「人を見て法を説く」といった如才無さがあれば、いかばかり世渡りの活計《たずき》になることだろうか。

だから裕は長らくの無沙汰を経て再会した飯山香織の、情に棹《さお》さしながらなお流されぬ屈託の無さが眩《まぶ》しくてならなかった。香織が居なければ、斯界の事情を心得ている人物に直接に話を聞き、次々に伝手《つて》を繋いではその都度専門家に頼んで、遠く資料を取り寄せるなどという芸当は可能にならなかっただろう。裕は一人で、誰に何を頼むということもなくせいぜい資料館の閲覧室を彷徨《さまよ》っているばかりで、きっと彼が探すものは数月かかっても網に引っかかっては来なかったのではないか。香織が居なければ長谷川淳とも気まずい沈黙の内に早々に別れてしまい、交錯し合うお互いの行程について話をすり合わせる機会も訪れなかっただろう。そしてまた、香織が居なかったならば、大橋の帰宅に前後して裕は東京の下宿に戻り、結局「何も明らかにならなかった旅」の目的のことは胸に畳んでどこかにしまい込み、そして秋学期前に訪れる院試の準備に勤《いそ》しむばかりになったことだろう、ずいぶん時間を無駄にしてしまったなと後悔しながら……

だが今、裕は本来なら院試に向けていよいよ試験対策の仕上げにかからなければいけない時節に達していながらも、大橋と助六の下僕の立場に甘んじてでも、今回の旅の懸案に片を付けるまでは帰京しないという決断を固めていた。もとより院試に落ちる心配などしてはいなかったこともあるし、調べものに思わぬ進捗、思わぬ拡がりが出てきたこともあった。とはいえ裕の決断の芯になっていたのは、もう少しでも香織と一緒にいたいという一事に尽きていたのかもしれない。

「問題の神社が空抜洞とどう関わりがあるのかということでもね、あるいは『末保利』という社号が『芋掘り』と語源的に関わるかどうかということでも、もう少し傍証が出てこないと確かなことは言えないですね」

あらためて古賀は釘を刺す。幇間《ほうかん》めいた張り付いた笑みの向こうに史学者としての厳しさが透けて見えてきたように思った。

「出来れば違った角度からの証拠が積み上がれば仮説としては強いんですがね。たとえば考古学的な物証が出るとか、同じ文献にしても違った系統のもの——由緒書上ばかりじゃなくて、たとえば諸役金の勘定覚とか議定書とかね、経済に係るものなんかで傍証が出てくると有力な状況証拠になります。その手の証文は無味乾燥なように見えて物語るものが豊富なんですよ。損得が葛藤する利害関係者がどうしたって複数絡んでくる訳で、言ってみれば自動的にクロスチェックが掛かってる訳でしょ。その段で信頼性も高いですから」

「同系統の古文書だけ集めていても駄目ってことですか」

「極論すればね。系統が同じ文書はお互いに影響を与えあうから……無意識のうちに文言が揃ったり、ともすれば確かとは言えない由来を融通しあったりするでしょ」

「間テクスト性《インターテクスチュアリティ》の程度が高いということですかね」

「思想系の術語には弱いんでね……私共の言い方ですと同系統の文書には相互参照が多いということです。子引き、孫引きが繰り返されていく中で、『嘘も百回言えば本当になる』って言うでしょ、そういうことが起こりがちなのね。いつの間にか根も葉もない伝承が、数々の文献に裏打ちされた既定の事実みたいな顔をしはじめる……そうするとそこにイデオロギーみたいなものの萌芽が出てきます。さらに言えばね、話の伝播の中でイデオロギーが忍び込んでくるっていうんじゃなくて、ある特定の話が現に伝播していくってことそのものがイデオロギーを含んでいる訳です」

「前に仰っていた、史料が伝存していることそのものに虚実があるという話ですか」

「なんだって只では伝存なんかしない訳でしょ。家伝にしても社伝にしても、あるいは由緒、由来、縁起といったものも、放っておけば永年の日々の営みに紛れて雲散してしまうようなもので、残っていくっていうのはそれだけでちょいとした不自然があるわけですよ。消えてしまうのが天然自然のところ、そこを曲げて撓《たわ》めて伝承を維持していくっていう不断の努力と意図の働きがある」

「ちょっと話が大きく……というか抽象的になってきましたが、古賀さんはやっぱり御専門の神社神道の由緒由来のことを念頭に置いてらっしゃるんですか」

「ええ、もちろん。ですけど、これはひとり神道に限らず宗教というものはまさしくそうして成立してきたものでしょう——なんらかの縁起、因果が世人の語る説話となり、それがなんらかの教義、なんらかのイデオロギーの形代《かたしろ》になって伝承されていく。信仰や思想が任意の説話を選び取り、伝承の中で改変していって、一つのイデオロギーとして強化していく。そうして伝わってきた説話というものはどんなに素朴なものに見えても、やはりイデオロギーによって支えられてきたものだし、逆にイデオロギーを支え続けてきたものでもあるわけです。これはイデオロギーと言っても一種の政治信条といった狭い意味での話じゃなくて、もっと世界観とでも言った漠然としたものですけどね」

「それは判ります」

簡単に頷く裕の顔を、真意を窺《うかが》うように覗き込んで古賀は続けた。

「であればね、こうした事情は説話ばかりではない、もっと客観的で有形のもの、史料といい、歴史の記述と称するものにもまた、一般的に妥当するような話じゃありませんか。一つの史料は系譜関係を持つ他の史料と相互参照を繰り返しては密かに、しかし確かに、行間にイデオロギーを育てていくものです。そして単に史料と史料の間の話には留まらず、史料と筆者の無意識との間、史料と時代精神との間、つまりは史料と大衆の無意識との間にも、常に相互に参照しあう関係が保たれている。では、これだけの緊張関係のなかに搦《から》めとられている史料というものが、後世に伝存していくとすればどうなるのか。時代の変化の中で、それぞれの時代の要請に合わせて史料はその都度立場を微妙に変更し、その意味を書き換えてきたでしょ。いつ読まれたか、誰に読まれたか、そうしたことによっても史料の意味が異なってくるでしょ。その史料を繙《ひもと》くものの動機によっても史料は劇的に意味を変えていくはずです」

裕は頭を掻いて答えた。

「うーん……仰っていることの方向性が見えてきたというか……僕が古文書の中に何か読めば……あるいは歴史から何かほじくり出してくれば――」

「――好むと好まざるとを問わず、やはり何らかの意味を帯び、何らかのイデオロギーに加担することになる。いずれにしても、こうした話は確定的なことが出てくるまで……あるいは出てきてもですね……あんまり軽々に吹聴しない方がいいかも知れません」

「ええ、判ります」

「ことは史実が確かめられるかどうかばかりではなくてね」

「仮に確かめられたら尚のこと、ってところかもしれませんよね」

古賀が相好を崩して諾《うべな》った。

「問題はご承知のようですね、老婆心からあれなんで、済みませんが」

香織が、裕と古賀の顔を見比べながら、不審顔をしていた。二人のあいだでは何やら意が通じているようだが彼女にはどうも話が見えない。古賀は相変わらず人をくった笑みを絶やさないが、裕の方はいささか表情に厳しさがあった。

資料館を辞していく時に、裕はもう二点、史料の取り寄せを古賀に依頼した。「末保利」という用字の判明とともにリストの中に立ち現れていた新たな史料の中に、ほぼ幕末期の『国幣大社上野《かうづけ》蘇芳《すはう》神社特殊神事』と『末保利神社本紀大畧《ほんきたいりやく》鎮座之事由緒付書立』と題されたものがあった。恐らく『由緒書上』や『家乗断簡』と同様に末保利神社の由来の中心に切り込む史料になると目される。これらの史料は電子化されておらず、『蘇芳神社特殊神事』は歴史民俗博物館に委託されており、かたや『本紀大畧』は原資料の所在は確かでなく表題だけが収蔵資料目録にあった。必要なら現物を検《あらた》めに行く準備があったが、古賀の話では、まだ公開されてはいないものの、目録に入っている以上はおそらくデータベース化は進んでいるはずで、歴民博物館に問い合わせればおそらく画像データは手に入るだろうとのことである。上手く人に頼るということを覚えようと大真面目でいる裕は、ここは古賀に伝手をお願いし丁重に礼を言ってこの日は引き下がった。次の時には土産でも持参する積もりである。おそらく揚《あげ》パンの類いで外れはあるまい。

併せてもう一件、裕は人の手を借りる算段をたてていた。裕が調べたかったことは

「芋掘り」という忌み言葉と「毛保利」という社号を結びつける手がかりがあるかどうかである。そこで地域の民俗語彙の分布と、地名縁起についての参考図書が必要となる。

　目星を付けたのは先《ま》ずはいずれも基本図書で、特に目ぼしいところを挙げれば柳田国《やなぎたくに》男《お》監修『綜合日本民俗語彙』、谷川健一《たにがわけんいち》編『民俗地名語彙事典』上下、「民間伝承の会」の手になる習俗語彙シリーズの中から『葬送習俗語彙』、最後に小野《おの》武夫《たけお》編『日本農民史語彙・日本農村の社会経済史に関する用語の通俗的説明』である。いずれも通常の図書館では参考図書、つまり禁帯出の館内閲覧のみということになっているものが多く、これらを全て収蔵している図書館が近くに無かった。いくつかの図書館を渡り歩かなければならない理屈である。

　それで裕は自分の大学の図書館を検索してみたところ、当然というべきかほとんどが大学中央図書館研究書庫に収蔵されていた。裕の大学は所蔵点数こそ旧帝大系の図書館網には及ばぬが、開架の大図書館は全国有数の規模を誇り、地下の研究書庫に立ち入ることが出来れば書籍化されているものなら和漢洋に不足はないのだった。研究書庫は閲覧個室の使用こそ院生や教員研究員に限られていたが、学部のものでも貸し出し制限が一部厳しいだけで利用するのは簡単だ。

　もちろんここで帰京する予定はない。ゼミのグループ研究の一件で知友となった杉本《すぎもと》が院に進むつもりだと聞いていた。裕と同じ、今は院試に備える身分である。裕には意外だったが杉本が選んだのは社会学ではなく美術史専攻であった。ともかく、専門はどうあれ裕の目からすると杉本は、関心はずいぶんと広範だし、知識もあり、感覚も鋭いと見えた。読書量も相当なものと見て差し支えないだろう。彼もまた中央図書館の地下へと下りていくくちなのは間違いない。そんなわけで、今は郷里にいて帰京する算段がつかないということを訴えた上で、彼に右の調べものを依頼してみたのである。

案の定、杉本は研究書庫のことはよく案内で、電話で頼み込んだら快く引き受けてくれた。ゼミのグループ研究の件で貸しを作ったつもりこそなかったが、杉本は「勝山君の頼みとあれば断れない」と茶化して詳細を尋ねてくる。目録と調査詳細をメールで送ると、週末に一度中央図書館によるからと快諾であった。あんまりあっけなくて拍子が抜けた。

なるほど、こうするのか、といった具合である。香織から学んだやり方であるが、友達に頼むという一つことにこれほど気負い込んでいたのが馬鹿ばかしくなってしまった。杉本は「一つ貸しな」と電話口の向こうで笑うのだったが、たしかに裕だって杉本からこうしたことを頼まれたなら、おそらく手を尽くして迅速に調べ上げてやるのではないだろうか。明らかに相手が自分を買っていればこその依頼である、少しはいいところを見せようという色気が出てくるのが当然のところだ。

かくして、裕の手元に空しく膨れ上がっていた史料の束は、徐々に整理され密度を増しつつあった。そして問題の核心に近づきつつあった。

自分の生母の姓はなんと言ったのか——自分は誰の子だったのか。

だがそんな勝《すぐ》れて個人的な問題だったはずの問いが、往古の凄惨な記憶によってじわじわと陰翳《いんえい》を得ていくことに、少なからず落ち着かぬものを感じないでもいられなかった。

「杉さんって、お友達なん」

裕が電話を切ると、車中で杉本への依頼をしているあいだ黙って車を走らせていた香織が出し抜けに訊いてきた。

「杉さん？……友達って言うか……最近知りあったばっかなんだけど」

「ずいぶん頼りにしてるんね」

裕は「積極的に人間関係を取り結ぶ」という、彼にとっては不慣れな新しい分野に乗り出そうとしていた。その際に彼が他ならぬ香織を手本にしていることを彼女は知らない。香織からすれば、人付き合いに長《た》けない裕に面倒な頼みごとが「気安く」出来る相手がいたと見えたことに意外の感があった。

「えらく物知りでね。なんでも話が早いんさ」

「専攻が同じなん？」

「ゼミ仲間。少なくとも今はね。院では美術史の方に進むって言ってるから。まあ落ちはしないだろうな、彼、かなり出来そうだから」

「えっ……男ん子なん」

「なんで」

「同窓の男ん子なのに『杉さん』って呼んでるんかい」

「うん。なんか皆そう呼んでるから。本当は杉本さんって言うわけなんだけど」

「ああ、そうなん」

流石《さすが》に裕でも気が付いた。香織がほんの少し不満げな様子だったのは裕が同窓の女子に連絡していると思っていたからだ。なるほど、それでか。だがここで自分に女友達なんか一人もいないから、と念を押すのも妙な話だ。幸い誤解は勝手に解けたようだし黙っておくのがいいだろうか。

「香織さん」

「なんですか」

「俺、女の子の友達なんか一人もいないから」

やはり言わなければ良かった、意味のないことをしてしまった。自分が駄目な奴だということだけ改めて確認したような形になってしまった。

「そうですか」

香織は口元をほころばせて隠そうともせず、似合わぬ敬体で答えて車を走らせていた。

やがて日が暮れる。香織がぽつりと訊いた。

「裕、古賀さんが最後に言っとったこと……」

「ああ」

「吹聴するなって、あれどういうこと」

「俺が考えていることが単なる妄想であれ、史実と結びつくことであれ、いずれにしてもその話は郷の醜聞《しゅうぶん》ということになるだろ。俺がそうした悪し様な風聞の発信源になってしまうかもしらんだろ、それに気をつけろっていうんさ。慎んでおけと」

「うん、でもそれはさ、子間引きだって、その例のない地方なんてないんでしょ」

「そうなんだよ。何処でもあったことなわけさ。それなのに俺はとある郷で起こった事柄だけを一つ問題にしてほじくり返している訳だろう、傍《はた》から見れば。もちろん、俺には俺なりの個人的な動機があってのことだけど、巣守郷《うろもりごう》の空抜洞の一事に拘《こだわ》っているというのが既に偏向《へんこう》と言えば言えるじゃないか。仮に何らかの歴史的事実を明らかに出来たとしても、既にそれは純粋に客観的な事実とは言えない」

「どうしてさ。客観的でなければそもそも歴史的事実と言えなかろ」

「事実であったとしてもだよ、他でもないこの一事ばかりを追究するということが、とっくに俺の主観に彩られているだろう。何故この事ばかりを問題にするのか——そうした俺の拘りが既にして問題を主観的にしてしまっているんだ。歴史が残る、歴史を残すということ自体が無垢の客観性を保証してはくれない、むしろそこに意図と動機を刻んでしまう……それが古賀さんが強調していたことだろ。それは……もっともなことさ。注意が必要なことだ。それに……」

香織は黙って聞いていた。

「この問題を探究するのに俺の主観が色濃く関わっているっていうことばかりじゃない、問題はまだあって……この話が文字通り一種の醜聞《スキャンダル》に属するっていうことがある。これは、明らかに『悪い話』なんだよ」

「悪い、はなし？」

「もし仮に、事実だと言って大威張りで吹聴しようものなら、この風聞はあっと言う間に広まる。そしてあっと言う間に……何らかの悪意というか、敵意というか、忌避感を生み出してしまうだろう、そういう類いの悪い話。悪い話は――よく響くからな。すぐに伝わる、想像もしていないところまで」

「それは判るけど……ちょっとそこまで警戒するようなことかな。ずっと昔の話でしょう」

「それが今の人心に影響を及ぼさないとは限らないだろう？　いや、むしろ及ぼすはずだという判断が古賀さんにはあったんだろう。俺もそう思うよ。この話はまずいんだ。悪い……条件を充たしてる」

「悪い条件って何さ」

「説話にしても都市伝説にしても同じだ。それが史実に相当するものだとしてもやっぱり同じ、一つの話が人伝てに伝播していくとき噂話としての訴求力の大小がある。伝わりやすい話ってのがあるわけさ、特に広まりやすい話ってのが」

「広まりやすい話？」

「人の口の端に上りやすい条件ってものがあるって、よく伝わる噂話ってのは何といっても人の嫌悪感というか恐怖感に訴えるっていうことだよ。スキャンダラスな話ってのは──醜聞っていうのは広く伝播する動機……っていうか原動力みたいなものを大概自ら抱え込んでいるだろう。例えば性的な歪《いびつ》さであるとか、猟奇的な暴力であるとか、極端に人倫に悖《もと》る細部であるとかな……子殺し、子間引き……この話はさ、そういう理不尽な猟奇性とか暴力性を明らかに帯びているし……そればかりじゃない」

黙り込んだ裕に借問《しゃもん》を重ねず、香織はちょうど赤になった信号に従って車を止めた。裕の方を見た。やはり裕は先に見たのと同じように厳しい表情をしていた。

「この話は噂話が広く伝播していくためのもう一つの条件、もう一つの強い動機を兼ねそなえてる」

「もう一つの条件？」

「差別だよ」

信号が変わり、香織は裕から向き直って車を出す。古賀が、そして裕が懸念していたこと、件の問題が帯びている危うさがなんだったのか、香織にもようやく合点がいってきた。

それはこの話が孕んでいる一抹の「差別性」なのだ。何処にでもあったはずの醜聞をある特定の場所に結びつけてそれ、と名指すこと——それは一つの差別に裏打ちされているし、また差別を強化してしまう畏れがある。それは差別に支えられ、同時に差別を産み出してしまう。

がんらい巣守《すもり》という特殊能集団の移住に端緒を持つ巣守郷は、濫觴《らんしょう》からその後の経緯を仄聞《そくぶん》する限りは明らかに近在の村落から敬遠され、忌避されている——差別されている。巣守郷の閉鎖性は果たして集落自体の性質だったのか、それとも近隣の村落との関係性の中から生じてきたものだったのか。おそらくはその両面があったとすべきだろう。もっぱら巣守郷に責を問える謂《いわ》れもない。また子間引きの事跡を仮に郷に確かめられたとしても、これも近世日本一統の酸苦《さんく》とすべきであり、この一村に限り厳しく糾したのでは不当の誹《そし》りは免れまい。それなのに彼らが追っている「歴史」が一つの説話、一つの物語となって、そこにまた一つの差別の種を足し加えることになるのかもしれない。

既に歴史の中に沈殿していた暗い記憶を、改めて揺さぶりたてて浮かび上がらせること、それは単なる無垢《イノセント》な史実の探究ではなくて、また別の種類の道義的な問題を裕に迫ることに繋がるだろう。いみじくも古賀が言っていたように、これは「寝た子を起こす」ような話なのだ。

「前にさ、ゼミのグループ研究の話をしただろう」

「あの都市伝説がどう変化するかっていう……あれかい」

「ああ、それが今回の話の発端になっていた訳だけど。その時の話にも出たんだけど……噂話が伝わっていくための強い動因となっているもの──それは性的スキャンダルと暴力と、それから差別なんだな。これはほとんど無意識的なものなんだけど、例えば『オルレアンの試着室』の話もしたよな」

「売春宿に連れ去られるっていう話かい」

「あれはもともと『ユダヤ人の経営する衣料品店』で起こった話だっていうあからさまな差別的モチーフを孕んでるんだ。日本で流布してる類話でも同じだろう、聞いたことないか、「海外旅行していた女子学生が現地の売春宿に拐《かどわ》かされて、四肢を切断されて監禁されている」って話。この日本版『オルレアンの試着室』でどこの国が持ち出されるのが常か見てみりゃ、差別的なモチーフは明々白々だな。そういった差別主義的な細部ってのは、説話がうんと刈り込まれて骨組みだけになったときにも残存する。なんでか判るか」

「ええ？　知らんよ、なんでなんかい」

「実はこの差別そのものが説話の主要動機《ライトモチーフ》なんだよ。説話の裏のメッセージはそこにあるんだ。だからどんなに換骨奪胎されても、再話に再話を重ねて原形がおぼろになっても、この差別性だけは守られていく。それは定番になるようなジョークでもなんでも同じだ。性と暴力と差別。それはジョークの色付けじゃあなくて、実は本質なんだよ。だから都市伝説にもジョークにも欠かせない要素になるってことと」

「差別が欠かせない要素……になるん」

「と言うよりもさ、これはお話に差別をちょっと混ぜましたっていうんじゃないんだよ。実態はその逆で……差別にお話をちょっと混ぜただけなんさ」

「はぁ、そんな剣呑《けんのん》なもんかい」

「蛇《じゃ》の目《め》の話を最初に持ち込んでくれた加藤《かとう》さんって娘が、その後に欧州でよく広まっている都市伝説っていうのを外国人講師に聞き取りに行って調べてきたんだけどさ、どれもこれもよくある人種差別《レイシスト》ジョークと同じで、なにしろ露骨なもんだ」

「やっぱりユダヤ人差別が多いん？」

「反ユダヤ主義《アンチセミティスム》は社会的なタブーとしてはかなり圧力も大きいけど、それだけに根強いみたいなん。公然と口にすればドイツ辺りじゃ法に触れるぐらいの話だろ。それでも根絶は難しい。復古右翼のコミュニケを別にすれば、一般にはジョークと都市伝説が命脈を保っているようなもんだ。それよりも、いま多いのは反米主義だって。ヨーロッパの都市伝説の最大のターゲットはいまやファーストフードとディズニーなんだよ」

「ああ、判るんね」

「日本でもちょっとそういうところあるよな。でもドイツやフランス辺りじゃ、ファーストフードチェーンの食文化破壊と、ディズニーに象徴される文化財消費の子供への影響だな、そこに無意識の危機感が募ってると見えて……ハンバーガーとミッキーマウスをめぐる根も葉もないスキャンダルは至るところで飛び交っているっていう話だ」

「日本だってそうだよね。ファーストフードといえば、ずっと前から怪しい材料を使っとると言われてようが」

「猫だのミミズだのの肉を使ってるとか、あとナゲット用に骨の無いいびつな鶏を育てているとかな。真面目に考えりゃ有り得ない話だが、ナゲットは練り物みたいな加工肉で一律に成型されているだろ、なんていうか、もとはあって当然の警戒感なんだけど、それが変な風に増幅されてるんだ」

「ディズニーはなんだろ、そんなに危ない感じあるかね」

「著作権の保護にすごく厳しいっていうのが半ばネタ扱いでよく取り沙汰されるだろ」

「それはまあ、本当に冗談みたいな話なんじゃないん」

「いやこれが冗談として成立するからこそ『剣呑』なわけだよ。なにか文化侵略の急先《きゅうせん》鋒《ぽう》みたいなものとして『ディズニー的なもの』に危機感が抱かれている。それが自明のことみたいになってるだろ。『ディズニー的なもの』に攻撃されているとでも言わんばかりに」

「そんな大袈裟な話かね。それで噂をばらまく方とばらまかれる方と、なんか実害があるんかね」

「ディズニーはともかく、ミミズ肉の流言が出たときにはっきり売り上げが落ちたっていうぜ。でも、売り上げが落ちるどころの話じゃない、もっと陰惨な結果に及ぶことだってないとは言えないさ。都市伝説や噂話の孕んでいる差別性は、いざ剝《む》き出しになると怖い。話の構造の中に隠していた攻撃性が一気に噴き上がる」

「排斥運動にいたる……とか？」

「もっと直接的な実力行使もあるよ。関東大震災の時に朝鮮人が井戸に毒を入れたっていう根も葉もない噂だけで実際に虐殺が起こってるだろ。場合によっちゃ生き死にの問題まで起こるってこと」

「そんなことまで警戒しなきゃいけないんかい」

「可能性としてはな。都市伝説、フォークロア、説話、噂話……実証を伴った史実であってもそうかもしれない、それはイデオロギーの産物だし、イデオロギーの母体でもある。古賀さんが言っていた通りだよ。説話っていうのはどうして相当に有効なプロパガンダ・エンジンなんだ。特に村落の間で取り交わされる噂話なんていうのは、はっきりと差別感を動因にして伝わっていく。典型的なマッチポンプの構図だな。もともと差別があるから話が伝わっていくし、それがあらたに差別の理由ともなっていく」

香織は憮然《ぶぜん》と聞いていた。そこまでの危ない話だとはよもや思っていなかったのだ。

「だから……真実を明らかにするどころの話じゃない、単なる偏見を強化するだけのことに終わるかも知れない。この話を追っていく上で、そういう危惧を持つのは当然だ。だから古賀さんが窘めにかかるのも判る話だし、俺自身も懸念は初めから持っておくべきだった。いずれにしても、この話をどこかに発表するってわけにはいかないだろうな。それどころか……表立った調査も出来ないだろう。言挙《ことあ》げして調べにかかれば、それだけで一つの物語が生じる、吹聴にあたる。巣守郷の現地聞き取りってのも恐らく見限った方がいいだろう」

「もともと協力してもらえるとも思ってなかっただろ」

「まあな。いろんな意味で見込み薄だな、筋が悪い」

しばらくの沈黙のあとに裕は言った。

「今お願いしてる史料が見られれば、その辺が打ち止めの頃合いかもしれないな」

お盆を過ぎ、夏も終わりが近づいている。裕の「自分探しの夏休み」もそろそろ引き上げ時を迎えつつあった。

第十四章　市　子

続く週に史料の整理は佳境に入った。書誌情報と本文《ほんもん》からキーワードを抽出して、カード型《タイプ》レコードの形でデータベースにばらして書き出していく。このデータベース全体には複数の「関心の系列」を問い合わせ《クエリー》項目として定義して、それぞれのレコードにキーワード連関からクロスリファレンスを取った。一見すると無用の迂《う》路《ろ》を辿《たど》っているようだが、こういうところに几帳面になってしまうのが習い性になっていて直しようもない。

　むろん意味もなく事を複雑にした訳ではない。ただ出来事と史料とを時系列に並べるだけでは意味がないと悟ったからである。

　それは史料に「時差」があることに気が付いたからだった。史料を読んでいる現在と、史料が書かれた過去の間に時間差があるばかりではない。もう一つの時差が史料に内的な問題として含まれている——つまり史料自体が、その書き上げの時期と、言及している事跡の起こっている時期との間に、内的な時差を、時代の懸隔を刻んでいる。

　例えば『由緒書上』であれば、書き上げられたのがすでに今をさること百七十年前の天保年間であるが、その記述はさらに六十年遡って天明年間、百年遡《さかのぼ》って享保年間の事跡にまで言及している。裕が『由緒書上』を百七十年前の文書だとみるように、『由緒書上』の筆者琴平文右衛門は彼自身の時代からしてさらに百年前の事跡に言及しているのである。うかうかするとこの時差を見誤る。文右衛門は彼の記述した出来事の同時代人ではない。裕にとって文右衛門が遥か過去の人物であるのと同じように、文右衛門にとって先祖上野琴平法右衛門は遥か過去の人物だった訳である。

『由緒書上』の書き上げ自体が既に百年を遡行《そこう》する時差を乗り越えて為されている……。史料には必ずこの二重の時差、すなわち「記録書き上げの時と読み解かれる時との間の時差」と「出来事と記録との間の時差」とが関わっている。

そして史料はその都度、幾重もの「主客の分裂」を余儀なくされている。史料を記録した者にとっては、「書く自分」が主体であり「記録される事跡」が客体を成すのであるが、同じ史料を現代に読み解く者にとっては「史料の執筆」それ自体がすでに客体として批判検討の対象なのである。史料の読解はいつでも「客体を記述する主体」の構図全体を一つの客体と見て為されることになる。

かかる主客の分裂は、記録とそれを読解する者の間の分裂には留まらない。これに加えて史料書き上げの主体は、どんな読者を想定して書くか、つまり先《ま》ずもって誰に宛ててその史料を書き残したのかということに不可避的に影響を被《こうむ》る。つまり読み手として誰を当初から想定していたか、その客体の想定が書き上げの筆に、影響を、場合によっては歪曲《わいきょく》を、及ぼさないではいない。書く者は純粋に客観的な記述者であることは出来ない。読み手を想定することによって殆《ほとん》ど自動的に「想定読者という客体」に影響され、さらに言えば筆を縛られる。

しかもここで言う想定読者というのは、史料に明記された直接の名宛て人ばかりを意味する訳ではないことがさらに問題を複雑にする。例えば地方藩主が触れ書きを掲示するなり、廻状《かいじょう》をまわすなりするとして、その想定読者は表面的には触れ書きなり廻状なりを読む一般庶民であるわけだが、実は庶民に訴えることよりも「御触れを出したという事実」をお上に示すことが第一義であることもあるだろう。古賀が言っていた言い訳《エクスキューズ》としての禁令などは好例にあたろう。

こうして史料の中に読むべきことは、重なり合う数層の時差、入《い》れ籠《こ》になった主客の分裂の間に逐一の偏差を刻んでいくことになる。この上、史料の中に「過去の史料」への言及や参照があった場合、つまり子引き孫引きがあった場合――それは当たり前にあることだが――事態は累乗の輻湊《ふくそう》をもたらすことになる。

史料の文言の一つひとつを、あるいは記録を、出来事を、どの時代に位置づけるか、どうした文脈に位置づけるか――それは見かけに反して途方もなく複雑なことだったのである。

裕の関心は差し当たり毛利神社という社《やしろ》の号と縁起がどこに生ずるかという一事に尽きたが、それを語ろうとする史料の時空間上の位置、それが語る出来事の文脈上の位置を解きほぐしていくのには、彼なりの慎重な準備を要した。

だから裕は史料と出来事を簡単に時系列に並べることに満足せず、そこに含まれている要素を切り取ってきて、複数のリファレンス条件から呼び出せるようにデータベース化した。そしてデータベースの仮想上の「任意の関心の系列」の中に自在にソート出来るように工夫した。史実として認定出来る事跡の系列、それに言及する史料の系列、史料の書き上げ時期と筆者の動機の系列、文書間の相互参照ないし写本系統の系列……そして毛利神社の社号はいつ、いかなる史料に確定していくのか。

この作業は無駄な迂路ではなかった。

右のように特定の関心空間のなかに史料の記述をソートしていくと、そこに明らかな偏りが、不整合が見いだされることに気付いたのである。毛保利ないし末保利の洞《ほら》はいつからそのように名指されていたのか——表面的には享保年間の事跡に遡った『由緒書上』に言及があるが、はたしてその記述はどこに由来したものか。裕のデータベースの上では明白なことであるが、琴平文右衛門は末保利の洞の成立期の同時代人ではない。後年天保年間に遡及的に言及された「末保利の洞」という呼び名には、真に享保年間に位置づけられる文証《もんしょう》がないのである。

文化年間の『毛野誌』はこの件の史料探索の出発点であったが、これが寛永年間の「空抜き」に言及したのも既に百七十年を遡った過去のこととしてである。しかし『由緒書上』と同じように、寛永年間という過去の事跡に触れながら、『毛野誌』には「末保利の洞」という呼称は現れない。

また、一種の同時代証言と見える凄惨な『案主家乗断簡』は享保年間の書き上げであるが、そこに「金刀比羅」の語は認められるが空抜の洞は「末保利」とは呼ばれていない。

史料の中に重ね合わされる輻湊する時差……近世末期百年の時代の懸隔のなかに、空抜の洞の呼称についての不整合が浮かび上がってきた。

つまり空抜の洞を「末保利の洞」と呼んでいる史料と、呼んでいない史料がある。このことは何を意味するのか。


史料をばらばらに解きほぐして、それを抽象空間に再配列する作業に没頭している裕を現世に呼び戻したのは一本の電話であった。

香織が電話口の向こうから雑音に紛れて息せききっているのが判る。その日は香織は出勤であったが、仕事場の町立図書館分館からだった。

「なんでずっと電話切ってたんか」

「いや、ちょっとややこしい作業してたから……なんで？」

「長谷川さん――淳ちゃんの親御さんから連絡があって」

「どうした？」

「淳ちゃん、補導されたって」

「補導？　なんで……」

「詳しいことは知らん。巣守で駐在に引っ張られたんだと。巣守のもんが通報したと」

「あちゃぁ、なんかへまやったな……それで……」

「早《はあ》、家に連れ戻されとる。親御さんが迎えにいったんよ」

「そうか、何で香織んとこに連絡を……」

「裕が携帯ずっと切っとるからだぃね！　親御さんが言うには、淳ちゃんがどうして不法侵入なんかしとったのか、どうしても口を割らないんだと。それでどうしてもっていうことなら勝山さんかあたしん聞いとくれと親に言っとるん」

「なるほど……それでか。それで香織はなんと応えたん」

「まあ、訳があってのことでそんなに怒らんどいて下さいって。友達が虐待にあってるかも知れないということで淳ちゃんは心配していたのだと」

「まあ、それほど事実を曲げてはいないか。ともかく淳君は例の子を捜しん、人ん家に入ったんか。やっちまったな」

「まだ細かい事情は知らん。でも親御さんが事情を説明してもらいたいと言ってんさ」

「そりゃそうだわな」

「こっちん来るっとるん」

「図書館にか」

「困るがね……」

「それでもう来るんか」

「一応その場はお断りして、ひとまず事情を知っているもう一人と連絡がとれたら折り返し連絡します、多分こちらから伺いますとひとまずはそういう話で」

「わかった、今日上がりは何時？」

「七時だが……」

「合わせて図書館行くよ。合流して、長谷川さん……の家か、後でそっちに廻ろう」

「取りあえず何と答えとく？」

「こっちから説明に出向くとさ」

「あたし嫌《や》だがね、親御さんすっごい怒っとるん。お母さんが」

「まあ、補導なんて寝耳に水だろうからなあ。淳君、優等生っぽいし、親は慌ててしまってるんだろ。俺から連絡するから番号教えて」

さあ、困った。おそらく淳君は親に話を分かってもらえず、こっちを頼りにしているのだろうが……親の方は余所《よそ》のいい大人が子供を焚《た》きつけて怪しからん仕儀《しぎ》に唉《けしか》けたとでも思っているかも知れない。とんだ修羅場になりそうだ。

いざ居間に通されてみると長谷川淳の両親はすでに落ち着きを取り戻しており、懸念された修羅場にはなりそうもなかった。十八畳はあろうか、広い居間は囲炉裏《いろり》こそ切ってないないが民話にでてくる農家の様子そのままで、ふすまを開けた先の土間には今は使っていないない古い竈《かまど》までが見えていた。蚊取り線香の香りが漂ってくる。いまだ暗くなりきらぬ空にヒグラシの声がか細い残響のように最後の一振りを奏でていた。

卓袱台《ちゃぶだい》の向こうには淳の両親、長谷川清《きよし》と正枝《まさえ》夫妻が座り、裕と香織は居心地悪く正座を保ったまま眼の前で冷えていく煎茶にも手が出せないでいた。淳は土間の上がり框《がまち》に腰掛けてぶすっと外の方を眺めている。廊下の方では続きの間の台所の食卓から女の子が心配そうに居間を窺《うかが》っている、あれが淳の話にあった妹の依子《よりこ》ちゃんであろうと察しがついた。

長谷川清はネクタイこそ締めていないが帰宅時のまま着ていたものだろう、プレスの利いたワイシャツからすると会社勤めのホワイトカラーであることは見てとれる。彼も急な話に残業を断って引けてきていたのだ。淳を隣町の駐在まで引き取りに行ってきた母親の正枝はさすがにまだお冠の様子で、土間に向かって仏頂面で足をぶらぶらさせている淳を叱っていた。

淳はその日は朝から巣守郷に向かっていたのだった。いつもの代車の折り畳み自転車を郷《ごう》の手前に隠し、峰筋の獣道を抜けて毛利神社の裏手に出ていたのである。いつもならそこから郷の方へ下りて行って、捜索に入るのだが、その日は神社裏の崖上で足を止めた。毛利宮本殿の奥にある崖に穿《うが》たれた摂末社《せつまつしゃ》の祠《ほこら》の正面扉が開いていたのだ。無論のこと崖上からは祠のうちは窺われない。崖上から見るとちょうど馬蹄形に穿たれたような平地の中央に毛利宮本殿がこぢんまりと鎮座し、その馬蹄の最深部から側面の洞穴を斜めに見下ろしているような恰好《かっこう》だ。それでも祠の正面の様子はいつにないものだった。格子戸が脇に寄せられ、閂《かんぬき》がそばに凭《もた》せ掛けてある。

崖上から様子を窺っていても境内には人気《ひとけ》がない。蟬の声だけが落葉松《からまつ》の森に籠もっていた。しばらく藪蚊に悩まされながら毛利宮を眺め下ろしていた。

いくら待っていても動きがないのを見極めると、淳は崖を大回りして境内に下りていった。祠の前へ出てみれば、開いた格子戸の向こうにかつて見た、蓆《むしろ》敷きの狭い土間——牢屋が見えていた。中に人はおらず、土間の奥には白木の三方《さんぽう》が転がって、水桶が伏せてある。淳はここから、また誰かが出ていったと見た。

前の時のように祠の周りの足跡を探る。境内には松の落ち葉が散り敷かれ、普通なら足跡など残りはしないが、あの棒を引きずったような下駄の跡ならばどこかに痕跡《こんせき》が残るだろう。

そうした足跡が存在することを元から知っていて探したのでなければ気が付かないほどの微かなものだった。だが淳は確かに、落ち葉の切れた参道の片隅にひとところだけ、点線のように続く下駄を擦ったあえかな跡を認めた。鳥居の方へではなく、境内の横に下りていく九十九《つづら》折りの坂の方へ続いていく。

その足跡はやがて小石を踏み固めた路上に入って途切れた。だが淳には判った。足跡は下の宮司宅の裏手へまっすぐ下りる急な階段のような坂の方ではなく、九十九折りの車道へと続いていた。歩く者ならそちらに下りていく意味はない、下りていく最短経路が別にあるのだ。何度も折れを繰り返しては少しずつ斜面を下っていく坂道は車で下りていけばこそ意味がある。歩いて下りていくならそちらに向かうことはないだろう、したがって……あの娘は坂上まで来ていた車に乗せられたのだ。

そして娘を連れていった者は……おそらく娘を車に押し込むとそのままここを後にした、祠の格子戸を元通りに閉《た》てていくこともせずに。娘が抵抗したのだろうか、嫌がったのだろうか、ひとたび車に乗せれば、ぐずぐずせずにすぐに車を出さなければいけなかったのではないか。耳を澄ませば蟬の声と森のざわめきの向こうから、遠く子供の泣き声が聞こえてくるような気がする。

今日の朝、おそらくはほんの今し方、あの娘はこの「牢屋」から引っ張り出されたのだ。ならば一晩中「牢屋」に押し込められていたのだろうか……

淳は坂道の方へととぼとぼと下りていった。悄然《しょうぜん》としていた。

どうしても行き違いになってしまう。何かの偶然に恵まれなければあの娘の後ろ姿すら目にすることが叶わない……。毛利宮を覆う落葉松の林を抜け出ると九十九折りの砂利道は熱気を照り返して逃げ水が路面に浮いていた。淳が坂道に足を踏み込めば逃げ水はその分だけ遠ざかっていく。決してそこに辿り着くことはない。

あてもなく坂道を下っていく。陽炎《かげろう》が揺れ、汗が目に沁みる。

宮司の家は斜面側に葦簀《よしず》を垂らし、窓の様子も窺えない。あの向こうで誰かが自分を監視しているかもしれないと思った。だが、そこはかとない無力感に気が萎《な》えて、淳は身を隠すこともしないで、巣守郷を横に結んでいく山道に足を進めていた。土間から続いて大きく張り出した軒の下には埃《ほこり》を被った原付きが停められ、トタンで延長した軒垂《のきたる》木《き》の下に物干しがあって晒《さら》しが干してあった。農具に交じって瓜から干瓢《かんぴょう》を削る道具が転がっていた。旋盤《せんばん》で木を刳《えぐ》るように、瓜を回転させて果肉を帯に削《はっ》ていく道具であるが、それが拷問具かなにかであるかに見えて気味が悪かった。

郷の中通りには人気はない。蟬の声に混じって遠雷が聞こえる。山は午後には夕立になるかも知れない。

中通りの斜面の下の家はこの猛暑の中、この時間にまだ雨戸を閉てたままだった。廃屋かと見れば、戸口の脇のガラスにまだ新しい修繕の跡があり、玄関先の低い竹矢来には朝顔が絡《から》みついて午前の熱気に既に萎《しお》れている。鉢植えの朝顔ではないが毎年自生しているというのでない限り、まだこの家には人の手が入っているということだ。矢来には長靴が干してあった。

静かというのではない、現に蟬の声が郷を包み、耳を聾《ろう》して響いている。だが村自体はかそけき物音も立てない時の停まった亡者の集落とも思えた。なんど足を運んでも、ゴーストタウンのように人気がなく、それでいてどこからか監視の目が付き纏《まと》っている。

淳はこの集落がなぜ亡者の村のように見えるのか、その訳が分かったような気がした。この集落には欠けているものがある、世の普通の町ならば必ずあるはずのものが見つからない。それは自販機であるとか電話ボックスであるとか、そうした現世的で具体的なものではない――そんなものが見つからない山里というのは普通にある。この集落に無かったものは「文字」だった。

良きにつけ悪しきにつけ人の住む村落には文字があふれているものだ。商店の看板、広告、交通標識、張り紙や人家の表札……街路に立って見回してみれば何らかの文字が目に入ってこないことはない。だがこの集落にはそうした文字がどこにも見られない。字の見えない里……

それは無理もないことだったろう、このような隠れ里にどんな効果を当てにして誰が広告を貼りにくるものだろうか、ここには商店の一つだってありはしない。互いに屋号で呼びあう限界集落に表札の必要ないわれもない。だが、見回しても文字の無い村、それは淳には著しい不自然のように思われる。この集落は他者への呼びかけを欠いている村、人に言葉をかけぬ村、外界に対してまったく閉じてしまっている郷なのだ。

淳は砂利道に穿たれた水溜まりに足を踏み込みそうになってたたらを踏んだ。ぼんやりしすぎていた。足下を見おろすと濁《にご》って泡立つ水溜まりの縁のところに轍《わだち》が刻まれていた。こんな集落にも辛うじて人の行き来はある。

淳が振り返ってみると、そこで水溜まりに踏み込んだと思《おぼ》しき車は今来た道を郷の外の方へ向かったとみえて、水溜まりで泥にまみれたタイヤがしばらくの間は砂利道に点々と「足跡」を残しているのだった。ちょうど先ほどみたあの点線の足跡のように……
……

淳は眉根を寄せて水溜まりに屈みこむ。雑草の種が水面に浮いて漂っていた。冷めた味噌汁のように泥は底に沈殿し、上澄みに水が泡立っている。だが芥子《けし》粒のような水面の泡は今も眼の前で一つまたひとつと消えていく。水溜まりの縁の轍もくっきりと新ただ。その車がここを通ってから、そんなに時間が経っていない。

その車は毛利宮下へ向かっていった。ほんとうにちょっとの差で擦《す》れ違っていたのではないだろうか。その車があの娘を攫っていったのではないだろうか。

淳は道を振り返る。もとより車の姿はおろかエンジンの音ひとついまや聞こえるではない。この轍を残した車はどこから来て、どこへ去ったのか。

今から自転車のところまで戻れば後を追えるだろうか。だが何処《どこ》へ向かって追えばいいのか。淳は問題の車の行く先ではなく出所の方をあたることにした。狭い郷の中ならばどこからその車が出たのかは見当がつきそうなものだ。郷の中通りはこの辺りでは砕《さい》石《せき》が敷かれ、たまさかの水溜まりでもなければ他に轍は窺えない。しかしひとたび道を外れたならば、そこに痕跡が残っているだろう。上手くすれば誰があの娘を郷から連れ出したのかが判るかもしれない。

路肩に視線を落として淳は道を辿っていく。傍目《はため》には少年が意気消沈してうな垂れて歩いているようにしか見えないだろう。ところが当の少年は目をらんらんと光らせて、山肌を回り込んでいく道筋に手がかりを探っていた。

山肌を回り込むと中通りの砂利は尽き、山側の斜面から梢が張り出して路上を暗く覆っていた。足下は轍掘れを止めるのに砕かれた瓦と木っ端が敷かれていたが、そこここにまだ泥濘《ぬかる》みが残っている。淳は先に坂下で見たタイヤの跡が認められないか注意深く目を配った。都合よく新たな轍が見つかることなど生憎《あいにく》と無かったが、それでも淳は廃材のチップを敷き詰めた路上に手がかりを見つけた。

小さな土くれ、泥の欠片《かけら》であった。土くれには押し込んだようなタイヤのモールド跡が残っており、それが車の落としていったものであることが判る。残念ながらタイヤの様子が判別出来るほどの大きさはなかったのだが、先に水溜まりに踏み込んだ車が残していったものだろう。そうでなければ路上の轍の上に土くれが踏みつぶされずに残っているはずがない。これは落ちたばかりの欠片なのだ。

そしてその土くれから細い芒《のぎ》が飛び出していた。イネ科の植物の実、たとえば稲穂、麦の穂などから伸びだしている針のような突起である。手に取った土くれは、その芒を引っ張ったときに指の中で崩れていった。イヌムギと呼ばれる禾本《かほん》の種だった。矢筈《やはず》のように互い違いに重なり、全体として紡錘形《ぼうすいけい》になる、どこにでもある雑草の種である。さっきの水溜まりにも浮いていたものだ。本当を言えば淳は芒という言葉じたいは知らなかったし、それがイヌムギと呼ばれる草種であるとも知らなかったのだが、その実が

「何のものであるか」は判った。名前はともかく、どの草から落ちたものであるかは判ったのである。

　無論イヌムギやカモジグサなど道端にはいくらもあるが、問題は例の車がこのイヌムギを何処かで踏み越えて来たということである。これが子供のいる里ならば、ちょっとした手すさびにイヌムギの穂を道々むしってはばらまいていくようなこともあるだろう。だがこの郷には子供は……いない。子供でもなければ意味もなく雑草の穂を路上に散らばせる酔狂はあるまい。だとすればやはり車が中通りに合流する前に、イヌムギを踏み越えた痕跡があるはずだ。

　巣守郷は家屋が山肌に横に点々と散在する、求心力に乏しい集落構成であるが、このまま進んでいけばやがては集落は山道に尽きてしまうだろう。もう車の出所の候補は数軒しかないと見た。そして淳は道沿いにひょっこり姿を現す廃屋のようなあばら家のうちの一軒に、条件を充たすものを発見したのだった。

　中通りと急角度で合流する狭い引き込みの道が山肌の上に続く。合流点で坂下の中通りへと出るときにほとんどUターンをするように回り込んだ、その時にタイヤが踏み込んだ路肩にイヌムギの群生があった。踏み散らされた部分の周りに、いまも紡錘形の穂が垂れて揺れていた。

　道は斜面の上に戻っていくように竹藪を抜けてつづき、その奥には真竹《まだけ》の竹竿《たけざお》を束ねて干した材木置き場があり、そちらに轍は続いている。ここではっきりとタイヤの跡が認められたが、それが水溜まりに見たものと同じものだったかまでは覚えていない。もう足下のことまで見てはいなかった。それでも淳はここが目指す場所だと確信した。資材置き場に張り出したトタン屋根の下に車置きとおぼしいスペースがあり、今は車は停まっていない。それはそうだろう、ここにあった車が出ていったのだ。そして車が停まっていればこちらからは陰になっていたであろう資材置き場の突き当たりにはブルーシートが積まれた廃材か何かを覆っており、その裾《すそ》のところに自転車のアルミのリムが見えた。大事にしていた自転車のパーツを淳が見違えるはずもない。ブロックタイヤに米式のシュレーダーバルブ。それは淳のＭＴＢのリムだった。

淳は近寄っていってブルーシートを持ち上げて中を覗き込んだ。間違いない、彼の自転車だ。どこかの崖の下にでも放り捨てられてしまったかと思っていたが、こうして雨露に濡れぬように隠しこんであったのは却《かえ》って有り難いことのような気がした。

ブルーシートの下で自転車が凭せ掛けてあった一山の材木はやはり廃材と思しく、枘《ほぞ》穴の開いた杉材が乱雑に積まれている。

その材木の中、自転車のタイヤの傍に落ちていた一片が淳の目を引いた。檜《ひのき》か柾《まさき》か、目の詰んだ長さ一尺、幅三寸ほどの板きれである。長辺の一つに蒲鉾《かまぼこ》形の切り欠きが二つあって、切り欠きも奇麗に面取りしてあり、黒ずんで磨き込んだようになっていた。板の表面に三ヶ所太い釘穴が残っている。淳は自転車の後ろの廃材に屈みこんで、潜り込むようなかたちになってシートをさらに持ち上げた。探したものはすぐに見つかった。

廃材の一番上に、今見た板きれとそっくり同じ形のものがあった。淳は一対の板きれを震える手で持ち上げると割り符を合わせるように長辺をくっつけてみた。板の間に二つの小さな楕円が浮かび上がった。

手枷《てかせ》だ。汗が目に沁みた。用途は一つしか思いつかない。立ち上がると目がくらんだ。虐待の動かぬ証拠だと思った。するとそこに積み上げてあった廃材もまた容易に用途を告げ知らせるのだった。枘穴が一列に並んだ角材――これは格子を組んであった名残ではないのか。そして枷があり、格子があるとすれば……

淳は周りを見回した。人の気配はない。だが音を立てぬようにそっと板きれを置き、シートを元の通りに整えた。そして母屋の方を窺うとそちらの方へと歩いていった。片流れのトタン屋根に落ち葉が散り枯れ枝が重なって、葺《ふ》いた屋根のように見えた。柱の向こうに雨戸を閉ざし、入り口の木戸は開け放ちに放って置かれていた。ほとんど廃屋である。人が住んでいるものとは思われない。足跡も周りにはなかったが……苔《こけ》の上に木っ端が散っていた。あの廃材はこの廃屋の中から運び出されたものだ……

入り口は玄関というほどの造りでもない、ただ引き戸の奥にわずかな土間があって、板敷きの上がり框には土足の足跡があった。誰かが土足で上がり込んでいる。つま先が擦った跡が二条の線に残っている、これは地下足袋《たび》の足跡だ。

中は暗く、むっと熱気が籠もり、そして臭かった。廃屋独特のほこりっぽい、あるいは黴《かび》臭い臭気ではなくて……それは獣の檻の匂いだった。端的に言えば屎尿《しにょう》の匂い。

暗い板敷きの間には雨戸の隙間から夏日が洩れて、部屋を舞う埃が光の幕を垂らしたように薄暗がりを横切っている。足下で床が軋《きし》む。淳は慌てて踏み込んだ足を戻した。そのとき靴底に何かを踏みつけた。ごりっと硬く床を擦る音。

こわごわと暗闇にしゃがみ込むと、落ちていたのが五寸釘ほどの太さの鎹《かすがい》だったと判った。ここで手枷を解いた……。息が苦しいのは臭気の所為《せい》ばかりではない。淳は片手で口元を覆った。部屋全体に不浄な瘴気《しょうき》が充満している。

目が慣れるにつれ板の間の狭さがようやく判ってきた。やはり人の住まいとは言い難い、納戸か物置きか、床の蓆《むしろ》は部屋の隅に丸められ藁《わら》人形のように倒れ伏している。黴で覆われているのか、筒に丸めた蓆の手前の面が暗闇の中でもはっきり分かるぐらいに真っ黒になっていた。奥の経机《きょうづくえ》に積んであるのは古新聞か落とし紙か。板の間の奥には床じゅうに紙が撒き散らされているようだった。隅には桶がひっくり返っていた。これが牢ならば、あの桶は何の為にあそこにあるのか……この何とも言えない匂い、そして部屋を充たした湿った瘴気。

胸の奥に迫《せ》り上げてくるものがあり、淳は口を押さえて踵《きびす》を返した。一刻も早くこの廃屋を出て行かなければと思った。上がり框の明るみに向かってすり足で進み、土壁に手を突きそうになったのを思いとどまった。この屋内の何にも触りたくなかった。足の裏までがべたべたと床に貼り付くように感じられた。

ようやく戸口に辿り着いて息を吐くと、後ろを振り返る。そしてはっとした。光の届くところの床板の上に淳の靴跡がくっきりと残っているのだった。片足分だけだったが、埃を擦った地下足袋の足跡とはまったく違う、黒々と墨で描いたような足跡だった。淳は慌てて自分の足の裏をあらためる。左の靴底が真っ黒だった。土ぼこりや泥で汚れているのではない、文字通り墨を塗りたくったような漆黒だった。いや喩《たと》えでもなんでもなく、それは本当に墨で印された足跡なのだ。あの床の上の粘りは——そこに墨汁でも溢《こぼ》れていたのか。自分が残してしまった足跡に屈みこんでみると印を捺《お》したように、靴の裏のゴム底の正方形の並んだ特徴的なパターンが床に描かれている。ここに誰かが——子供の足の大きさのコンバースのバスケットシューズを履いた誰かが侵入したことが、まるで鑑識係員の検証を経た現場のように明らかになっていた。これはまずいぞ、と淳は思った。

右足でけんけん跳びに外に出ていって、その辺りの枯れ草を必死でむしり取った。そして両手に束になったオヒシバかなにかの枯れ葉を抱いて、廃屋へと片足跳びに戻った。もう匂いがどうのとは言っていられない。慎重に暗がりの中で先ほど足を踏み入れてしまった辺りまで進み出る。床を見つめると、やはりべたついた一角は墨汁が撒き散らされて、散らばった紙が真っ黒に墨を吸って床に貼り付いていたのだった。巻き取った蓆の黒いところも墨が染みていたのかも知れない。

淳は墨汁が鈍く照り返す溜まりになっているところに枯れ草の束を落とすと左足で強く踏み込んだ。草が墨を吸うようにしばらくそうしていた。そしてその足を引きずったまま、前に捺してしまった足跡を糊塗《こと》するようにそのまま摺《す》り足で後ずさって戸口へと進んでいった。一度でほぼ肝心なところは塗りつぶせたようだったが、念を入れてもう一往復、床をさらに汚していった。

墨だらけの床を見回して、おそらく靴跡の識別は素人目には難しくなったとようやくひとまずの安心をして、額の汗を拭っていたところ、まさにその時に淳は後ろから腕を摑《つか》まれて引っ張られたのである。

地下足袋の郷の者は淳のことを叱り飛ばしはしなかった。責める言葉も質《ただ》す言葉もないままに、ただ腕を捩《ね》じり上げて淳を引っ張っていった。淳は気丈に悲鳴も上げず黙って引かれていった。淳は「ここで何をしていた」という譴責《けんせき》を予期していたが、そうした詰問すら無かったことが却って薄気味悪い。淳が何をしていたのかは訊くまでも無く、先刻承知していたのだろうか。

地下足袋に七分ズボンのこの男は汗染みたシャツの襟首にタオルの頬被《ほおかむ》りを押し込み、表情も見せずに前にたっていく。相変わらず一言の言葉もなく「宮司」の家の方へ中通りを戻っていった。淳も意地になって口を結び、無益な言い訳を口にすることもなかった。

男が淳を前へ押し立てるように急《せ》かすと中通りに軽トラックが停まっている。九十九折りの坂下ではトラックの後ろにすでに宮司が立ち、腕組みに電話をしていた。地下足袋は淳を軽トラックの助手席に押し込み乱暴にドアを閉めた。何処かに連れ去られるのかと、さすがに淳の顔に脅えが浮かび上がり、ドアに取りついて「ちょっ……と待って」と哀願したが、ドアを閉じると同時に男は背中を向けてドアに凭れかかり、ドアガラスを叩く淳のことを無視していた。

車の外では宮司と地下足袋の男は視線を交わすでもなく、ただ黙って路上に立ち尽くしている。淳が家捜しをしていたのを咎《とが》めるのならまだ判るが、どうしてこうも一同揃って押し黙っているのか。

ほどなく通りに原付きのエンジンの音が聞こえた。淳は救いを求めるようにドアガラスに張り付いた。中通りを登ってきたのは「お巡りさん」だった。淳がほっとしたのもつかの間、この「巡査」は坂下に原付きを停め、なに食わぬ顔で宮司の傍に近づくと二言みこと言葉を交わしている。ちらちらと軽トラックに押し込まれた淳の方に視線を遣《や》っていた。

淳の表情に絶望が兆した。あの「巡査」もぐるだ、と思った。お巡りさんが来たのだから、自分の盗まれた自転車のことを話せばこっちの味方になってくれるかと期待していた、そんな淡い見込みも消え失せた。思えばこの「巡査」がたまたま訪れた訳もない。先に宮司が電話していたのが通報だったのかと思ったが、それにしたって来るのが早過ぎる。もっと前からの準備があったはずだ。

巡査の制服とほとんど変わりがなかったので淳は気が付いていなかったが、このやや年かさの「お巡りさん」は実は交番相談員だった。つまり正規の巡査ではなく、警察官OBがつとめる非常勤職員で、このような過疎の集落付近では普通のことである――町村合併で配置が変わり「空き交番」になってしまったような派出所や、駐在員を失った駐在所に、こうした「元お巡りさん」が正規の巡査に代わって常駐することがあるのだ。ほとんど正式の警察官と同じような制服に、警棒、無線機も巡査と変わりない。よく見なければ銃を携行していないことぐらいしか違いが分からないものである。淳の眼からすれば再雇用であろうとなかろうとお巡りさんには違いなかったが、問題はこの「お巡りさん」が善かれ悪しかれ地縁と結びついた職分であることだ。それは傍目にも明らかなことだった。

宮司か地下足袋かは知らないが、郷の誰かが予《あらかじ》めこの「お巡りさん」を呼び寄せていたのだ。巣守郷を邪魔な少年が嗅《か》ぎ回っていたことを端《はな》から判っていて、厄介払いに官《かん》憲《けん》を呼び込んでいた。

「お巡りさん」はトラックに歩み寄り、窓を下げるように合図した。

「僕ねえ、何をしとったと」

淳は顎《あご》を引いて黙っていた。咽《のど》の所まで言葉が出かかっていた。「盗まれた自転車を捜していた、それをあの廃屋の資材置き場に見つけた所だった」と言おうかと。実際それはあながち出鱈目《でたらめ》ではなかった。だが少年に呼びかけるのに「僕」と薄ら笑いを浮かべている「お巡りさん」の顔を見るとその気が失せた。事実であれ建て前であれ、この

「お巡りさん」には何を言っても伝わらないと思った。

「人ん家に勝手に入ってはね、いかんがね。不法侵入っていうことになるから」

何が「人ん家」なものか、あんな廃屋に何が不法侵入だ――淳は唇を結んで頑なに目を逸らしていた。交番相談員は少年の頑固な態度に呆れたように、大袈裟に肩をすくめて郷の者の方へ向き直る。

「親御さんに来てもらわないとだいね。交番まで送ってもらえるかい」

淳は顔も上げなかった。親に告げると言えば、こっちが畏縮するとでも思っているのだろうか。

むろん巣守郷はおろか、広域林道沿いの諸集落には駐在所などない。原付きの「お巡りさん」が先導して、地下足袋が軽トラックで淳を麓の交番まで「護送」することになった。麓の交番では事務机の前で淳は身を硬くして黙っていたが、交番相談員はとくに「尋問」をするでもなく申し送りの帳面をぱらぱらと捲《めく》ると、長谷川家の電話番号を見つけて親に電話をかけたのだった。
家のことが把握されている――淳はぞっとした。種明かしをすれば簡単なことで、自転車の盗難届を出したときにこの交番に電話番号を告げてあったのだ。見つかったら連絡を下さいと……。淳の頭の中では、盗んだやつとぐるの「巡査」に届けを出していたのかと、わが事ながら迂闊《うかつ》に思われた。それじゃ出てくる謂《いわ》れもない。ともかくこの時点で淳は、自転車のことも、誰かがあそこに監禁されていた痕跡があったということも、この「巡査」に訴えることなど無駄なのだと思いきった。それでさらに頑迷に口を閉じたままでいた。母親が大慌てで迎えにきても頑なに黙っていた。誰に何を告げるのか、それを誤ると先手を打たれる——淳は最早《もはや》徹底抗戦という気分で、俯《うつむ》いたまま眥《まなじり》を決していた。

淳は厳しく説明を求める母親に対しても交番相談員に対しても決然と「口を割らず」、まるで黙秘を貫き弁護士を呼べと繰り返す容疑者みたいに、ほとんど癇癪《かんしゃく》を起こしている母親を宥《なだ》めて「勝山さんという人を呼んでくれれば話をする」と拘《こだわ》ったのだった。

淳は、両親の前でようやく重い口を開き、右のような経緯をとつとつと明かしていった。淳の説明は淀《よど》みがなかった。すでに頭の中で整理していたのだ。それが子供の探偵ごっこでも妄想でもないことは、勝山裕が話を補足してくれた。郷に誰かが——淳の言う女の子が監禁されているという件《くだり》には、母親の正枝が青ざめていた。そんなややこしいことに息子が巻き込まれているというのが信じがたく感じられていたのである。ところが勝山裕が「淳君の言っているのは多分本当にその通りのことだ」と請け合う。父親の長谷川清もどうしたものかと頭を掻いている。

「これはねえ、どうしたもんですかね」

「まだ何というか、状況証拠みたいなものしか無いですしね」

「勝山さん、いずれにしてもそんな子供を閉じこめているっていうのはまずいでしょう、それと知ってしまったら……なんらか通報しないといけない義務みたいなものが生じるんじゃないですか。通報義務っていうのか」

「そういうことになるかもしれません。通告義務っていうらしいですね。県だと福祉事務所や児童相談所ですか、あとは市町村が管轄なんで通報とは違うみたいで」

「勝山さんはこういう話はお詳しいんですか」

「いえ、淳君から相談を受けてましたから、それからちょっと調べたんです」

「しかし『巫女《みこ》』のお籠もりに監禁ねぇ……時代錯誤というか……それで許されるっていうことにはならんでしょう……勝山さんのお話だと、何ですか儀礼的な意味があって閉じこめているっていうんですか……？　でもそれだってその子の意志でそうしているっていう話じゃないでしょう。やっぱり虐待っていうことになるんじゃないんですか」

　正枝は関わり合いになることそのものが不愉快なようで困った顔をしていた。女児を閉じこめているという事態にどうしても淫靡《いんび》で猥雑《わいざつ》な色合いを感じないではいられないのだ。

「いずれにしても淳はもう郷にいくのはよしなさい。監禁されている子がいるっていうなら、それはもう行政に動いてもらう話だからな。勝山さん、やっぱり県の児童相談所でしょうかね。虐待が事実なら警察にも届けなきゃいけないんでしょうか」

「あのお巡りさんは駄目だよ。郷の連中とぐるだから」淳が土間の方を向いたまま吐き捨てるように言っていた。正枝が「何ですか」と怒っている。

「警察には児童相談所の方から協力を要請するような仕組みですね。就学を阻《はば》んでいるっていうだけで事案になるとは思うんですよね。あとは祠でも座敷牢でもなんでも、監禁しているという話ならもう強制執行で保護っていうことになるんじゃないかな。相談所に臨検っていうのか捜索の権限はあるということで……何《いず》れにしても相談所の方で調査に出向いてもらって、あとはその娘の親がどうするかですよね、これはもう我々の出る幕ではないかもしれません」裕の説明は明快だったが、正枝の困惑はそうした問題ではない。

「お父さん、これ通報して、それでうちが逆恨みされるなんていうことにはならない？」

正枝の心配ももっともだった。正枝は郷と地縁があると見える交番相談員が長谷川家の連絡先を把握しているという一件に特に敏感になっていた。いっそすっぱり関わり合いにならないで済めばそうしたいという気持ちである。その一方で年端も行かぬ娘が監禁されているというなら、同じ娘を持つ親としては、それは看過すべからざることとも思える。

「いやぁ、だからって黙っているって訳にもなぁ」清がぼやいた。

「淳君のことで既に郷とは一悶着《ひともんちゃく》してしまいましたからね……お母さんのご心配は判りますよ。必要なら通告は僕の方からしましょう」

「そうしていただけます？」

「ええ、その方が穏当《おんとう》でしょうからね。行きがかりです」

「ともかく淳はもうあそこにいっちゃ駄目よ」

「判ってるよ」

「しかしなあ、家紋調べなんていうから随分古めかしいことを始めたもんだと思ってたんですが、何だってこんなややこしいことに首を突っ込んでいたんだか。とんだ自由研究だよ。それはそうと、『行きがかり』と仰《おっしゃ》いますが、勝山さんはなんで淳とこう行きがかったわけですか。正枝はなんだか勝山さんらが……その……」

「お父さん、それはわたしも動転してたから」

裕は苦笑いに頭を掻いた。やはり正枝が淳の引き取りに出向き、勝山という名前が出てきた時点で、彼らの主観では裕が少年を唆《けしか》けたものとでも思われていたのだろう。

「僕は淳君とは別件で……民俗調査といいますか、ちょうど巣守郷の神社について調べていたところだったんですよ。それでどうも出先で擦れ違うことが多いなと彼のことが気にかかりまして……僕らも淳君も巣守郷では同じく邪険に扱われたこともあって、同病相憐れむような具合で意気投合しまして。そこで淳君から、あの郷に監禁されている子がいるかもしれないっていう話を聞き及んだんで……ことが確かめられるようなら当局にはこちらから連絡してやるからと当初から約束していたんです」

「それはいろいろお世話になっちゃって」と、清。

「なんでもお弁当までご馳走になったとか」正枝が気にするところは夫とはまた違った。

「ああ、いつもいっぱい作るからいいんですよ」香織が笑うと長谷川清が訊いた。

「その、飯山さんと勝山さんはどういうご関係で」

「お父さん」正枝が窘めた。

「彼女だろ」土間から淳が口を挟む。

「なになに？」と台所の方からはずっと蚊帳《かや》の外だった依子が首を突っ込んできた。

裕と香織は顔を見合わせている。

予想しておくべきだった。当然出てくるはずの質問だ。裕は「そんなんじゃないんですよ」と笑ってかわそうと先《ま》ずは思ったのだったが、それが如才なくこなせる性格ならもとより苦労はない。さすがは幼くとも女の子というべきか依子が居間の入り口にまでいざってきて敷居からのり出して目を輝かせている。そして振り向けば、この場にもう一人いた女の子が、裕がどう応じるだろうかと眼をらんらんと光らせて答えを待っているのである。

「そ、その件につきましては――」うわずった声で俯いたままの裕が口火を切るとみなまで聞かずに清と正枝が笑い出した。今まで終始落ちついてことの次第を語っていた裕が、急に不祥事を起こしたお役所の答弁みたいな口ごもり方になったのを可笑《おか》しく思ったのだろう。その言葉の先は「関係各所と折衝《せっしょう》の上、追ってお返事申し上げます」とでも続けるしかない。香織までが一緒になって笑い出していた。

　こうした訳で帰りの車の中で裕は「関係各所と折衝」するのをいい加減先延ばしする訳にはいかない羽目になった。観念した裕は、市街に戻っていくあいだ街灯もない暗い夜道の運転に前方から目を離せないままになっている香織の横顔に向かって、しかつめらしい言葉で正式に交際を申し込み、前時代めいた恋情の告白の口上を言い切って、一笑に付されるかと俯いた。香織はしばらく返事もないままに車を走らせており、裕はこれを上手い断り方の言葉を探しているものと受け取って辛い思いで自分の膝を見つめていた。香織はやがて農道がバイパスと合流して道幅が拡がり、街灯が前後に灯ったところで車を路肩に寄せて停めた。

　そして「道ががたがたいって、よく聞こえんかったでこっちを向いてもう一度言《ゆ》ってみ」とあからさまに嘘を言い、笑い栄えに笑み崩れた。裕はその意味を悟って、もはや眼を逸らすことも敵《かな》わず、大急ぎで先の口上を繰り返したがもう自分でも何をどの順番で言っているのか判らなかった。ただ香織がその間中ずっと花のつぼみの開くように笑み溢れているので、言ったことには間違いはなかったのだろう。

　そして香織は再び車を出すと、自分の方は中学の頃から裕のことがずっと気になっていた、遠い思い出のようにずっと想っていた、そのことをこの夏に再会していちどきに想い出したと早口で語った。サークルの繋がりで紹介されて二人で会うようになっていた人がいて、その人とこれから付き合うことになるのかなと漠然と思っていたのだが、裕と再会するや否やそんな気持ちになれないことが卒然と判ってしまって、悪いとは思いながらも夏中連絡を断ってしまっていた、やはりきちんと先方には謝った方がいいだろうか、だが何か約束があってのことでもないし謝るといって何を謝るのか、なにかしら先方からの申し出があったわけでもないというのに御免なさい好きな人がいるのでもう会えませんなどとお断りを入れるというのも変だろう、こうした付き合っているという程でもない人と「別れる」というのもおかしな話でどうしたらいいかよく判らない、といったほどの話をずっと早口でまくし立てていた。その間ずっと前を向いたままで、それは車を走らせているのだから当然のことだったが、信号を待っている間も裕の方を向かなかった。ずっと照れ隠しにか、喋り続けていた。

口元はずっと笑みを帯びていたが、通り過ぎていく街の明かりに眼を据えて車を走らせていた香織は、市街に入った所で感極まったのか口を結んだ。片手で眼鏡を外してさり気なく涙をこすった。そしてたまたま四つ辻に停まったときに、鼻紙を求めてダッシュボードに手を伸ばし助手席の方に屈みこんできた。

恥ずかしくてその後目が合わせられず、香織の涙に気付いていなかった裕は、香織が眼鏡を外して自分の方に倒れ込むように屈みこんできた意味を誤解して、先走ってその肩を抱きとめ顔を寄せていった。シートベルトに腰を固定されていたので上半身だけを不恰好《ぶかっこう》に振り回すような形になり、けっきょく何かと振り向いた香織の額に頭突きをするだけに終わった。

香織は痛む額を押さえ、もう涙をぼろぼろとこぼして笑っていた。裕はばつが悪くて真っ赤になって、必死に謝っていた。そのまま謝り続けているうちに下宿に着いてしまった。

大橋の下宿の下で裕が車を降りるときに、香織はようやく笑いを押し殺し、これまでと同じく二人ともしごく素っ気ない様子で次の約束だけ確かめて別れた。しまったなあ、と車のドアを閉めて、裕はややうな垂れてアパートの階段に向かったが、その時にふと、香織が裕にずっと好意を持っていて、そのために気負って身辺の整理まで考えているということは判ったが、向こうからきちんとした答えを貰っていないぞと気が付いた。二人は本当にこれから「付き合って」いくことになるのか？

ふとした不安が兆して踵を返し、香織の車の方を振り返ってみると、香織は裕の動きに気付いておらず今しも車を出した所だった。呼び止めようにも車は動き始めている。その時、車中から「よっしゃ！」と鬨《とき》の声が聞こえた。すでに車が走り出しているのに、くぐもってはいるが優に車外にまで聞こえてくる気合いの入った勝鬨《かちどき》であった。去っていく車の中でシルエットに見える香織がこぶしを振り上げて凱歌《がいか》を揚げているのだった。何の勝利宣言であるか、朴念仁の裕にだって知れたことだ。それを見てどうしようもなく笑いが込み上げて我慢が出来なかった。

大橋の下宿の戸を開けてもまだにやにや笑いが止まらないでいた。あの娘は可笑《おか》しい。裕は後ろ手に戸を閉めてから自分も拳を握って「よっしゃ！」と言ってみた。留守番の助六が警戒して逃げ去っていった。明日は別れ際の勝鬨のこと、聞こえていた、見ていたと言ってみよう。どんな顔をして答えるだろうか、楽しみだ。

助六は八月いっぱいも、ほぼともに過ごした裕のことを下僕として正しく認識しており、帰ったばかりの裕の足下に転がって、遅い帰宅を詫びる裕に餌を出せとせがんでいる。短い付き合いだったが現金なものだ。

だが名残惜しい猫付きの下宿もほどなく出て行かなくてはならない。お盆もとうに過ぎ、世間の夏休みも大概済んだ。淳の分校ももう新学期を迎えるだろう。そして裕自身の夏休みも終わりだ。月が明ければすぐに試験が待っている。そしてそれからは……遠距離恋愛ということになるのだろうか。

この夏は奇妙な夏だった。資料室に籠もって古文書を繙《ひもと》きどうにも景気の悪い話ばかりを集めては、陰気な寺社を廻るのに費やしてしまった。それで母方の系譜を確かめられるような話には結局行き当たらなかった。つまらぬ歴史の暗部ばかりをいたずらに掘り起こして、取っ付きの悪い寒村に跳ね返され、話は沈滞していくばかりだった。だが収穫の無いひと夏だったとは言えないだろう。

陰惨な史料探索のなかで、系譜のとば口こそ得られはしなかったが、その代わりに裕は自分に欠けているもの、自分に必要なものを一つひとつ確かめ、そしておそらくはいま手に入れなんとしているのだ。そういう意味では「ひと夏の自分探し」は成功だったと言うべきなのかも知れない。そして何より香織との再会は何にも代えがたい収穫だった。それだけで全てが報われたと考えたってよい。この夏が終わることが勿体ないように思われていたが、これからも香織とは会える。いつだって約束をして会えばいいのだ。

こうして、香織との関係が夏とともに終わってしまうのを潔しとせず、柄にもなく決死の覚悟で関係の打開、関係の構築に打って出た裕としては、もはやこの夏に思い残すことはないと言ってもいいぐらいだろう。ほとんど脱皮を果たしたようなものではないだろうか。

だが、そうして考えると淳のことが思い出されてちらりと胸が痛んだ。

淳君は……おそらく彼なりに淡い恋に落ち、そして彼なりにそれを決着させようとしている。彼が虐待の証拠に拘っていたのは市民の通告義務とは関係ない。彼にとってはその緋の着物の少女は囚《とら》われの美姫《びき》なのだ。助けてあげなくてはいけない相手なのだ。だが彼の想いが実を結ぶかは判らない。少なくとも裕と香織に起こったことのようには、ひとつの結実を得られることはないのかもしれない。

その少女に対する淳の執心《しゅうしん》は結局一方的なものに過ぎない――もしかしたら彼の想いは届かないものなのかもしれない。少なくとも助け出してめでたしとはならない、お伽話なら姫を救えば婚姻の資格者となるが、これはもっと散文的な話なのだ。

それでも少年は、彼なりの悲劇的な決意でその少女を救おうとしていた。

少年は少女の人格には触れ得ていない。畢竟《ひっきょう》その美にうたれているだけなのかもしれない。だがそれでも少年は自分の行動が、自分の気持ちが、その少女に伝わると伝わらないとを問わず、悲壮な覚悟で少女を助けようとしていた。それは殆《ほとん》ど無心の騎士道精神であり、無私の恋着《れんちゃく》なのだ。恋仲になれるとか、友達になれるとか、そうした打算を超えたところで、ただその少女に正義が行われることだけを望んでいた。

だから裕としても、そうした少年の無着無執《むじゃくむしゅう》の義侠《ぎきょう》に報いてやりたい気持ちがあった。個人的な収穫の大きかったこの夏の最後の仕事として、少年の意志を貫かせてやりたいと思っていた。もしその少女が不当に拘束されているのなら――淳の代わりに然《しか》るべく行政に働きかけて、ことを正して、見届けてやらねばならない。それがおじさんの淳君への置き土産だ。

裕自身にとってもまだ見ぬ和装の少女を救ってやることは彼の実存に関わる意味のある仕事となるかもしれない。そうした予感があった。

第十五章　まほり

八月も末日を迎え裕はすでに旅支度に荷物をまとめにかかっていた。九月になればすぐに大橋の下宿を引き払う算段である。

児童相談所には自ら足を運び、巣守郷に障碍児童が未就学のまま留め置かれている可能性が高いということ、また郷では集落ぐるみでその娘を軟禁しているか、留置している疑いがあるとの通告を済ませた。集落出入りの交番相談員は郷と地縁のある者とみえ、調査にあたっては集落の醜聞を糊塗《こと》するようなかたちで介入してくるおそれもある、聞き取りに出向くならば県から直接に調査員を派遣しなければ都合が悪いかも知れないと釘を刺しておいた。こちらからの調査はおそらく翌週早々には動くはこびになり、もし訴えの通りのことが起こっているようだと判明すれば、親権者を特定した上で一時保護の強権を発動することもありうるという話だった。

だがまずは保護者に改善指導をするのが本来の筋で、よほどのこと、つまり重度虐待といった喫緊の事案でもなければ親権喪失・停止の請求から施設への収容といった最終手段が採られることはないだろう、一件については被殴打《ひおうだ》がなく、未就学の問題も神職に関係する職業訓練の意味合いがあるとすればネグレクトとして最悪の事案とは言い難く、一時保護に至る県知事判断なり児童相談所長判断なりが下るかどうかは微妙であるとのこと、相談員の口ぶりも奥歯にものが挟まったような調子ではっきりしない。当該児童に障碍があるということから、未就学の問題を、より重大と見るか、一定の合理性があると見るか、その辺の判断が難しい。

ひとまず長谷川家としても、裕としても一市民の立場から個人的にこれ以上踏み込むことは難しいので、あとは行政に任せることになるだろう。帰趨《きすう》は見届けたかったが、先んじて裕は帰京せざるを得ないと判断した。無責任なようだがこの辺が落とし所というものだろう。

数年と足を踏み入れなかった郷里ではあったが、裕もこれからは足繁く通うことになるのであろうから、成り行きを遠く見守る分にはさしたる不都合もないと考えた。

一方、長谷川淳には巣守郷との因縁はもう一つ残っていた。自転車を取り戻すことである。彼にとってはこれもまたおおごとである。大事な自転車を盗まれたままで手を拱《こま》ねいていられる訳もない。

むろん淳は郷に取りに行かねばならないと言い張ったが、親がそれを頑なに許さなかったのもまた道理である。少年だけで出向いたならまた一悶着《ひともんちゃく》あるだろうし、母の正枝は郷に息子を連れていくのは断固として拒否した。そもそも自転車は補導された当日に集落近くの藪に隠した折り畳みと、盗まれて保管されていたMTBと二台ある。淳が一人で行っても二台に乗って帰る訳にも行くまい。そこで彼らもまた父の清の手が空く週末に郷を車で訪い、二台の自転車を順次回収していく所存であった。確かに普通に考えればそれぐらいしか手がないだろう。

　ただし大人《おとな》たちは誰しも、淳がどれほどまでに盗まれた自転車を回収することに執着していたかを見誤っていた。九月の初めが週末に当たっていたが彼の夏休みは既に最終盤を迎えている。そして少女の件で郷で行われている非道を当局の手に渡すことと並んで、自転車を取り返すということもまた目下の少年の妄執だったということが失念されていた。淳にとっては巣守郷への恨みつらみは文字通り一筋縄ではなく、少女に対する虐待、自分に対する理不尽な態度、これらに先駆けて郷の誰かが大事な自転車を隠し込んだ筈という一事が、そもそも強い憤懣《ふんまん》の種になっていたのだった。

　なんとしても自転車を取り戻さねば済まない。しかも相手は淳が廃屋の車止めに自転車を発見していたことに気付いていた可能性がある。そこからまた何処《どこ》かに隠し込むか、捨て去るかしてしまうかも知れないではないか。淳の焦慮《しょうりょ》にはそれなりの理由があった。

　動機に加えて、手段も考慮のうちである。巣守郷は決して車がなければいけないところとばかりは言えない。淳は歩きの沢登りで山中を巣守郷に直にアクセスする山越えのルートを知っていたのである。このことは親たちには伝わっていない話だった。

　そんなわけで淳が親に逆らってでも、その足で郷に出向き自転車を取り返してくるつもり、しかもその労苦を二度にわたってまで払うつもりがあったのには、無理からぬ事態の成り行きがあった。彼はこの面倒について何らの痛痒《つうよう》も見いだしていなかった。自転車を取り戻せるならば沢登りぐらい二度だって三度だって苦にならない。

かくして少年は八月の最終日に、溜まっていた夏休みの宿題をしに公民館に行くという口実の下《もと》に朝から家をでて、沢から金毘羅下りへの裏ルートを通って巣守郷へひとり向かっていた。淳はその夏最後の冒険に打って出ていたわけだが、その日その場所に全ての決着が吹き寄せられていたのはただの偶然ではなかった。

片や、裕はこの八月末日に、既にほとんど切り上げ時を迎えていた史料渉猟の大詰めとして最後の史料を手にしていた。しかしそこにまた新たな疑問が生じてしまった。新たな謎、新たな問いはここに来て裕の手元に届いた二つの史料からもたらされた。ひとつは朝倉のいる歴民博物館から届いた『国幣大社上野蘇芳《かうづけすはう》神社特殊神事』の写しである。これは上野蘇芳神社に合祀された数々の神社に保存されていた特殊神事の式次第大要について整理した史料で、神社自身の編纂になるものである。

時は明治時代、維新後の神社整理の際に中央集権化を経た国家神道は、神事式次第についても伊勢神宮式を中心とする標準化を進めていた。神職の世襲を禁じ中央から宮司を派遣するような祭祀形態もこの神事標準化に与《あずか》って大きかった。

しかし地方神社の存立意義はがんらい地域ごとに異なる古式の継承にあるという意識も強く、神事標準化に反発してそれぞれの神社に固有の特殊神事を記録、保存しようという動きもまた止めようもなかった。したがってその後、戦後すぐの神道指令による国家神道廃止宣言以降は、お仕着せの標準的神事から再離脱して、本来の形のそれぞれの神社の「特殊神事」を復古しようという動きが各所で見られた。

その際に国家神道以前の特殊神事の記録は卒然と重要性を増し、古文書や口碑《こうひ》伝承を取り集めて固有神事の復元が試みられたのである。『蘇芳神社特殊神事』はそうした場面で参照された古式の記録集成のひとつである。したがって「特殊神事」とは言うものの、そこにべつだん特殊な趣がある訳ではなく、単に各々の神社に「固有」の神事、式次第、祝詞言《のりとごと》があって、そうしたローカルな斎忌習俗《さいきしゆうぞく》や神儀風習が記録されているというだけの話である。

史料の写しを都合してくれた朝倉が付言する所では、例によって伝承の過程で誣事《しいごと》の混入があり、戦後のどさくさの中で古来の神事復元に焦心するあまり典拠の定かでない「古式」が再建された例《ためし》も多いという。

この史料は蘇芳上社、下社の様々な神事についてまとめているが、そこに合祀摂末社の神事についての記述も混淆《こんこう》していると見られる。また、鎌倉、江戸、明治期と数度にわたって大きな変遷のあった神事式次第が時代差を捨象されたまま並列されていると思《おぼ》しい部分もあった。例えば県内ではあまり例がない流鏑馬《やぶさめ》神事などは、朝倉の説明では鎌倉期に衰退廃絶しているはずなのだが、記録の上で江戸期神事式次第をベースとしている列挙の中に時代錯誤に復元されていたりする。向こう受けするから復活させたのじゃないかと、こうした由緒由来の無節操に慣れた朝倉は笑っていた。

『特殊神事』にならんだ様々な神事式次第の中に目を引くのは、田遊《たあすび》神事に田舞《たまい》、占手《うらて》一番勝負に相撲奉納、懸鳥《けんちょう》祭は鷹狩りに係る神儀でとりわけ郷土色がある。太刀振《たちふり》神事、采振神楽獅子《さいふりかぐらじし》は神前神楽の奉納で、おそらくこれらの舞はこの夏の初めにその末裔《まつえい》を見聞したものに相違ない。そして蘇芳摂末社金刀比羅宮から持ち出しの『狐斎子《きつねいご》』の演目も神前奉納のリストの中にあった。

復刻資料叢書《そうしょ》の『古式祭祀類聚《るいじゅ》』から引いた一節として演目の概説がある。これは長谷川淳が蘇芳摂末社寄り合いの神楽座で聞き及んできた話の通りで、やはり田遊田舞に付随して奉納される里神楽《さとかぐら》の演目が問題のもの——目隠しをした古式の盤領常装束《ばんりょうつねしょうぞく》の巫女が毛利宮の目占斎子《めうらいご》すなわち演目の題ともなっている「狐斎子」で、盲《めしい》で鼻が利き、狐に騙《だま》される里人とは異なって姿に惑わされないので里を荒らす害獣にいち早く気付く。それで柄杓《ひしゃく》を振るって厄祓いに狐を追っているのである。柄杓に汲んだのは神明《しんみょう》裁判に用いる、正邪を分かつ盟神探湯《くかたち》の湯で、目の見えない斎子が誤って里人に振りかけてしまってもこちらは火傷《やけど》をしない、という。

この元始神事が神楽に昇華して斎子の役も座の男性演者に受け渡されたが、神楽の原形は明らかに古神道の盟神探湯の占いで、この占いを斎子すなわち市子《いちこ》が請け負っていたのは平仄《ひょうそく》が合う。おそらく「いち」と呼ばれた少女はまさしく「市子」として、この『狐斎子』の演目を強いて修めさせられているのではないか。

だが奇妙なのは、「市子」は巫女と異なり神社に居着かず漂泊する「歩き巫女」のこと、盲目か弱視の女性があたるのも通説の通りで、演目『狐斎子』の目隠しの装束は理解出来る範囲だが、それが金刀比羅なり毛利なりにどうして結びつけられるのか。これについては裕にはひとつ予断があったが、それがもう一つの資料、『末保利神社本紀大《たい》畧《りゃく》 鎮座之事由緒付書立』に裏付けられた。

この『本紀大畧』はその表題のごとく「末保利」という用字に気が付いてから収蔵資料目録の中に探し当てたものだが現物は伝存しない。

太平洋《たいへいよう》戦争末期、県内では空襲は度重なっていたものの既に疎開が進んでおり直接的な人的被害が他地域に比べると軽微であった。そのためにかえって見過ごされがちだが、市部主要都市はいずれも空襲によってかなりの範囲が焼かれている。その際に蘇芳神社末社外宮が戦火を被《こうむ》っており、『本紀大畧』は焼損《しょうそん》しているのだった。この内容については言及のある他資料から推測するしかないと裕は見ていた。

ところがとある復古神道関連の文献目録に『本紀大畧』を典拠資料として掲げてあるものがあった。当該の目録は戦後の文献蒐集《しゅうしゅう》とあるので、現存しない資料を目録に掲げていることになる。事情は裕にも容易に想像がついた。おそらく孫引きのある資料から本文の複写しか持たない者が、原本の伝存状況を確かめずに典拠の指示に原資料の方を挙げたのである。褒められたことではないし、厳密には典拠指示に虚偽があるということだが、これはよくあることと言えば言える。文献目録を作成した筆者は、本人は複写か孫引きしか見ておらず本来原資料に遡《さかのぼ》るべきところでその手間を省略した。その上で実際には孫引きをしていたのを告白出来ないで既に現実には焼損している原資料を典拠として書いておいたのだ。

しからば何処かに『本紀大畧』の複写が存在するということになる。同目録にある原資料所蔵は明白に隣県の県立歴史館所蔵物に偏っており、最も自然な想定は問題の複写がその歴史館所蔵のひとつとして死蔵されているということである。

リファレンスを願い出ると歴史館所蔵資料はいずれも戦後にマイクロ化されており、『本紀大畧』複写のマイクロ写真版は「県外寺社由緒」と表題された類書の少ない、いわば「その他」の項目に押し込まれていることが分かった。もともと原本ではない複写版に過ぎないし資料価値が低いと見られても仕方がない、この扱いには合理性もある。複写資料はマイクロでたかだか一葉の写真版であった。いい加減図々しくなっている裕はこの史料の複写取り寄せを古賀に依頼してあったのである。

そしてその史料がついにこの八月晦日《みそか》に届いた訳である。史料の書き上げは幕末、元治乙丑年《きのとうし》（1865）八月、『末保利神社本紀大畧鎮座之事由緒付書立』と掲題の通り毛利を「末保利」と表記している。

この資料は先に読んだ毛利ないし末保利宮の『由緒書上』と同様に、実証された由緒由来に遡る具体的で資料性の高い文書とは到底言い兼ねる代物だったが、片言隻句《へんげんせっく》にともすれば読み飛ばしかねない、大変興味深い詳細を持っていたのである。すでにパズルの他のピースを集めおおせている者でもなければ素通りしてしまったことだろう。だが裕はこのごく当たり前の由緒書きに、求めていた場所にぴたりと収まる欠片《かけら》があることに気付いた。

繹縁起當山一圓神名帳ニ無一座、琴平宮開闢不詳、僅天明丙午六年社領被爲寄進知申候耳、剩毛利別宮之由緒沿革ニ付無明鏡亀鑑、由来相不知申候。抑、當山許公方ゟ有御巣鷹之禁足ヿ、非野散不能立入、黎民落居ヿ稀也。唯、山境間之内ニ而御構有、且不知煩山窩也、且御巣守并ニ名主衆方江蓮判一札仕入置申也。庄集落闕處ニ而居處不定、凶饉出來共沙汰居ヿ六借、天明焼泥押文政天保飢饉ニ而據處無モ公儀御普請不能得、殞亡者向後之供養数ニ洩足也。肆、眼代設置、末保利宮故移徙、巨細凶事遮而相綺也、別宮享勧請天之麻比止都禰命祀、盲市子憑代、宇気比盟神探湯枉申沙汰莅。大都流例不陵夷、累葉目占斎子遂節者

すでに翻刻《ほんこく》に苦しむこと度々にわたる裕である。いまさら解読が難しいと音を上げる段でもなかった。さいわい本文《ほんもん》は有り体な候文で、釈文にするに殊更《ことさら》の困難は無い。
これぐらいの翻刻は香織がいなくともなんとかなる。もとより今となっては香織と会うために翻刻の依頼をするという口実は無用だ。会いたければそう言えばいい。本文には古文書ならではの用字や古神道由緒に特有の当て字、術語が散見されたが、ひと夏この問題を追ってきて、すでに準備のある裕としてはたいした障害にはなりようはずもな

かった。

だが『本紀大畧』から類推される毛利神社の由緒の本質は、いささか一人で担うに重たいものだった。

裕は『本紀大畧』の釈文を仕上げると、それをプリントアウトしてから大橋の下宿を出て、平常業務に戻っている香織を町立図書館分館に訪ね、この夏の史料探索から導き出せた毛利神社由緒についてのひとまずの結論を開陳したいからと言って、そのまま閲覧室で閉館時間を待った。すでに『本紀大畧』に語られている詳細も時系列にばらしてデータベースに流し込んである。データベースは任意の関心主題について史料と事跡を横断的に呼び出せるようにしてあった。香織が業務から解放されるまでの間に、自分の仮説に穴がないか検討して、なんどか東京の杉本に電話で問い合わせをした。生憎《あいにく》杉本は電話に出なかったが留守電に手すきになったら折り返してくれるようにメッセージを残しておいた。

「夏休みの宿題」を残していたのは裕ばかりではない、それは世の学生一般の懸案である。図書館の閲覧室は夏休みの宿題を分担し写し合う中高生が夕方まで居残っていた。どのグループもあまり仕事が捗《はかど》っているようには見えなかったが、夕方の時報が外から響き、唱歌「故郷《ふるさと》」の冒頭がどこか調子外れな音程で拡声器から町に響き渡ると、彼らもやがて三々五々図書館を後にしていった。残暑の夕暮れの日差しはブラインドの隙間から閲覧室を熱し、休憩までにロビーを抜け屋外に伸びをしに出ればまだ夕日がちりちりと肌を焼いた。

上州は西から東まで上毛三山が北方を建具のように仕切り、残暑の熱気は衝立《ついたて》のように立ちはだかる山へ向かって吹き寄せていく。すでに北の空には紫の雲がかかり、目を凝らせば稲光が見えたかも知れない、遠雷が届いた。この地域では夕立が降らなければ湿気を帯びた気団は夜半に山裾《やますそ》を這い登り、ちょうど深夜の日付の変わる頃合いに毎晩恒例の驟雨《しゅうう》が一帯を濡らす。雷が割合に近い所に鳴ったように思われるので、今夜の叢《むら》雨《さめ》は子《ね》の刻を待たず、日暮れとともに雷雨が山裾を洗うことになるだろう。

館外に出たので電源を入れてみたが携帯電話に杉本からの着信はまだない。

裕は閲覧室に戻っていった。ロビーの自動ドアが閉まったとき、後ろで日が陰って影が消えた。分厚い雲が足早に動いている。遠雷は刻一刻と近づく。

香織が閲覧室を閉めるものかと思っていたら、閉館のお断りを告げに来たのは彼女の同僚だった。部屋を出しなに裕の顔を盗み見て含み笑いを残していった所をみると、香織から何か聞いたのか、裕の顔を検《あらた》めにきていたのではないか。

「これが末保利宮の縁起かい……」

「なかみはたいした話じゃないよ。ただいくつか気になる記述がある」

「もう釈文にしてあるんだね」

「読み下してみるから確かめてくれるか」

裕は写真版のプリントアウトを香織に渡し、作ってきた釈文を読み下し始めた。

「繹縁起《えんぎをたづぬる》に當山一圓《たうざんいちゑん》、神名帳《じんみやう》ニ一座無く、琴平宮、開闢不詳《かいびやくつまびらかならず》、僅《わづか》に、天明丙午《へいご》六年、社領《しやりやう》、被爲寄進《きしんせらる》を知り申し候《さうら》ふ耳《のみ》……剰《あまつさへ》、毛利別宮之由緒沿革ニ付き明鏡亀鑑《めいきやうきかん》無く、由来、相不知申《あひしりまうさず》候ふ」

「だいたい毛利の由緒と同じだいね。よう判らんと」

「『明鏡亀鑑』というのはよくある言い方かい。字引きにはあったが」

「確かな証拠ということだろう、よくあるかは知らんが古文書では言おうが」

「続けて……抑《そもそも》、當山 許《もとより》、公方ゟ《くぼうより》、有御巣鷹之禁足ヿ《おすたかのきんそくのことあり》、非野散《のさんにあらず》、不能立入《たちいるあたはず》、黎民落居《れいみんらつきよ》ヿ《すること》、稀也《まれなり》」

「その『野散《のさん》』って何かね」

「誰のものとも決まっていない山野のことだと。ここではもともと巣守郷界隈は天領の『御巣鷹』とされているので、地元のもんの間で取り決めて『入り合い』とする筋合いはないってことだろう。『黎民落居《れいみんらつきよ》』が稀だ、というのは、要するに庶民の立ち入りは無いように計らわれていたってことだな、それは巣守りの連判状でも同じような話があった。続きも同じようなことしか言ってないよ……唯《ただ》、山境間之内ニ而《テ》御構有《おかまひある》は、且《かつ》は不知煩山窩也《わざはひしらざるやまがつなり》、且《かつ》は御巣守、幷《ならび》ニ名主衆方江《なぬししうかたへ》、連判一札《れんぱんいつさつ》、仕入置《つかまつりお》き申《まう》したる也」

「出入りは事情を知らぬ山がつか、許可を得た巣守りだけである、と。前に裕が言っていたとおりさね」

「ところが、それが裏目にでるんだな。ここの『御構《おかまひ》』ってのは立ち入り禁止の意味のお構いじゃなくて、禁域の差配を任せられているってことだろうが……天明飢饉の時に、このお構いの出入りの者達が義捐《ぎえん》救恤《きゆうじゆつ》の手から洩れるんだよ」

「ぎえん……どういうこと？」

「山間《やまあひ》に孤立していた庄なので、救援が無かったと。居所も知れず、助けようもなかったというんだ」

「え……助けがない？」

「庄集落《しやうしふらく》、闕處《けつしよ》ニ而《テ》、居處不定《ゐどころさだまらず》、凶饉出來共《きようきんいでくるとも》、沙汰居ヿ《さたしすうこと》、六借《むつかし》く、天明焼泥押《やきでいおし》文政天保飢饉《けがじ》ニ而《テ》、據處無《よんどころなく》モ、公儀御普請不能得《えるあたはず》、殞亡者《ゐんばうのもの》、向後之供養《きやうこうのくやう》、数ニ洩足也《もれたるなり》」

「この『殞亡者《ゐんばうのもの》』っていうのは？」

「亡くなった者というほどのことらしい。ここで言っているのはそもそも救援が無かったし、敢えなく亡くなった者達はその後の供養にも数に入れられていなかった、と。助けもなければ回向《えかう》もしてもらえない、割を食っていた訳だな。もっとも麓の方でもおよそ余所《よそ》のことなど構っている場合じゃなかっただろうけれども……。だから特に勧請があったと言うんだよ。以下こうある……肆《かるがゆゑ》に、眼代設置《がんだいまうけお》き、末保利《まほり》宮、故《ことさらに》、移徙《わたまし》て、宇巨細凶事《こさいきようじ》、遮《さえぎつテ》而相綺《あひいろ》ふ也《なり》、別宮享勧請《くわんじやうう》け、天之麻比止都禰命《あめのまひとつねのみこと》祀り、盲市子憑代《めしひいちこよりつ》き、宇《う》気比盟神探湯《けひくかたち》して、枉《ま》げて申沙汰《まうしさた》、莅《のぞみ》たる」

「難しいね、どういうことかね」

「『眼代』は大時代な表現だが知行国主派遣の官吏の監督下にあったということだな。末保利神社をここに勧請して……それで『巨細凶事』、大事まがつことの起こらぬように沙汰することになったと。別宮としてというのは琴平別宮のことだろう、天之麻比止《あめのまひと》都禰命《つねのみこと》をお祀りして、盲《めしい》の巫女を立ててよりましに吉凶を占わせたと——宇気比盟神探湯《うけひくかたち》は古式の占術の次第のことだ、これで『枉《ま》げて申沙汰《もうしさた》』をしたと」

「つまり？」

「とくに村落の裁決の拠り所としたということだろう。この伝では毛利神社は宮司を置くより先に巫女を立てた社《やしろ》だったということだ」

「じゃあ、あの……」

「ああ、そうだ。淳君が気にしている娘も、その市子の役割だ。支流筋……長谷川さんちの近くの祭礼で見た里神楽の、狐を追い払う巫女はその原形を保存しているってことだよ。『本紀大畧』によればこの風習は近世を通じて保存されたんだ。『大畧』は幕末の書き上げだからな。曰く——大都流例不陵夷《おほよそるれいりよういせず》、累葉目占斎子遂節ぐ者《るいえふめうらいごせつをとぐてへり》」

「だいたいこの通りのしきたりで廃れることが無かった、以下『目占斎子』すなわち盲《めしい》の巫女が任に当たった、とこういう話……」

「この読みでいいよな」

「わたしには判らんが……古賀さんに聞いたん？」

「いや、まだだ。でも他に読みようもないだろう」

「なるほどね……毛利神社はその成り立ちから寒村の怨念が籠もっていたということつ……」

「見捨てられた集落だな」

「でもこの話って……前に翻刻したのと似ているようで……ちょっと違うこと言ってないかい」

「気が付いたか。違うことどころか反対のこと言っているだろ？」

「反対のこと……？」

「因果関係が反対だろ。前に見た『案主家乗断簡』……」

「庚申《こうしん》待ちの時に、空抜《うろぬ》きの子供が戻ってきたってやつね」

「あれはさ、享保の大飢饉の時に間引かれた子供が返り子として戻ってくるっていう話だったろ？　これ何処かでよく似た話を聞いたことがあったような気がしていたんで、ずっと探してたんだけど杉さんに聞いたらすぐに判った。『遠野物語』の拾遺にあった話なんだ。ほらこれ」

　裕は文庫本の『遠野物語』に付録として「遠野物語拾遺」が併録されている一冊を香織に示した。まだ帯のついた新刊書である。

「買うたん」

「ああ、何冊目か知らん、自分でも持ってるものだから却って見過ごしてた」

栞《しおり》を挟んであったのは巻末の拾遺の部、通し番号に二四六とある。

二四六　附馬牛村の某という処に、掘返《ほっかえ》し婆様と呼ばれている老婆があった。この老婆は生まれた時に母親に戻しを食って唐臼場に埋められたが、しばらくして土の中で細い手を動かしたので生き返ったと言って掘り起こして育てられた。それから掘返しというあだ名がついて、一生本名を呼ばれなかったそうである。縊《くび》られる時に一方の眼が潰《つぶ》れたので生涯メッコの婆様であったが、十年ほど前に老齢のために死んだ。「遠野物語拾遺」

「ここかい」

香織は目を走らせると顔を上げた。

「『掘返し』……目が潰れた……確かによく似た話だいね」

「ああ、だから『掘返し』っていうのが引っかかっていて……それで毛保利《もほり》も『芋掘り』、つまり子間引きの忌み言葉が残っていたものじゃないかと考えたんだよ。『家乗断簡』では『眼《まなこ》ニ球無く鑾子《さし》眼瞼《まなぶた》ニ充てり』。返り子には目が無かった。あれ女の子の話だよな」

「そうなん？」

「髪形の一髻《いっきつ》っていうのは元は男児の髪形だが、後には女児にも見られたっていう話だ。

この子を『氏子中密々《みつみつ》ニ囲祀《かこひまつ》り、棟別《むなべち》出合ひて育《はぐく》みたる』と。これは返り子を単に養育してやったという話じゃなくて巫女として立てたんじゃないのか。『囲祀り』って、単に育ててやったと言うには大袈裟な言い方だろ」

「そんな話あったのかね」

「山ひとつ越えてしまうが上州甘楽《かんら》に『眼を痛めた神』の説話が残っている。上州では山間の神が目を痛めていたという逸話は広く分布してる。これは『日本民俗學辭典』の引用だ」


メヲイタメタカミ〔眼を痛めた神〕上州北甘樂《きたかんら》郡磐戸村に梓と葛藤がある、昔氏神様が梓の木で眼を傷け、葛藤の爲に轉びし故封じたると云ふ（同郡史）。河内中河内郡高安村の恩知神社の祭神は、五月五日の端午の粽《ちまき》にて目を突き給ひし事あるより、一般端午に粽を作らぬ（同郡誌）。按《あんずる》に、此種の類例は夥しくあり、本文中にも散載した。併し何故に斯くも多數の神々が、言合せたやうに眼を痛めたかの説明に就ては、簡單に濟されぬ。

　中山太郎編『日本民俗學辭典』昭和書房（1935　昭和八 - 十）pp.831-832
※ルビ、引用者

「こちらは言ってみれば事故で目を突いてしまった神さんの話だが、目を痛めた神の逸話は俗習に多い。『言い合わせたように』と言っているだろ？　加えて場所も旧郡岩戸《いわと》村なら天領の直轄地だ、御巣鷹山に目を痛めた神……符合が多い……」

「そうか市子がイタコなら目が悪いのはむしろ……好都合……」

「神楽『狐斎子』の巫女も目隠しをしている。あれは目を隠しているんじゃなくて盲《めしい》の隠喩なんだろう。目を痛めていることは巫女の資格を意味する訳だ」

「それじゃあ……これまた理に落ちた話だぃね。何が反対のことなんか」

「だから因果が反対だろう。『家乗断簡』によれば飢饉があって、子間引きがあって、そこから返り子が生ずるという不始末があった。これを巫女としたかどうかは、古賀さんじゃないが憶断の域を出ない。『毛野誌』でもそうだ、『據所《よんどころ》無《な》く一宇《いちう》一子《いっし》、空抜《うろぬき》て弔慰《てうゐ》セル傍例也《ばうれいなり》』とあった。やはり飢饉が起こり、空抜きがあって、供養の必要が生じた。ところが『由緒書上』には……いいか、『不叶鎮守《もりしずめかなはず》ば、返利子《かへりご》、戻來《もどりきた》ること頻々《ひんぴん》にして萬事《ばんじ》に可有差支《さしつかへあるべく》』とあった」

「そりゃ、覚えてるが……」

「ほらこれ見ろ」裕はデータベースに整理された古文書の文言を時系列に並べたものをラップトップの画面に呼び出して示した。

「鎮守が叶わなければ返り子が生ずると言っている。おかしいだろ。鎮守が先で、返り子が後……。これが今しがた見た『本紀大畧』になると、もっとはっきり言っている。『肆《かるがゆゑ》に、眼代《がんだい》設置《まうけお》き、末保利《まほり》宮、故《ことさらに》、移徙《わたまし》て、巨細《こさい》凶事《きようじ》、遮《さえぎっ》而《テ》相綺《あひいろ》ふ也《なり》』、凶事が生じないようにと巫女を立てて、眼を痛めた神をお祀りし、盲《めしい》の巫女をよりましに宇気比《うけひ》盟神探湯《くかたち》の呪《まじな》いをした、と——判るか。因果関係が反対になってる」

「因果関係？」

「飢饉があるから芋掘りが生じ、それだから片目の返り子が生まれて、巫女として養育した。それが『家乗断簡』の語る由来だ。だけれども『由緒書上』と『本紀大畧』は巫女を立てることで飢饉に対応しようとしたと説いている。いつの間にか巫女の方が先になってるんだ」

「ほんとうかい。でも……なんでそんな逆転が起こるん。話があとさきだがね」

「あとさき上等だよ。由緒由来、縁起といい、因果の順序は本来曲げることの出来ない論理関係、前後関係だ。だが説話や神話は因果の順序なんかに構いはしない。因果関係があるということだけで神話の論理には足りてしまう——どっちが原因でどっちが結果なのかなんて、いくらも逆転の利くことなんだ。因果で結ばれているという関係だけあればお話になる。だけど仮にひっくり返してしまうならば……そこには何らかの動機がなければおかしい」

「動機って……この因果の逆転には動機があるんか」

「これはもういくら古賀さんに責められても仕方がないな。まるっきり想像だ。予断だ。だが飢饉、子間引き、返り子、目占斎子《めうらいご》、この順序をそっくりひっくり返す神話論理のアクロバットが生じた時期を特定出来るはずだ。その時期の問題に動機が浮かび上がる……と思う」

「時期……っていつごろのことなん」

「最後の手掛かりを待っているところだ。杉さんが『綜合日本民俗語彙』、『民俗地名語彙事典』、『葬送習俗語彙』、『日本農民史語彙』、こっちの頼んだ参考図書の必要な所はコピーを送ってくれた。だがまだ裏がとれないんだ。末保利ないし毛保利が『芋掘り』と語源的に繋がるのかどうなのか。そろそろこっちも結論を出したいんで、杉さんに頼んで詳しい人に聞いてもらってるところ」

「だいぶん図々しくなんったんね」

「良い傾向だろ？　でも向こうが言い出したことなんだぜ。香織と同じだよ、『そんなこと訊いてしまった方が早い』って言うんだ」

「だったら自分でその専門家に連絡するところなんじゃないん」

「杉さんが親しくしている人らしいんだ。なんでも旧語研の残党だとか」

「きゅうごけん？」

「うちの大学にちょっと前まで語学研究所っていう語学系の専門家を集めたラボがあったんだよ。このほどの大学改革で廃止になっちゃったけど、そこの先生が新設学部学科に散らばったわけ。その内の一人で……ちょっと変わった先生らしい」

「その人が連絡をくれるって？」

「今日杉さんが会いに行ってるはずなんだ。でも昼から電話が通じなくって……これが最後の鍵になりそうなんでやきもきしてるんだが、こっちゃ待つよりどうしようもない」

「最後の鍵って言うけど、末保利、毛保利の語源がどうしてさっきの……『神話論理の逆転』かい、それの動機とどう関わるっていうんかい」

「どこから──あるいは何時《いつ》から末保利、毛保利という言葉が出てくるのか、それが肝心なんだ」

「そんなの今までの史料の中から想定するしかないことでしょう」

「そこなんだよ。だが気が付いているか？　いま手元にある主要な史料のなかに、末保利、毛保利、毛利と言及のある史料とそうでない史料がある」

「えっ？」

「空抜の洞を末保利洞と呼んでいる史料と呼んでいない史料があるってこと。そして二系列の史料にははっきりとした区別がある。末保利の用字が見られる史料はいずれも新しい」

「えっ、そりゃおかしいんね。末保利洞っていうのは享保年間からすでに言及があろうが。『由緒書上』に……」香織が言い淀《よど》んだ。

「な、判ったろ？　『由緒書上』は言及している事跡は古いが書き上げは下るぜ。天保年間だ。史料の中に時差があるんだよ」

「時差？　史料の中の……？」

「江戸期はざっと二百六十年。俺達が数百年と昔のことに係《かかずら》っているのと同じことだ、古文書の筆者もまた百年やそこら昔のことに言及している。事跡は彼らにとっても遠いふるごとなんだよ」

はあ、と香織は言問いた気に口を開ける。裕はラップトップのデータベースを開き、レコード・フィールドの抽出レイアウトを一つ示して見せた。香織も画面を覗き込む。

「この時差を整理してみた。事跡、書き上げ、その時差が文言の偏りをはっきり明らかにしてくれる。『本紀大畧』が届いた段階で偏りがはっきり見えた」

西暦・和暦	想定される史実	言及せる史料	史料の書上時期	毛利神社につき表記
1642 寛永年間	▲寛永の大飢饉	毛野誌		
1643 頃	空抜、横行	毛野誌		空抜洞
1733 享保十八年	返利子不始末	案主家乗断簡		金刀比羅本宮坤
1734 享保十九年			案主家乗断簡	
	空抜洞琴平の所管に	由緒書上		*末保利洞
1753 宝暦年間	▲宝暦の大飢饉			
1783 天明〇三年	▲天明の大飢饉			
1786 天明〇六年	返利子信仰定着	本紀大畧		*末保利洞
1786 天明〇六年	毛利宮原型勧請	由緒書上		*末保利
1787 天明〇七年	寛政の改革			
1815 文化十二年			毛野誌	空抜洞

1825 文政〇八年	▲上野飢饉		
1833 天保〇四年	▲天保の大飢饉		
	目占斎子擁立		
	末保利宮すでに成立	本紀大畧	末保利宮
1836 天保〇七年	▲日本一統大凶作		
	末保利を毛利と表記	本紀大畧	毛利・末保利
1842 天保十三年	このころ天保の改革	由緒書上	毛保利・末保利・毛利
1865 元治〇二年	間引禁令依然絶えず	本紀大畧	末保利宮・毛利別宮

▲＝著名な飢饉、＊＝後述

「なんかね、この表は」

「史実の列は単なる年表だ。その史実に言及している史料がどれであったかを次の段に呼び出した。その次の段は史料そのものの誕生日だな。そして最後の段には毛利神社、あるいは空抜洞のことを何と表記しているかを分別してみた。すると『末保利』という呼び方はかなり古い事跡についても言われているようだが、そこに時代錯誤があることが判る」

「時代錯誤？」

「『家乗断簡』にしても『毛野誌』にしても、より古くって同時代的証言としての信憑《しんぴょう》性の高い史料はいずれも『末保利』とか『毛保利』とかいう言い方をしていない。空抜洞を『末保利の洞』と呼んでいるのは、成立書き上げの遅い『由緒書上』と『本紀大畧』だけだ。したがって『由緒書上』と『本紀大畧』はいずれも、書き上げの近年に『末保利宮』と呼ばれている祠から遡行《そこう》して、まだその通りには呼ばれていなかった時代のものについても『末保利、毛保利』と呼んでいるということになる。用語上の時代錯誤が想定される末保利、毛保利の用字にはアステリスクをつけてある、これな。『毛野誌』以前にはこの呼び方は無かったはずだという判断だ」

「まあ、しかし、それは仕方がないというか、当たり前のことじゃないかい」

「そりゃあ、歴史記述っていうのはどうしてもこうなる宿命はあるよな。古代中国史とか中世ドイツ史とか、問題の時代にはまだ『中国』も『ドイツ連邦共和国』もありませんでしたなどと茶化してもしょうがない。今あるものでくくって古いものも等し並みに束ねる。それは普通のことだけど……そこに後代から投射したに過ぎない時代錯誤があるのは事実だろ」

「それはまあ……」

「しかもだ、『由緒書上』、『本紀大畧』と空抜洞のことを末保利と名指している史料はいずれも、飢饉と返り子の因果関係を逆転させている史料だ。つまり空抜洞を『末保利』と呼ぶことと、問題の神話論理の逆転とは時期が重なる。それは連動したことだと言えるんじゃないのか」

「末保利という呼び方と因果の逆転が連動している……時期が重なる……その時期って

言うのは……」

『毛野誌』が末保利の一語を用いていない。単に『空抜洞』と言っている訳だ。『毛野誌』の書き上げは文化年間、そして災厄と目占斎子の関係が逆転し、『末保利』という名称が登場するのは、それ以後のことだ。ここに劇的な変容のきっかけがあったはず。『毛野誌』の証言を重く見れば、空抜洞が『末保利の洞』となり、返り子信仰が災厄を防ぐためのものと逆転された時期は──」

「天明から天保年間にかけて……」

「文化十二年（１８１５）から天保十三年（１８４２）のざっくり三十年」

「その時期に何かが起こったと」

「はっきりしてる。古賀さんは上州受難の百年と言っていたが、文化、文政、天保年間はとりわけ上州大飢饉が猖獗《しょうけつ》を極めた四十年だ。上州に名高い四大飢饉のうち三つまでがこの時期のもの、大凶作は十年と置かず連続している。時には三、四年のスパンで繰り返してる。上野・天保飢饉の間隔は八年、天保の大飢饉と日本一統大凶作はわずかに三年の間隔だ。さらに減作と見る規模をこの半分まで緩めれば、つまり半作を十分な凶作とみればこの期間に大小飢饉が十回を数える──冷害の影響で四分作、無作と交互に続き、飢饉はほとんど常態だった。するとどうなる、飢饉の結果として起こったことは、飢饉の後に起こったと言えるのか？　それは飢饉の直前に起こったことになってしまう。次の飢饉がもう待ちかまえているんだ」

「順序が入れ違う……」

「そうだ。飢饉の後に結果として起こったことが、飢饉の前に原因として起こったことと錯誤されていく。因果関係は逆転する。その時に逆転するのは因果の順序、因果の前後関係ばかりじゃない」

「なんのこと？」

「空抜洞をめぐって返り子を巫女として立てる『返り子信仰』とでも言ったものが原形としてあったとしよう。もとは『家乗断簡』が説くような『神可返《かみかへすべか》めると所念《おもほし》行、氏子中密々《みつみつ》ニ囲祀《かこひまつ》り』、これは神が返した子であるからと大事に思って、氏子中で大切にお囲いしてお祀りした、ということだろう。この段階では返り子は飢饉の結果であり、鎮魂の修祓《しゅばつ》の客体だった。ところが飢饉と返り子をめぐる因果関係が説話内で逆転すれば、返り子信仰は飢饉に先立って行われる修祓の主体へと立場自体が逆転する」

「それは想像だろう……」

「妄想と言ってくれてもいいぜ、だがほとんど確信がある。予感がある。返り子信仰は日本一統大凶作へと向けて発生間隔を狭めていく連続する飢饉の中で、因果の転倒に伴って、飢饉に先駆けて行わなければならない修祓としての役割に転換していったんだ。そんな中では目占斎子の社会的な役割も大転換を被ることになる」

「……何が言いたいのか判らないよ」

「俺も本当じゃなければいいがと思っているぐらいだ。本来は『飢饉が起こり』、『子間引きが生じて』、『返り子の不始末が起こり』、『巫女となる』という順序だったものが変質していく……『巫女を返り子として立てる』という因果の逆転が、順次転倒した神話的論理を辿《たど》って『飢饉の否定』として働くことになる――かくして『返り子』を取り巻く説話論理の転換に伴って、返り子の民俗伝承上の意味は百八十度転換してしまう。『返り子』は飢饉の不幸な犠牲者ではなくなってしまう。飢饉の前に必須になる『巫女』と見なされる。予《あらかじ》め巨《こ》細《さい》凶《きょう》事《じ》を遮《さえぎ》るためのなんらかの祭儀を主催する役目を負わされるのか、あるいは……『人《ひと》身《み》御《ご》供《くう》』、『贄《にえ》』としての役目だ。飢饉に先駆けて凶事を封じ込めるための」

香織が息を呑んでいる。

「それは暴論じゃないの？　何の証拠があって……」

「前にも言った通り、本当に生け贄の儀式が行われていたなんて信じてるわけではないよ。ただ返り子信仰は――もしそんなものがあるとするなら――明らかに問題の四十年の間に因果の倒錯を経ているはずだ。少なくとも史料の間には語られる由緒由来に齟齬《そご》があるし、そこに事跡の意味付けの逆転が見られる。何らかの動機があって……それが合理的に説明出来なきゃいけない。その際に、因果の倒錯が起こった時期が文化文政期にぴたりと位置づけられるなら、時期の問題が全てを説明してくれるだろうっていう……仮説だな」

「その仮説に末保利、毛保利の語源がどう関わるの」

「子間引きを意味する『芋掘り』に由来する『芋掘りの洞』、それを忌み言葉として忌避して『毛利神社』と号したんじゃないのか。その隠蔽《いんぺい》のタイミングが民俗語彙の語源学として近世末期に時期を特定出来るようなら……どんぴしゃ、こっちの傍証になる」

西日の入っていた閲覧室はすっかり暗くなっていた。

「なるほどね……そんで、杉さんからの連絡待ちかい」

「いい人なんだけど……ゼミじゃ遅刻の常習犯だとか……もっかいかけてみようかな」

裕は館外へ出ていった。しかし杉本の電話に再度かけてみても留守録の案内が返ってくるばかりである。ただ待っていても仕方がないので裕は場所を変えることを香織に提案し、一緒に食事をとろうということになった。ごろごろと雷の気配が近づいている。ことによったら夕立になるかもしれない。二人は香織の車で建て込んだ市街に向かった。

香織が車で酒を飲めないので、二人はいろいろと詮議したあげくに中華料理屋を選び、香織の薦めでとある店へ出向いて水餃子、焼餃子の餃子責めにあった。そこは中華料理屋と言ってもほとんど餃子専門店といった趣で、眼の前で皮から打ってお好みの具を包んでくれる。焼餃子には普通の挽き肉、大蒜《にんにく》、韮《にら》、白菜、かたや水餃子には海老《えび》餃子に、鶏《とり》の軟骨と筍《たけのこ》の餃子をとった。薬味に刻み葱《ねぎ》と豆板醬《トウバンジャン》を浮かべて、スープに漂うほとんど透明に具の透けた餃子が口の中でほぐれるたびに舌を火傷《やけど》しそうになりながら、二人で碗を交換しあって食べたのだった。焼餃子をおかずにさらに水餃子を食べるとは酔狂な話だが、どちらも実に旨かった。腹が膨れて店を出るにあたり、電話待ちまでにちょっと喫茶店にでも入って時間を潰そうということになったのは二人とも別れがたかったからである。裕は明日にも東京に戻るのだ。

　喫茶店に入るときに香織が自分の携帯電話を確認すると、夕方の初めにメッセージが一件入っていた。長谷川正枝から、淳が公民館に行くと出ていって、まだ帰らないので心配している、事情を知らないかと問い合わせがあったのだった。香織は一応正枝に電話したが、この時間には先方の方が留守電になっていた。香織は、こちらでは勝山もいま横におりますが、淳君からは特に連絡はないですね、とメッセージを残しておいた。またあの子はお母さんに心配かけとる、と香織は膨れ顔だった。裕にもちらりと心配が兆した。なんとなく、淳が巣守郷にまた出かけたのではないかという気がしたのだ。だがそのことを言挙げすることはなかった。この夏に香織といられる最後の夕なのに、こちらまでやきもきしても仕方がない。

　杉本からの電話が掛かってきたとき、香織は裕が奢《おご》ると言って二つまでを許可したので、その喫茶店の自家製洋菓子のどの二つを選ぶべきか、真剣に悩んでいた。震える携帯電話を取り出しながら、裕はこれでようやく今晩は胸のつかえが下りてゆっくり出来ると、大喜びで呼び出しに応えたのだった。よもやここから今夜一晩が文字通り大荒れの嵐の一夜となろうなどとは全く思っていなかった。

杉本はどこかの研究室からかけてきたらしく、見覚えの無い電話番号がディスプレイに表示されている。電話口の向こうでは明るい声が連絡の遅れを詫びた。

「勝山君かぁ。済まんね、遅くなっちゃって。いまいい？」

語研図書準備室からの電話で、杉本は彼が懇意にしてもらっている講師、桐生朗《きりゅうあきら》と同席していた。杉本の言う「桐生先生」は彼の語学の担当講師だったが、専門は言語学だということで、なにやら聞いたこともない言語のモノグラフィーを業績として持っていた——対照言語学とかいうジャンルだそうで裕にはあまり関心のない分野である。要するに日本語学の専門家でも民俗学の専門家でもない訳で、杉本がお伺いを立てる相手として、この先生に白羽の矢が立ったのは裕からすると意味が分からなかったが、杉本が言うには博覧強記の変人だとのことである。「変人」は聞き間違いではなく杉本がはっきりそう言っていた。

その桐生先生をようやく語研図書室で捕まえたということで、今夕の連絡とあいなったわけだ。電話を替わってもらう前に杉本からは「桐生先生は人見知りで、大声を出すと逃げてしまうから、電話口であまり大きな声を出さないように」と、ふざけているのか本気なのかわからない注意があった。

「あの、えぇと、桐生……です」

「桐生先生、お忙しいところ恐縮です。社会学専攻の勝山と申します、今日は……」

「あの、す、杉本……くん……から……あの、ご質問の件のですね、つまり……」

杉本からは語学百般の達人と聞いていたが日本語は達者ではないのか。桐生はそれからも何度となく口ごもったり、つっかえたり、変な所で黙り込んだりと、内緒話でもするかのようなひそひそ声も相まって、終始要領を得ないのであったが、この際本筋に関係ないので彼女の不得要領な話しぶりの再現は以降は措く。実際には「桐生先生」の台詞《せりふ》は本旨の3倍ほどの量の無内容な躊躇《ためら》いの文言と吃音《きつおん》を前後に纏《まと》ったものであった。

「けつろんから言うとですね……ご質問の『末保利』というのは『芋掘り』とは結びつかないでしょうね……典型的な民間語源の発想ですね……短慮です……成立しません」

いきなりの全否定である。裕は肩を落とした。短慮と咎《とが》められた。口下手なのに口さがない、どういう人なのだろう。桐生は淡々と、何の興味も湧かないという態度で講釈しだした。

「『い』が勝手になくなるなんて話はありません」

「しかし語頭《ごとう》の『イ音』が脱落するような例はよくありますよね。『抱《いだ》く』が『抱《だ》く』になったり、『茨《いばら》』が『薔薇《ばら》』になったりといったような……」

「俗説です」

「えっ……橋本進吉《はしもとしんきち》の『国語音韻の変遷』にあったんですが」

「いくら偉くとも橋本進吉が言ったら正しいということにはなりません。だいたい『国語音韻の変遷』は上代特殊仮名遣いが上古中世とどう変遷したかを概括しただけで、『ばら』『いばら』については語頭濁音を忌避するはずの古代日本語の音韻の反例として『イ音脱落で語頭音に濁音が来た例』として通り掛かりに言及したまで。語の成立を実証的に明らめたものではないです。同時期の論なら例えば朝山信彌《あさやましんや》は別説を採っています」

「別説ですか」

「『いだく』は平安中期なら『むだく』、古形としては霊異記訓注に『うだく』も想定されてますし、『いばら』も同様で『むばら』、さらには古形に『うばら』あるいは『宇万《うま》良《ら》、雄《を》万《ま》良《ら》』が文証《もんしよう》されます。『うだく』や『うまら』の方が古いと見るなら『いだく』、『いばら』に見る語頭のイ音はいずれも後代に語頭に付加された発達母音《シュプロスヴオカル》であるか――」

「シュプロス……？」

「Sproßvokal《シュプロスヴオカル》。svarabhakti《スヴァラブハクティ》。母音が補われることです。そうしたものと解釈するか、むしろ今まで表記を持たなかった鼻音のわたり音を便法として『イ』と書いただけのことかと見えます。すると『だく』や『ばら』の語形も一見は語頭の母音が脱落したように見えますが、それは見えるだけのことで、起源的な『むだく』『むばら』から発したものと考えた方が仮説としては有効ですね。つまり語頭のイ音はむしろ後から発達したものなのであって、それが『イ音は先んじて有ったものが後に取れた』とする説明は転倒している可能性があります、話が逆です。これは語頭母音イの脱落ではなくて、『むだく、むばら』あるいは『うだく、うまら』といった形から後発的に語頭発達母音の添加が雁行し、けっか出来た別形と見ることができる。つまりそっち――『うばら』が親で『ばら』と『いばら』は後年に並び立った兄弟」

「最初は『う』だったんですか」

「最初は『う』……そんな単純なことは言っていません。仮名《かな》で表すなら『う』なり『む』『ん』とでもせざるを得ないような漠然とした音が語頭にあったと仮説しているまで。因《ちな》みにこれには傍証が有ります」

「傍証ですか」

「傍証です。例えば中国語『馬《マー》』を日本語が記紀万葉以前に取り入れて、語頭に曖昧な発達母音あるいは鼻母音を添加して『むま、んま』とする、ここから『うま』が上代に成立する。『梅《ムエイ》』ないし『梅《ベイ》』からは同様に『むめ、んめ』、そこから『うめ』に至る。『むめ』と『うめ』は上代、中古、中世を通じて両者出入りがありますが、これを変遷ととるよりも表記ゆれととった方が生産的な議論になるでしょう。このような成立経過を辿れる一連の語彙が有ります。『母《ぼ》』から『おも』、『妹《まい》』から『いも』、『夢《む》』から『いめ』、『海《み》』から『あま』、『面《めん》』から『おも』、『未《み》』から『いまだ』、いずれも語源の古代中国語の音韻を取り入れるにあたって一貫して語頭に母音を付加したように見えます」

「すごい基礎語彙ばかりじゃないですか」

「すごい基礎語彙ばかりです。一見すると語頭有声音《ごとうゆうせい》を避けて母音を添加したと見えますが、どの例にも語頭母音を添加しない文証が並行して残っています。こうした例などと、さきの『うばら、むばら』から『ばら、いばら』が同時ないし雁行的に派生するという想定はぴったり平仄《ひょうそく》が合います。これはいずれも音韻に変遷があったとするよりも、仮名《かな》が足りなくて表しきれなかった音韻が表記ゆれを起こしていると捉えた方が妥当かも知れません。因《ちな》みに『東海道中膝栗毛』には、箱根《はこね》から伊勢まで馬のことを『いま』と呼ぶ、という一節があります。意味深長です」

「意味深長ですね」

「意味深長です。蕪村《ぶそん》に梅のことを『うめ』としようか『むめ』としようか、という句があります。『うめ折て皺手にかこつ薫かな』、一方で『鳴滝の植木屋がむめ咲にけり』、あまつさえ『梅咲ぬどれがむめやらうめじゃやら』」

「……意味深長ですね」

「意味深長です」

「母音を語頭に付加する、もとの動機としては……語頭の有声音を避ける……んですか？」

「古代日本語の音韻体系にいわゆる濁音から始まる音節は無いとされています。古代中国からの語彙の借用にあたっては必ず日本語の音韻に合わせて何らかの擦り合わせをします。ただそれが語頭有声音を避けるための取り扱いだったのかは別問題です。それは結果か原因か判りません。言語の変遷は現象に動機を持ち出すと途端に紛糾します」

「はあ、そうなんですか」

「はあ、そうなんです」

「でもどうしても『なんでこんな変化が起こったのか』、『動機は何か』と考えてしまうのも人情じゃないでしょうか」

「人情は専門じゃありません」

「そうですか」

「そうです。因果関係とか、原因と結果とか、動機と行為とか、そういうことを考えると紛糾します。止めておいた方がいいです。変換可能な二つの、あるいは幾つかの言語状態があって、そこに変換規則と項があるだけ、そういう風に考えた方が清潔です」

「人情は不潔ですか」

「不潔なものは嫌いです。因果律なんて単なる考え方の習慣です。持ち込むと濁ります」

「あの……桐生先生は誰にでもそういう風に……話をなさるんですか」

「何かの皮肉を仰《おっしゃ》ってるんだと思いますけど、よく判りません。誰にでもこういう風に話をなさるのかと言えば、なさります。何《いず》れにしても『芋掘り』から『もほり』を導き出すのは、発想としては判りますがレベルが低いです」

「そう……ですか」

「そうです。芋《いも》は語源は定かではないけれども原産地を考えるとオーストロ・アジア、ウビ農耕文化の『芋《ウビ》』、栽培種として定着する前後にすでに万葉集で『宇毛《うも》』とある……ここから語頭音の母音が脱落するのは難しいです。理論的に予想しにくい変化です。何か変化があったとする類例をお持ちなのでしょうか」

「そういった訳では無いんですが」

「そういった訳では無いんですね。では音韻法則からしても歴史音声学からしても仮説はほぼ棄却されます。それから……」

すでにがっかりしていた裕であるが、まだ続きがあるらしい。

「現地に子殺しを『芋掘り』と言う例があるのですか」

「それは一般的にそんな風に婉曲的に表すと聞いたものですから……」

「ではそちらに子殺しを『芋掘り』とした証言がある訳ではないのですね」

なんだか尋問されているようだった。裕は気落ちしたままなんとか応えていた。

「ええ、具体的な証言で採取したとかそういうことは」

「では音韻法則ばかりではなく、民俗学的な語彙分布の上からも棄却ですね……もんだいの婉曲語に何を選ぶかは地方色があります……子殺しを『山芋掘り』、『木っ葉かき』などとしたのは九州です」

先刻ご承知ならどうして責め立てるように聞いてきたのか、随分と意地悪な人のようだ。

「分布図から大ざっぱに拾い上げても『蟹さがし』、『潮蟹にやる』、『河鹿《かじか》掬い』など言うのは奥州、関東にかけて『臼殺《うすごろ》』、これは直截《ちょくせつ》な語彙ですね、それから信州に『松《まっ》毬《かさ》拾い』、『蓬《よもぎ》摘み』は越前越中《えちぜんえっちゅう》、『蜆《しじみ》拾い』『蟹取り』は瀬戸内《せとうち》……語彙分布は排他的なものではありませんが、とくに婉曲語の使用は要するに仲間内の符丁《ふちょう》、隠語ですから地域性の高いものです。中山道では『お地蔵様のお弟子にした』とか『鼴鼠《もぐら》にする』とか……」

「そんな言い方があるんですか」

「お問い合わせだったので調べました。随分凝った言い回しですから本当に広く用いられていたかは怪しいと思います。ともかく『芋掘り』は無いです。却下」

にべもない。

「よく判りました。有り難う御座います」

「どういたしまして」

「結局、出発点に戻ってしまいましたが……」

「戻っていません」

裕は携帯電話を握り直した。

「……戻っていない？」

「戻っていません。問題は明らかになっています。問題は音韻の変遷ではなく用字の変遷です。つまり表記ゆれが問題です。そちらから繋がります」

相変わらずの切り口上で桐生先生が何を言おうとしているのか、裕には想像もつかなかった。

「『末保利《まほり》』か『毛保利《もほり》』か知りませんが語の問題ではありません。それは表記の問題、字の問題です」

「それは……また、どういう？」

「『末保利』が仮名《かな》だ、と仰ったのはどちら？」

「こちらで翻刻にあたっていた者ですが……その想定に何か問題が？」

「問題ありません。これは仮名《かな》と見るべきです。では何故、仮名《かな》を使ったのですか」

「……それは……判りませんが……」

「古文書《こぶんしょ》では仮名《かな》に漢字を当てるのではありません。漢字の方が普通です。仮名《かな》書きの方が後発です、ご存知ですね」

「はい」

「つまり漢字で書けるなら漢字で書くのが本来です」

「はい」

「本来漢字を使うべきところで仮名《かな》にしたのが作為です。そんな仮名遣《かなづか》いは不自然です。そこに粉飾があります」

「粉飾ですって」

「誤魔化しと言ってもいいです。音から用字が決まり、そのなかから最終的に『毛利』という表記に落ち着いたと——そんな理屈はありません。初めに仮名《かな》書きにしたのが既に怪しい。文証の最古例は？」

「言及は享保年間の事跡に遡りますが、文証は近世末期のものです」

「その言葉に語源があり、意味があったのなら、もとの語源に従った用字になるのが本当で、むしろ字が先に決まるものです。上代ならばともかく——方言的な変わった読みがあったとしても、その時は漢字に無理を言って強引に訓じてしまうのが近世古文書には普通のところ、仮名《かな》に逃げているように見えるのがおかしい。自然に想定される用字を避けたものかと」

「……どういうことでしょう」

「『まほり』という言葉が無い以上、それは音便形か、同じことですが方言形、あるいは複合語と見るのが第一歩です」

「複合語……？」

「連辞に伴う母音の交替があったことが想定されます。きわめて普通の想定です」

「ちょっと……話についていけていません、それはどういう……」

「『酒《さけ》』が『酒盛《さか》り』になるように、『船《ふね》』が『船酔《ふな》い』になるように、『雨《あめ》』が『雨乞《あま》い』になるように」

裕は話の急展開についていけなかったが、例の意味するところは判った。しかしそれがどう繋がるのか。

「エ段乙類の『手《て》』は今の例と同様に動詞との複合語ではア段の『手《た》』と交替します。『手《た》ぐる』、『手《た》おる』、『手《た》ばさむ』……」

「はい」

「同様にエ段乙類の『目《め》』がア段の『目《ま》』に交替して複合語を作ります。『目《ま》みゆ』、『目《ま》びく』、『目《ま》ぐわう』。『末保利《まほり》』の語源として一番自然なのはこれです。すなわち

『目《ま》ほる』」

香織が洋菓子から顔をあげて裕を注視していた。裕が蒼白になっていた。携帯電話を握る手に力が籠もり指が白くなっている。

「事情はともかく表現が直截で凄惨なので仮名《かな》に逃げたのでしょう。『目を掘る』と書きたくなかったのでしょう、正字を使わないというタイプの忌み言葉です。その後のものと想定される『毛保利』は転訛にことよせた粉飾の第二歩、『毛利』とするにいたっては隠蔽の完成形です。『末保利』が文証された文献に、この語釈に該当する事跡はないでしょう？　語彙レベルの隠蔽粉飾が為されたと見えます、ましてこの語の元になった事跡に触れるはずもない、口を噤《つぐ》んで言う訳もない」

裕は返事をすることが出来なかった。「事跡」はあったのだ。『本紀大畧』に説かれる目《め》占《うら》斎子《いご》はたまさか目を痛めていた訳ではない。目を掘られた斎子《いご》！

「裕、どうしたん」香織が声をかけてくる。電話口では桐生が講釈を続けていた。

「以上は単なる仮構の議論に拠るものです。お預かりした資料も、いずれ断片的なものでご質問の件に答えを出すには文字が足りません、量が足りない。『御厨別当《みくりやべっとう》下案主《あんず》家《か》乗《じょう》断簡』ですか、それから天保壬《みずのえ》寅《とら》十三年『末保利神社由緒事々御尋ニ付御請書上帳』、これだけ見て言えることは本来あまりありません。ですが敢えて付言すれば……」

すでに裕は言葉もなく憮然茫然として凍りついている。電話が耳からやや離れてしまっていた。香織のところまで、中身がはっきり通じるほどにではないが桐生のひそひそ声が聞こえてきた。

「特に『由緒書上』、まずは時代性から候文《そうろうぶん》はほぼ定型で内容も凡庸《ぼんよう》、言辞《げんじ》に若干の重複《ちょうふく》があり文体に規矩準縄《きくじゅんじょう》を逸《いっ》さぬよう気を配った堅苦しさがあります、おそらく右に何か手本、亀鑑《きかん》を並べて書き写したか、模倣したものでしょう、創案の筆ではありません。筆者文右衛門の学識はほどほどと見え、候文に白文《はくぶん》式の語順と書き下し型の語順が混在していますから漢籍はよく修めたが文を書きつけない筆です、異体仮名を扱いかねているのは宣命体《せんみょうたい》を本来としていた神職の筆ですから当然でしょう。しかし、であればこそ尚更、書き上げの経緯と言及している事跡の凡庸さ、名宛ての寺社奉行と筆者神主の立場、宣命《せんみょう》読みの候文とそれを支える一定の学識――総合的に見て社号のみ仮名《かな》で表したことが決定的に不自然です。本来あったはずの真名《まな》――漢字を避けた理由があったはずです」

しばらくの間があった。電話口の向こうでは桐生先生が杉本に振り返っているのだろう、声がやや遠くなって「なんだか聞いていないみたいなんですけど」と言っていた。

裕は慌てて「聞いています」と返答しようとしたが、咽《のど》が詰まったようで声が出てこない。はたして桐生朗はこちらの動揺、困惑などには委細構わず、くだんのひそひそ声で続けた。

「以上のようなわけで、末保利宮の社号の由来は『芋掘り』という語とは関係ありません。空抜きの風習と連絡があるとしても、それは間引きの隠語としての『芋掘り』の転訛ということはあるまいかと思われます。お生憎様」

さかんに「芋掘り説」を却下してくるが、裕としてはすでにその必要はなかった。完全に腑に落ちていた。末保利《まほり》は「目掘《まほ》り」、それで全ての説明がつく。

「そちらでも毛利神社が神社と名のり氏子がいるのなら、盂蘭盆《うらぼん》の祭礼があるのではないですか。その時に宮司にでも確かめればよかったんじゃないですか」

事情を知らないから仕方がないが無理を言う。巣守郷の氏子中に取りつく島などありはしない。それに……

「なかなか難しい集落で話を聞かせてもらえそうにないんですよ。それに毛利神社の祭礼はもともとは……合祀先の蘇芳神社特殊神事の記録で言いますと、夷則中元《いそくちゅうげん》というんですが、七月の中日《ちゅうにち》が祭礼にあたりまして……もし今でも風習が続いていたとしても今年の御祀りはとっくに終わってしまっています」

「そんなはずはありません」

「は？」

「そんなはずはありません」

「なんのことですか？」

「夷則中元というからには旧暦ですね」

「……そうですが」

「旧暦の夷則中元なら新暦八月末に相当するんじゃないですか」

「えっ……八月……末……？」

「計算出来ますか」

「出来ませんよ、そんなの」

「では私が計算します、ちょっと待ってください。杉本君、計算機」

電話口の向こうで杉本が何ですかと大声を上げている。ばたばたと袖机の引き出しを開け閉てしている音が聞こえた。「先生これの方が早くないですか」「じゃあそれで調べて下さい、旧暦七月十五日」などと遣《や》り取りが続いた。裕は息を詰めて待っている。八月の末……？　もやもやした不愉快感が腹の底から湧き上がってくる。ややあって……

「はい判りました」

「もう計算出来たんですか」

「杉本君がネットで和暦換算のサイトを見つけました」

「そうですか」少し気が抜けた。数百年前の暦を言い当てるような才人《サヴァン》かと思い始めていたのである。

「旧暦夷則中元は本年ですと新暦九月朔日《ついたち》、乙丑《きのとうし》。明日じゃないですか」

「何ですって！」

裕が椅子から半立ちになっている。喫茶店の周りの客が一斉に振り向いていた。香織は周りを気にしながら裕に縋《すが》り付く。

「裕、どうしたん」

「先生、ほんとに有り難う御座いました、ちょっと急用が……きちんと御礼も言えず申し訳ありませんが今日は失礼します、ご免なさい！」

返事も聞かずに電話を切った。裕は蒼白、目を見開いて香織を見つめる。

「毛利宮の盂蘭盆は明日だ！　あした！　まだ終わってない！」

「どうしたん、そんな大声で、落ち着きな」

「淳君は何処だ？　淳君が行ってる！　淳君は巣守郷に行ってるぞ！」

裕は自分の携帯の淳の番号を捜しはじめたが、指が震えてキー操作が覚束《おぼつか》ない。

「淳君の電話番号って……」

「登録したろうが」香織が自分の携帯でさっと長谷川淳の番号を呼び出していた。

「ほら」と、すでにコール中の携帯を裕に手渡してくる。裕は震える手で受け取った。

通じたかと見れば、呼び出しが切れ、圏外とのアナウンス、自動で留守電に切り替わった。香織も事態が急を要することが徐々に判ってきたのか真顔になっていた。似合わぬ狼狽《ろうばい》を見せる裕は、なおも喫茶店の客の注視を浴びている。

「淳君、勝山だ。今何処にいる？　すぐに連絡くれ、すぐにだ」中継サービスの自動音声に向かって、そう言って切った。

その後、香織の方を向くと一度うなずいて……もう一度、淳の携帯電話をリダイヤルで呼び出した。やはり圏外。

「勝山だ。俺は巣守郷に向かう。今は市街だがすぐに行く。連絡くれ」

重ねて絞り出すように言った。そして上着を摑《つか》んで立ち上がった。

「香織、済まない、巣守に行かなきゃ」

「いいよ、いいけど……どうして？　淳ちゃんは郷《さと》にいるんかい」

「恐らく。今晩中に淳君を……それから例の娘を見つけないと」

「なに言ってるん、嵐になるよ」

「話は車でする、まずは出よう！」

第十六章　盂蘭盆

日は暮れた。車は薄闇の中を走る。県道を外れれば街灯もない砂利敷きの山道は鋭く屈曲し、うねって闇の中へと続いていくようだ。降り出しの雨が一滴、また一滴とフロントガラスを叩きはじめている。

「雨が降ってきたぃね」

「いやだな畜生」

「あせらんで」

「もっと早くに気付いているべきだった」

「どうしたん、事情が判らん……」

「祭礼が近い……末保利宮の古式神事は一目連《いちもくれん》、天目《てんもく》供養の祭礼のはずだが、鍛冶製鉄の神の祈禱《きとう》とはもとより関係ない。あれと同じだ、古賀さんの言ってた多度《たど》大社別宮に一目連が習合したやつ。あれは水害に荒ぶる片目の竜神を鎮めるのに、それに相当する適当な一つ目の神さんを選んだだけのこと。それと同じで末保利宮でも天目さんが選ばれたのは一種の類感呪術のために片目の神さんが必要だったまで——その本質に迫るのは片目の神さんじゃない、むしろよりましの目占斎子《めうらいご》、片目の巫女《みこ》の方だ」

「そ……それがどうしたん」

「旧暦！　祭儀は和暦に従っていたんだ。和暦夷則中元《われきいそくちゅうげん》の祭儀を再現するのは……新暦の七月十五夜じゃなかった」

「旧暦……明日が旧暦中元かい」

「もっと早くに気付くべきだった――夷則中元の祭礼がとうに終わっているなら、今この時期に問題の……『馬鹿』の娘が御籠もりをさせられている謂《いわ》れがない。淳君は今週にまだ御籠もりの痕跡《こんせき》を見つけていた……まだ祭儀が済んでいなかったんだ。淳君だけが……まだことが進行中だと気付いていた」

「祭儀って……何があると」

「もし俺の思い過ごしだったと判れば後で笑ってくれ、巣守末保利宮《うろもりまほり》の神事の核になるのは目占斎子の再生産だ」

「目占斎子の再生産……？」

「贄《にえ》となる巫女が差し出すのは命でも、血でも肉でもない、その――片目だ」

「……かため？」

「『本紀大畧』の掉尾《ちょうび》にはまだ変な部分が、理解しかねる部分があった」

「変って……何だと？」

　裕は窮屈な助手席に身をよじってデイパックからラップトップを引きずり出した。だがそうするまでもない、全文が頭に入っていた。コンピュータを開く前から裕は既に頭にこびりついている古文書の一節を諳《そら》んじる。

「肆《かるがゆゑ》に、眼代設置《がんだいまうけお》き、末保利《まほり》宮、故《ことさらに》、移徙《わたまし》て、巨細凶事《こさいきようじ》、遮而《さえぎつテ》相綺《あひいろ》ふ也《なり》、別宮享《くわん》勧請《じやう》け、天之麻比止都禰命《あめのまひとつねのみこと》 祀り、盲市子《めしひいちこ》憑代《よりつ》き、宇気比盟神探湯《うけひくかたち》して、枉《ま》げて申沙汰《まうしさた》、莅《のぞみ》たる……『本紀大畧』の説く盲市子《めしひいちこ》、盲《めしい》の巫女《みこ》は『由緒書上』に言う返り子の再現、『案主家乗断簡』が説く神が返した子の再生産なんだ。『狐斎子』の神楽奉納にも窺《うかが》われる琴平別宮の特殊神事の本体——大焼や飢饉の罹災者、子間引きの被害者を象徴する鎮守の対象だったものが、いつしか凶事を遮るための宇気比盟神探湯《うけひくかたち》の主体となり、象徴的な贄《にえ》となる……ここまではいいな」

「よくないがね、贄となる……だって？」

「だがその盲《めしい》の巫女はどこから連れてくるんだ。歩き巫女の盲市子《めしい》が郷《さと》を訪《おとな》うのを捕まえるのか？」

「どこからって……盲市子《めしい》を捕まえる？」

「大都流例不陵夷《おほよそるれいりようゐせず》、累葉目占斎子遂節《るいえふめうらいごせつをと》ぐ者《てへり》。すなわち、大体この通りの風習が廃れることはなく、累代、片目の巫女がその任にあたった、と……。だが累代の目占斎子ってなんだ？　なんで代々の巫女が都合よく目占《めうら》なんだ？　盲《めしい》が遺伝するのか？　しかも目占斎子っていうのは片目の巫女ってことだぞ。遺伝的な眼病や糖尿ならともかく……片目が遺伝するなんて話あるか？」

香織もようやく話のおかしさに衝撃をうけ始めていた。

「まほりの巫女——片目の巫女は作られたんだ。累代、巫女の目を潰して……目を掘ってよりましの供犠とする……」

「そんなこと……今でもやってるっていうんか」

「やってなきゃ幸いだな、だがありうる。いや、やってるぞ、やってるんだ」

「その……『馬鹿』の娘に……？」

「今晩中に保護する。明日じゃ手遅れだ、こりゃ立派な虐待だぞ、もう手段を問うてる場合じゃないぞ。無理やりにでも保護する」

「明日じゃもう遅い……？」

「やるとすれば今晩だ」

「なぜ……今晩だと」

「神儀は庚申《こうしん》待ちの夜明かしに返り子を見つけた由来の再現だろうからだ」

「再現……神話的再演ということかい……それなら庚申の日にするのが筋じゃないかい」

「そうはいかない。庚申は六十日に一度しかない、庚申に当てると季節を逸する。だから夷則の中元という動きの無い日付の方をとったんだろう」

「そうか年ごとの祭礼は十二支十干は問わない、二十四節気が普通だいね」

「明日が和暦夷則中元、それが毛利神社の神事の日取りなら、それは『家乗断簡』に触れられた返り子が空抜《うろぬ》きにあった日のことだ。目占斎子の再生産が神事の意味なら、目占斎子はまず空抜きにあわなければいけない理屈だ。市子の監禁……御籠もりは巫女の潔斎《けっさい》のためかと思っていたが違った——市子の御籠もりは子間引きの洞《ほら》に空抜《うろぬ》き棄ておかれたことの再現……いや文字通りに末保利の洞に本当にその娘を籠《こ》めたのかも知れない」

「末保利の洞？　それは毛利神社の……」

「ちがうな、毛利神社は琴平別宮とされた本来の末保利宮じゃあない」

「本来のって……じゃあ、あれは偽物なのかい」

「偽物とは言わないよ、おそらく後代に用あって巣守郷に分霊移築した仮の社《やしろ》」

「そうか、本宮《ほんぐう》が別所にある……よくあることだいね。でもそれじゃ……」

「本宮は……琴平裏杣道《うらそまみち》の山社《やまやしろ》だろう、あれが末保利神社の本宮、末保利の洞の本体なんだ」

「どうして……どうして判るん？」

「これは『家乗断簡』にあった話だ。『峰坤《みねひつじさるより》ら、獣《けだもの》匍匐《はひず》りたる哉《か》と見れば……』。返り子は庚申待ちをしていた琴平宮の坤《ひつじさる》――南西から這ってきた」

「そう言えばそうに書いてあったか」

「現毛利神社は琴平の南西じゃない、むしろ真西だ……仮に末保利の洞を巣守郷に位置づければ返り子は琴平宮まで一峰越えて匍匐《はいず》ってこなきゃいけない。死にかけの子供にそんな無理が出来る訳ない。返り子が抜け出てきた末保利の洞とは、琴平宮の坤《ひつじさる》、南西にあった、今もある、あの山社だ。あれが毛利神社本宮にして、末保利の洞そのものだったんだ。おそらく今回のことでも、市子はあの末保利の洞に押し込められていたはずだ。だから巣守郷には姿が見えなかった、淳君がいくら郷を捜し回っても……その時は末保利の洞に市子は入れられていた」

「そうだよ、淳ちゃん！　裕、淳ちゃんはどうするの、どこにいると」

「親御さんから何か……」

「バッグに入ってるから見て」

香織は山道に必死でハンドルを切っている、携帯を検《あらた》める余裕があろうはずもない。裕は香織のトートバッグの中から携帯電話を取り出す。香織は喫茶店に入る前にも長谷川家に電話していた、その折り返しの着信があったかもしれない。

「うわ、何件も来てるぞ、どうする」

「今、運転中だぃね」

「取り敢えずこっちから折り返して」

香織は車を止めて電話を受けとる。窓ガラスを打つ雨粒が俄《にわか》に大きくなってきた。平地なら夕立として降る夏の嵐が、この山間《やまあい》では日暮れ後にまとまった豪雨となって山肌を洗うのだ。すでに遠雷ではない、一山向こうか、あるいはこの谷か、雷は低く立ちこめる雲に滞留し、稲妻の閃光《せんこう》は着実に近づき向こうの山をシルエットに浮かび上がらせている。電波状態も最悪だった。

香織は幾つも受信していた誰のものとも知れぬ携帯電話の番号に折り返した。案の定、それは息子の行方を心配して右往左往している長谷川正枝の携帯電話からだった。家の留守電に残されたメッセージを携帯から聞きおよび、香織にかけ直してきていたのである。

正枝は周章狼狽《しゅうしょうろうばい》のあげく、また香織になにかきついことを言っていたようで、香織は何度か不満顔で謝っていた。電波障害で電話は途中で一旦切れてしまったが、すぐに正枝から再びの電話がかかってくる。もはや完全にお冠だった。公民館に出かけたという淳が帰宅しないうえに、もう日も暮れ、嵐が来ようとしている。母親はかなり上ずった声で香織と裕を責めていた。香織は裕の言う通りに、淳君は自転車を取りに巣守郷に一人で行ったかも知れない、今われわれ二人が巣守郷まで出向いてみるから、事情が判れば淳君が見つかると見つからないとを問わず一度連絡を入れると約束して、なんとか正枝を宥《なだ》めて電話を切った。

「向こうはお父さんが今日は早引け出来ないっていうことで、お母さんも動けないんだと。せめても近くの友達ん家を捜し回ってたみたい。過疎の村だから隣といっても遠いしって怒っとった」

「動けないで心配だけしてるってのは気詰まりで辛いからなあ。なんか香織も怒られてたな」

「裕のことも言っとったがね。偉い怒っとって。私らの所為《せい》だと、どっかで思ってるんよ」

「濡れ衣《ぎぬ》ではあるが……まあ、気持ちは判るよ、お母さんってそうしたもんだろ」

「だからってさ」

香織はまだ膨れっ面だったが、正枝からの不当な難詰に反発する気持ちは、すっと冷めてしまった。お母さんってそうしたもんだ――確かにそうだ。子供可愛さに余所《よそ》のことに針鼠みたいに過敏になるものだ。そして「うちの子は悪くない」と思い込んでいる。だが、「お母さんってそうしたもんだろ」そのように言った裕には母親が幼いときからいない。小学校に入る前からの父子家庭だ。裕には「そうしたもん」のお母さんがいなかった。その裕が「お母さんってそうしたもんだ」と言うとき、どんな気持ちで言っていたのだろう。

香織はせわしなく動くワイパーの向こうにヘッドライトの明かりでようやく浮かび上がる山道に目を据え、慎重に車を走らせる。よそ見をしている余裕はなかった。だから裕がどんな顔でその一言を言っていたのか確かめることも出来ないでいた。

裕が自分の携帯電話を取り出している。

「どうしたん。誰から？」

「ええと、杉さんからだ。メールで……急に電話切ってどうしたのって。まずかったな、あとで桐生先生にもお詫びしなきゃ……」

「取り敢えず返信しとき」

「ああ……」

裕は杉本からのメールに続きがあるのを見ていた。

「杉さんが暦のことについて確かめてくれてる。『家乗断簡』の和暦を換算してコピペしてくれたんだ……享保癸丑《みずのとうし》十八年夷則《いそく》中元七月十五日は日の干支が甲午《こうご》、グレゴリオ暦では１７３３年八月二十四日、なるほど八月末な訳だ。返り子を見いだした庚申講《こうしんこう》は文中には迎寒《げいかん》とあるだけだが、日の干支が庚申と決まっているから特定出来る。新暦で同年の九月十九日にあたる……そして下って今年の旧暦夷則中元が……新暦九月一日、桐生先生の言った通りだ、明日だと」

「返信出来た？」

「ああ。なんで？」

「電波がきとるんだね、さっきは私の携帯なんどか切れてしまったぃね」

「そうか……だいぶ山に入ってきたからな……例によって基地局との微妙な角度で違うのかな」

「淳ちゃんはどうなんだ、お母さんも盛んに連絡してようが繋がらんのだと。あの子も山ん中うろうろしているなら、少し場所が変われば着信するかもしらん」

「試してみよう……でも喫茶店からかけたときは圏外だったように思ったが」

「圏外……そりゃおかしいね、巣守にいるなら。巣守には電波届いてようが」

　そういえばそうだ。巣守郷で集落のものが携帯電話を使っているのを見た。淳が巣守郷にいるなら、圏外ということになるはずはない……。裕は何度か試したがやはり応答はなく、折り返しの連絡も来ない。

「くそう、何のための携帯だよ、お山に入ろうっていうのに……」

淳はどうして電話に出ないのか、電源を切っているのか、それとも……

雨足は強まる。いやな想像が浮かぶ。車は巣守郷ではなく琴平宮に登っていく山道をとった。御籠もりの最終日、今晩までは市子は末保利本宮たる空抜の洞に籠められているはずだ。淳のことだからすでに市子が末保利本宮の方に匿《かくま》われていることに気付いているかも知れない。淳の動向にも手掛かりが得られるかも知れない。

雨足は山道の路肩を緩め、路上に細流を作ってぬかるみ、折々にタイヤが空回りを始めた。眼の前の細道は豪雨に霧がかかったようになり先が見通せない。気は急《せ》くが急《いそ》ぐことができない。

すでに渓谷は深く切れ込み、道は棚のように張り出して山肌に張り付いている。対岸の針葉樹林がフラッシュを焚《た》いたように一瞬まっしろに浮かび上がり、直後に竹を引き裂いていくような落雷が轟《とどろ》いた。

「うひゃぁ……」

「香織さん、雷だめなひと？」

「いやむしろ好きだが……真下にいるとなると話は別だがね」

そう言っている間にも強烈なのが尾根筋の手前に落ちた。音と光がほぼ同時に届く直《ちょく》上《じょう》からの落雷、眼の前が何も見えなくなるほどの光量に香織は慌ててブレーキを踏んでいた。豪雨に浮いた砂利で車輪が横に滑った。

「雷が通り過ぎるまで待つか」

「裕、ドアの金属んとこに触らんでおき」

「そうか」慌てたように、窓の外を窺《うかが》っていた裕が身を引いた。

窓ガラスに叩きつける雨粒はまるでバケツの水を叩きつけられているかのようで、山風が尾根を吹き下ろすたびに、雨は打ち寄せる波のように強弱をつけて吹きつける。シフトノブにかかっていた香織の手が下りて裕の手を握った。


遡《さかのぼ》ること半日、長谷川淳は巣守郷にいた。今朝は本当は朝一番に家を出たかったところだが、口実に宿題を持って出たので公民館が開く時間まで待たなければならなかった。淳は公民館へ下りる農道を辿《たど》る代わりに、むしろ山の方へと向かっていき、沢へ下りる手前で武男《たけお》の家の門扉とガレージの間に手提げの勉強道具を放り込んだ。武男の家は曾祖母と同じく養鶏場を営んでいたが、そもそも地場の豪農で納屋に軽トラックを二台停めているような大きな家だ、こんなところまで目が届きはしない。あとで武男に口止めして回収すればいいと思っていた。そして沢に下りてからは支流を横切るようにこんぴらくだりへと続く上の流れの方へと山道を辿っていった。

目指す沢へと辿り着くと去年の夏に少女と行き合わせた渓谷までは登っていかずに、途中で羊歯《しだ》の河畔を掻き分けて峰の方を目指す。こうした山中では峰づたい、沢づたいに動くのが本来なら簡便なところだ。淳が採ったのは高低差の厳しい経路で地図上では最短距離に見えたがこのルートは思ったよりもはるかにしんどかった。だが目的は自転車の回収だけである。ウエストバッグの中、携帯電話とタイヤ修理キットとペットボトルの水といったところまで持ち物を絞り、藪漕《やぶこ》ぎに備えて長袖を着てきた。だから結構な難所に差しかかっても勇躍《ゆうやく》道無き道を踏み分けていった。昼にはすでに巣守の中通りを見おろす峰筋に出ていたが、今日はどうあっても見つかる訳にはいかない。もう淳は巣守では「顔」なのだ。ちょっとへまをすればすぐにあの「巡査」が呼ばれて「お縄」ということになる。淳は中通りを迂回して毛利宮の上の峰筋の獣道をひっそり進んで巣守郷を俯瞰《ふかん》する経路から集落に下りていかずに目的地を目指す。

するといつもより上から見た巣守郷の様子がちょっと違って見えた。

山肌を等高線に沿って這っていくような中通りの林道を辿っていった時には、いつ果てるとも知れない虚しい山道にそって点在する廃屋の群れとしか見えなかった村落が、尾根から見おろせば毛利神社を中心にほぼ等距離に円を描いて並んでいる環状集落のように互いに距離を保って一定の範囲に収まっているのだった。中通りは尾根からくだる山肌の襞《ひだ》のような屈曲に従って、強く折れを描きながら続いていく。だからそちらを通っていると気が付きにくいのだが、ジグザグを描いて延びていく中通りは全体としては大きな円周上を内外に振動するように廻っていき、やがて中通りが山中に尽きていくところでは巣守郷の入り口にあたる切り通しにうんと近づいているのである。

そして集落の中心には……そこに空虚の一点を印すかのごとく毛利神社のある高台が

岬のように張り出している……

この集落自体が大きな蛇《じゃ》の目《め》を描いているように思えた。

目的地は先日に捕まったあの廃屋である。廃屋は崖に囲まれ、そこに近づくには一度中通りに下りていかなければならない。淳は慎重の上にも慎重を重ねて、急ぎ足で廃屋に登る進入路に滑り込んでいった。

そこに辿り着いて目を疑ったのは、問題の廃屋がすでに無かったことである。焼け落ちていた。車止めのトタン屋根は残っていたが、その下の廃材もすでに消え失せていた。廃材は廃屋の方に持ち込んでまとめて火をかけたのだろう。焦げて煤《すす》けたトタン屋根材が炭となった焼け跡に突きたっていて、廃屋に覆いかぶさっていた崖際の竹の葉が燃え失せ、爆《は》ぜた竹材があたりに始末しわすれた花火の跡のように散らばっていた。

証拠隠滅だ、と少年は思う。車止めの物置き屋根の下にはすでにブルーシートもない。手枷《てかせ》と見た板きれも消え失せていた。証拠を焼かれてしまった。枷も座敷牢の格子の材も全て燃やしてしまったのだ。

ふとそもそもの目的を思い出して車止めの周りを見回ったが淳の自転車は影も形もない。自分の自転車も焼かれてしまったのかと瞬間かっと頭に血が上った。だがすぐにそんなことはないと思い返した。フレームは燃えない。もしここで焼いたのなら焼け焦げた廃材のなかにすぐにフレームが見つかるはずだ。そんな風に自転車を焼く意味はない。

もし自分ならどうする。盗んだ自転車を焼いたりしたら……かえって後ろ暗いところがあって自転車についても証拠隠滅をはかったという証拠を逆に残してしまう。消えることのない証拠を。では燃やしたフレームを山に埋めでもするか。そうするなら焼く意味もない、はなから埋めておけば話が早い。だが自転車を埋めるというのはつまらぬ苦労だろう。あんなパイプだけで出来たものでも埋めるとなれば随分と大きな穴を掘らねばならない。意味がない。そんなことはしないだろう。自分だったら……自転車は余所《よそ》に棄てる。初めからそこに棄てられていたのだとでもいうように。初めからそこに打ち捨てられていて、自分はそんな自転車のことなど知らなかったと……

それほど強い確信があったわけではなかった。それでも、まずはこちらといった気持ちで、淳はあたりを窺いながら、中通りに戻っていった。自転車を棄てるなら崖から放る。中通りから下の藪に落としてしまう。わざわざその面倒のために山道を登っていきはしないだろう。自転車を押して道を下るのは骨ではない。逆に登りならそれはかなりの面倒だ。だから棄てるとすればここから下りの道筋の何処《どこ》かで……

慎重に人気《ひとけ》のないことを確かめながら淳は中通りを下りに辿っていった。路肩の崖下を覗き込みながら。あまり下れば宮司の家のあたりまで着いてしまう。そのすぐ傍に棄てるのではつまらないことだ。きっと焼け落ちた廃屋とも、中通りの毛利神社坂下とも、ほどほどに離れたところ、そして落ちた先の見通しの利かないあたりに棄てる。すると……人情としては棄てる場所は廃屋と坂下とのちょうど中間辺り……

先《ま》ずは路肩近くの水溜まりの縁にわずかだが見慣れたブロックパターンを見つけた。MTBのタイヤ跡だ。先日のこともあってタイヤ跡にはことさら敏感になっていたのだ。あるかもしれないとやっきになって探したのでなければまず気が付かない微かな跡だった。だが淳はまさしくこの跡を探していたのだった。やはりここを通っている。この先で尾根を回り込めば、その先は毛利宮坂下だ。そこまでは行かないはずだ。この近辺で棄てにかかる。この崖下のどこかに。

中通りが谷沿いに切れ込むところで淳は崖下を見おろす。今にも郷の者が出てこないとも限らないが、こうして路上にいて咎《とが》められる筋でもあるまい、むしろ肝が据わった。路肩には雑草の下生えがあり、もうタイヤ跡は見つからなかった。だが路肩が谷へ向かって大きく張り出して岬のようになったところ、そこからずっと下を見おろしてみたとき、崖下にうっそうと繁る羊歯《しだ》の群落の一角におかしな所があった。緑の重なるなかに一点白く濁りがある。こんもりと盛り上がった羊歯の群落の一部が白っぽけた葉裏を見せているのだ。あれだ、と思った。

ウラジロというその羊歯の品種までは知らなかったが、淳にもその葉の様子はよく分かっていた。注連《しめ》飾りにつかうような普通の羊歯だ。裏が粉を吹いたように白くなっている……そして、その葉の裏側は自然に生えているものなら、こうして崖上から覗き込んで見える訳がない。うっそうと繁った羊歯の群落に隠されてしまっているが、あそこに何かが投げ込まれ羊歯の群落の一部をなぎ倒しているのだ。羊歯の葉は幾重にも重なり、手を広げて隠すように崖肌を覆って隠している。ぱっと見には特段の気配――ものを棄てた後のような気配は見えない。だが葉裏を見せている羊歯は茎の根元を何かに押さえつけられているに違いない。見つけた！

あと一日もすれば羊歯はおのずと独自の屈光性を発揮して葉を裏返してしまっていたことだろう。淳は崖に取りついて、ぼろぼろと崩れるローム層に突き出した篠竹《しのだけ》の根茎を手掛かりにそろそろと下りていった。最後のところでは下の羊歯の藪に一気に飛び降りていった。羊歯の群落は思ったよりも丈が高く、強《こわ》い毛の生えた茎が靴下を通して足首にちくちくした。まるで羊歯の海に沈み込んだように淳の肩までが葉叢に包み込まれる。そのとき、中通りの方から車の音がした。初めは微かなエンジン音、そして砂利をふむタイヤの軋《きし》み……。淳は羊歯の藪に頭を沈めた。もとより崖上の中通りからはここは見通せないかも知れないが、念のためだ。

車は通り過ぎていき、尾根を回っていった。見つかる訳には行かないと淳はしばらくじっとしていたが、すぐそこに自分の自転車が待っていると思うと気が急いて、ゆっくりと羊歯の葉叢を掻き分けて音を立てないように進んでいく。幸い頭の上を羊歯の群落が覆い隠している。足下はじめじめしていたが下生えはなく、葉叢の下には草いきれがこもってむっとしていた。

上から見おろしていたときはすぐそこに見えていた問題の羊歯の葉の裏返ったところは、こうして掻き分けていくといくぶん遠く感じた。だがほどなく足を滑らせながら這いずっていった先に、葉に覆われた斜面の暗がりのなかリムの一部が見え、無理を言って買ってもらった大事な自転車の黒フレームが見えた。万事上手くいっていた埼玉の学校生活から離れ、突然の田舎暮らしを強いられながら、一言も文句を言わないでいた長男のけなげさを不憫《ふびん》に思った父、清が特におごって買ってくれた一級品のMTB、キャノンデールである。これが淳の宝物だ。

羊歯の藪の下で淳はブレーキ、シフトレバーの動作とタイヤを確かめた。タイヤは後輪がぶよぶよだったが、これに備えてチューブはもう交換する覚悟で瞬間充填修理剤を持ってきていた。やった、これなら大丈夫だ。

こうなるとここそこしてもいられない。盗まれた自分の自転車を持って帰るのに何の遠慮がいるものか。羊歯の藪を掻《か》き分け自転車をひっぱりだすと、大人のいっぱしのレーサーがするようにフレームの三角を肩に通して、さあ、この崖を登らなきゃと上を見あげた。

けっきょく崖の緩やかなところまで迂回するのに随分とかかってしまったが、大変な苦労の上、なんどか崖からずり落ちそうになりながらもどうにか自転車を中通りまで引っぱり上げた。流れる汗が頬をつたい目に沁みる。薄手のパーカーを脱いで腰に縛《しば》ると、Tシャツの内側はびっしょりで、胸から臍《へそ》まで汗がつたっていった。もう隠れる必要もないと腹を据えつつ、そこは辺りを窺いながら、小さな魚雷のような炭酸ガスのカートリッジで手早くタイヤの空気圧を整えた。一時しのぎの緊急手術だが文句はない、いつもより固めに入ったぐらいだ。

露に濡れたメインフレームに羊歯の胞子嚢《のう》やら、こまかな葉やらが張り付いて情けない様子になっていた。ボトルホルダーを留めたナットが、純正品ではないので錆びて赤茶けていた。だがこれでなんとか自転車を取り戻した。淳は久しぶりの愛車にまたがって試しに数メートルを走ってみる。やはり折り畳みの代車とは違う。風が肩を切っていく。陰鬱な巣守の山道がトレッキングコースのようにさわやかに感じられた。

だが調子にのって尾根を回ろうとしたところで淳は慌ててブレーキを握った。その先に白いライトバンが停まっている。先に藪に隠れていたときに上を通っていったものかもしれない。ライトバンは毛利神社下の宮司の家の前で後部扉を開き、なにやら積み降ろし作業の途中と見えた。いそいそと宮司宅の納屋と車を往復する、ランニングシャツにタオルの頬っかむりをした男は鏡餅を載せるような白木の台を降ろしていた。まばらな白髪頭だが腰がまっすぐで年寄りにも壮年の者にも見えた。だがしわの刻まれた頬からするとそこその歳と思われる。

男が抱えていた白木の台、三方《さんぼう》というその道具の名前は知らなかったが使われているところは淳もよく見知っている。神社や寺で捧げ物や神酒《みき》を載せる台である――何かの儀式の準備をしている。

「宮司」が出てきて指図をしていた。烏帽子《えぼし》こそ着けていないが狩衣《かりぎぬ》に白足袋《たび》は神職の常装と見える。片方の肩を抜いていて、腕に晒《さら》しと赤い布を掛けていた。その「宮司」の装束を中通り路肩の藪から盗み見て、淳はあの日に和装の娘を渓流に捜しに来た男がこの「宮司」であったことを卒然と悟った。

そして「宮司」がライトバンのランニングシャツに手渡した朱色の布の裾《すそ》がこぼれて、ひらりと盤領《まるえり》の袖が垂れ、そこにくっきりと白く紅葉を染め残した紅《くれない》を見た時、彼らの準備している儀式にあの娘が関わっていることが知れた。あれは背中に蛇の目の一紋を背負う巫女装束、やはりこの郷のどこかにいるのか。

ランニングシャツは赤い古式の巫女装束の上着を受け取ると、二言三言を交わしてライトバンに乗り込んでいった。「宮司」は坂上の方へ消えていく。淳はライトバンのナンバーを覚えた。

ライトバンが去っていってから、淳は中通りをそろそろと進み出てゆき、毛利神社坂下に「宮司」の姿がないことを確認して一気に郷の下へと走り出した。追いつけるか、だがへたに追いついて悶着《もんちゃく》を起こしては意味がない。あのライトバンは娘の許《もと》へゆくはずだ。娘の装束を持って行く先はそれしか考えられない。おそらく今日にもあの娘があの装束を着ることになるのだ、よもや今からクリーニングに出しに行くという話でもあるまい。付かず離れず上手くつけられるだろうか、多分出来る。蛇行する細い山道は車の方が骨だ、こっちの方が速い。久しぶりに跨《また》がったキャノンデールは、どこかにぶつけたのか変速機のコンポーネントの調整がずれてペダリングに合わせて間欠的に異音をたてていた。だが踏み込めばぐっと加速する乗り味に変わりはなかった。下りなら追いつける。

淳はウエストバッグのミネラルウォーターを出して、ペットボトルをフレームに固定したボトルホルダーに押し込んだ。しばらく自動車を追い回すことになる。走行中の水分補給、玄人の真似だがこれがやりたくて付けているパーツだ。

ペダルを踏み込むと、山行のあいだ汗に濡れて額に張り付いていた前髪が乾いて後ろに靡《なび》いていく。自転車を運び上げる苦労でびっしょりになったシャツが風にはためく。この夏一番の爽快感だった。しかし淳は気持ちを引き締める。今日はもう一つ大事な用事を済ませなきゃいけない――


すでに県道に下りるまでに淳は追いかけるライトバンを捕捉していた。後ろのウィンドウにワイパーの擦った埃《ほこり》の跡が扇形に刻印された白いライトバンは目立つ車ではなかったが、一度見つけてしまえば下りの道を距離をとってついていくのはさほどの苦労はなかった。林道の登りに入るか、バイパスでも通られれば距離を開けられてしまうだろうが、目的地がそんなに遠いはずもない。やがて山道を下りきって市街地に近づけば自転車の方が速く、淳は信号でライトバンが停まるたびに追いつかないように工夫しなければいけないぐらいだった。というよりも、そもそも追いつく必要がない。淳には道半ばで最後に着く場所の見当がついていた。

車はいったん本流筋の近くまで下りていくと、淳がかつて勝山や飯山と初めて挨拶した県道沿いの地域物流センターの前を過ぎ、そして再び山間の登りに転じた。そこからは自動車の登坂力にはおよそかなうべくもないのだが、もう終点はあたりがついている。これは琴平宮へと登っていく「こんぴらくだり」の道筋だ。淳はギア比を下げて、もう車を無理に追わずに、かつてバスが通っていたとは到底思われないような寂れた山道を登って行った。

あとはずっと登りの坂道である。息が切れてきたが淳はしばらくペダルを漕ぐ足を緩めなかった。やがて道が痩せ尾根を回り込む屈曲部に達した所で、淳はようやく自転車を停めて水を飲んだ。車はこの上の琴平神社に向かったか、あるいはその先の琴平宮司のいる集落に向かったかだ。その先にはダム湖をかすめて遠く信州に至る長い山道が続くがそちらに向かったとは思えない。

ここからはむしろ急げば相手に追いついてしまう。山道は行く手で尾根を回ってその向こうに続いていく。都合よく尾根まわりの手前で崖側に道が膨らんでいた。尾根筋の向こうに姿を晒す前にこちらから様子を窺おうと、そこに自転車を置いて身一つで行く手を覗き込みに立った。見晴るかす沢沿いの旧バス道の先からはもうライトバンの姿もエンジン音も消え失せていた。

自転車のもとに戻ってくる時に気がついた。ここはバス停だったところだ。朽ち果てたかつての待ち合い小屋は、もうただの部材の山に戻って崖際に凭《もた》せかけてある。錆びたベンチがあった。油蟬《あぶらぜみ》が鳴いている。かすかに水の滴る音がする。山肌の法面《のりめん》を押さえたコンクリートの水抜きから水が垂れていた。波板ブリキの壁を山肌に押さえつけているベンチの上にはコンクリートの重しと、鉄パイプが積まれていた。鉄パイプには中程に金属の板が括《くく》りつけられている。それは……時刻表だった。

すでに予感があった。古い鉄板の時刻表の上の文字はペンキがすっかり退色していたが「小曲《こま》がり」というバス停の名がまだ判別できた。勝山から聞いた場所がここだ。彼らが「こんぴらくだり」と琴平宮を訪った時の話は淳の頭にもはっきり刻まれていた。ちょうど同じ日に自分も自転車で往復していた経路だから、淳の方が細かな道筋を見知っていたのは当然のことだ。細かい部分までありありと自分の体験として思い出すことが出来た。

勝山さんが最初に人の話に聞いた「小曲がり」はここだ……ってことは、この対岸が「大曲《おおま》がり」だよな。そして大曲がりの細道の奥には……。勝山がさかんに不審がっていたあの祠《ほこら》、版築土塁《はんちくどるい》の上に鎮座した祠があるはずなのだ。その祠こそが毛利神社の崖際の小祠《しょうし》となんらかの連絡を、なんらかの関係を持っている。どちらかが、いや、おそらく毛利神社の末社の方が、先達の様式を真似たものだと……。その祠の意味を先に指摘したのは淳の方だった――外から閂《かんぬき》を支《か》って戸を閉《た》てて、人を閉じこめる塞《ふさ》ぎの社《やしろ》。紅の盤領の衣を託されたランニングの男に用があるのは、琴平宮でも奥の集落でもない。大曲がりから登った祠に他ならない。淳は一瞬だけ躊躇《ためら》って、キャノンデールを隠す場所を見繕った。

崖際に寄りかかった、かつての待ち合い小屋の壁の後ろには、崖との間に三角の隙間が開いていた。壁の後ろに崖上に続く階段の上がり口が開けており、そこにちょっとしたスペースがある。淳はベンチの上の鉄パイプを地面に引きずり下ろしてから、背もたれと小屋の残骸の間に体を押し込むと背もたれを力いっぱい押しやった。コンクリートの重しを落とすまでには一苦労あった。

そのあとベンチを少し手前に引きずって、後ろの波板ブリキをこじ開けるように引っ張ると、その後ろの隙間にマウンテンバイクを押し込んだ。さすがに車体の全部は入らない。ちょっと後ずさって見てみると、残念ながら後輪の一部がほぼ丸見えだった。だがこの廃バス停にわざわざ足を止めてまじまじと見つめたのでもない限り、そこに自転車が隠れているとはなかなか気が付かないだろう。

さあ、もうぐずぐずはしていられない。ガードケーブルを跨ぐと、渓谷へと張り出した樹木を手掛かりに下の沢に下りていったのである。谷底の沢を越えて大曲がりに直行する。かつて田淵佳奈《たぶちかな》とその一党の小学生が試みたように。

登りきった大曲がりは笹藪に覆われ、一見するとかつての道筋は見るべくも無い。だが大曲がりのどんづまりから登っていく細い杣道は、それでもはっきりと往時の痕跡を残していた。左右から岩盤の迫る階段のような登りの細道には豊かな植生が繁茂するだけの地質もなく、ただ苔《こけ》と羊歯とに覆われた湿った回廊が上へ向かって続いていくばかりである。突き当たりと見えたところは重なった大岩の隙間に、向こうに続いていく道筋があり、あたかも迷宮の隠し通路のように淳を奥へと誘っていた。

そして淳が裕から又聞きしていた祠が眼の前に現れた。斜面の岩棚の一角にじめじめした陰鬱な暗がりがあり、そこに沢から隠れるように岩盤が隙間をつくって祠が押し込まれている。周りには足下に長楕円の石が列をなして並べてあり、この辺りの自然石が角の立った火山性のものばかりであるのに比べると、明らかに川から持ち込んだものと見える。

正面の祠は毛利神社末社の牢屋のような社そのもの、だが基礎の石積みの目留めの土が風雨に晒されて痩せ、粗積みの石がごつごつと剝《む》き出しになっている……その様は明らかに長い歴史を思わせるものだった。やっぱこっちの方が本物なんだ……。淳は祠の戸に取りついた。戸の閂鎹《かんぬきかすがい》に太い鎖が絡《から》ませてあり、真ん中で引き絞ったところに和《わ》錠《じょう》の鍵が下がっていた。鍵穴の縁に擦った光沢がある、可動する錠の弦《つる》の部分に錆びのはげたところがあった——和錠は明らかに現役だ。

なんとか開かないものかと虚しく錠をがちゃがちゃいわせていると、そこに人のいることを悟ったからか、祠の奥から声が上がった。いや声ではない……それは嗚咽《おえつ》だった。誰かがこの奥で泣いている、いや誰かと問うまでもない。鎖の絡んだ閂鎹を抜けないかと苦労したが、少年の手ではこちらもびくともしない。おい、おい、と遠く人を呼ぶように中の者はか細い泣き声を上げていた。

辺りを見回したがこの扉を毀《こぼ》つのに助けになるようなものはない。

淳は木の棒でもないかと岩場の棚の上下を探る。足下の列石で蝶番《ちょうつがい》を壊せないだろうか。漬け物石ぐらいの大きさの列石を揺すってみたが意外に深く地面に突き刺さっているらしくびくともしない。比較的細身の一本を揺すって引き倒すとやはり地に埋まっていた部分が案外長く、全長が二尺ほどもある。両腕で胸に抱くようにかかえてなんとか持ち上げるが、これを振り回すのは無理そうだと思った。

腕の中に抱えた石を間近に見ると、紡錘形《ぼうすいけい》の滑らかな石の肌に薄く削《はつ》った跡がある、ただの自然石ではない。わずかな凹《くぼ》みに差してあった墨はすでに擦れ落ちていたが、辛うじてもとの文字——いや図案が判別出来る。それは蛇の目だった。はっとした淳は抱いた赤ん坊を取り落とすように、石を足下に滑り落とした。目の詰まった青みがかった石が地面の岩盤に跳ねて、金属のような高い音を上げた。金属音がどこかから谺《こだま》となって戻ってきた。再び屈みこんで取り上げる気にならなかった。一度乾いた汗が再び額に噴き出してきた。暗い岩陰に蟬の声がわんわんと響き、四方の峰に反響しあってどこからか遠雷が届いてくる。祠の奥から響《とよ》もす泣き声が、石の回廊に谺となって微かに繰り返されている。深い穴の中から聞こえてくる声……それは地の底から響き上がってくる声だった。暗い岩棚が遠く響く悲鳴のような嗚咽で充たされていく。

少年は祠に取りついて正面の扉以外に手掛かりを探した。祠の腰下を固めている土塁の一隅に縦に長い穴がある。郵便受けの投入口ほどの狭い穴が、土塁の縦の裂け目のように開いていて、その暗がりの奥から泣き声は響いてくる。

土塁に縋《すが》り付いて覗き込んだが中は周りの岩棚に比べてもさらに暗くて様子が分からない。穴が縦長なので両目で覗き込むことも難しいし、ようやく手のひらが差し入れられるほどの幅しかない。くわえて土塁の厚みが結構あって視野を確保出来る余裕がないのだ。

淳はウエストバッグから携帯電話を取り出して、隙間にそろそろと差し入れていった。電源を入れると土塁の向こう、内側に明かりが灯ったのを見たからか、奥から上がってくる泣き声が訴えるように強くなった。

そして中を覗き込む淳の目を、土塁の内壁をびっしりと埋め尽くした、何十という蛇の目が一斉に見返していた。鳥肌が立った。なんだ、これは……

淳の総身を駆け上っていく脅えを察したかのごとく、洞の奥の泣き声は大きくなった。淳はなけなしの意気を振り絞って土塁に張り付き、深く手をつっこんで携帯電話の明かりを振りたてた。穴に口元を寄せて怒鳴った。

「おうい……心配すんなっといいん……出《で》ぇさしてやるがね……泣ぁくなっと」

どうしてだろう、ばあちゃんの言い振りが移っていた。小さな子に言い聞かせる言い方だ。遣いつけぬ中部方言の混じった上州弁がすっと出てきた。そう言わなければ通じないかもしれないという予感があったからだろうか、自然とそうした物言いになっていた。

洞の奥の泣き声は、淳の呼びかけを理解したのか、しなかったのか、ますます訴えの声音を高めていた。だがそれはやはり言葉ではなかった。ただ呻くように泣いているのだった。泣き声は穴の中で反響して、さながら何人もの子供が同時に泣き声を上げているように聞こえた。

その時、淳の耳によそから別の声が聞こえたように思った。そして足音。山道を下りてくる人の足音だ。淳は慌てて土塁から飛び退《すさ》った。

「あっ……」

手首が穴に引っかかって携帯電話を洞の中に落としてしまった。だがそれに拘泥している時間はない。そうだ、ライトバンの男は淳が沢渡りに及んでいた時分にはとっくに上流の琴平宮に着いていたはず。こっちは「小曲がり」から沢渡りの近道で先回り出来たが、向こうは尾根伝いにこの祠に近づいてきているはずだったのだ。それを忘れ去っていた。迂闊《うかつ》、もうここに着く頃合いだったのだ。

近づく足音は二人、淳は周りを見回し、岩棚を囲う羊歯を掻き分けて斜面の下の方に慌てて滑り降りていった。隠れるような場所などさしてありはしないが、藪にかがんで列石の後ろにしゃがみ込んでいれば……誤魔化し通せるかも知れない。凝灰岩《ぎょうかいがん》に脛《すね》を擦ってしまった。血がにじむ。だが淳自身はそのことに気が付く余裕もない。身を伏せて息を詰めた。

杣道を上から下りてきた男は二人、先にみたランニングと、もうひとりは地下足袋の男で、肩に輪に畳んだロープか何かを掛けていた。

地下足袋の男は地面に転がった石を見ると、足先でそれを脇に押しやった。誰かが今しも引っこ抜いたものだとは思わなかったようだった。ランニングが雑嚢《ざつのう》から鍵を出し、祠の閂鎹に絡《から》げた鎖に下がる和錠を開け始めた。その間に地下足袋の男はロープを解いている。二人とも言葉もない。

鎖が引き抜かれると社の戸は覆いを取り外したように正面を大きく開き、祠の奥に井戸を切ったように版築土塁の縦穴が覗いた。縦穴の上にはさらに風呂の蓋ほどの板が懸けてあり、巨大な落とし蓋のようなこの板に、さらに重しに石臼が積んであった。ランニングと地下足袋が二人がかりで動かしているところを見るとさぞや重いものだったのだろう。

さきに地下足袋が解いていたのはロープではなく、農地の防獣に使う太い縒《よ》り糸で編んだ目の粗い網だった。淳はそうした網のことを知らなかったので、彼の所からはバレーボールのネットか何かのように見えた。地下足袋は井戸に投げ入れるように版築土塁の縦穴にその網を垂らし、ランニングがひょいと土塁の縁を跨いで中に滑り込んでいった。奥からはさらに大きな声で泣き声が上がっていた。やはり下にいたのは人だ、と今さらながら淳は思った。猫の子は人が近づけば静かになり、赤子は人が近づくと勢いづいて泣き声を高くする――よくばあちゃんが言っていた。

やがてまだしゃくり上げている娘が追い立てられるように網を登ってきた。すぐ後ろにランニングが続いている。手に下駄を一足下げていた。下から拾ってきたのだろう、やはりあの娘がここに閉じこめられていた。だが何のために、何の意味があって？　淳には彼らが何をしようとしているのかさっぱり分からない。

　地下足袋の男は網を回収して祠の戸を元通りに閉めていた。ランニングの男は下駄を地面に揃えて娘に履かせると、娘の肩を乱暴に突いて山道を登っていくように指示しているようだった。やはりちゃんとした言葉を掛けない。淳は娘が言葉を解さないかもしれないとは気付いていたが、郷の者達はお互いの間でもちょっと考えられないほどに話をしないのだった。肩をこづかれた娘は、それでも外に出られたことにほっとしているのか、ぜいぜいとしゃくり上げながらも泣き声を抑えて、よろよろと足を引きずって歩き出していた。

　ランニングと地下足袋は「ここでか」、「車でよ」などと言葉少ななにか詮議していたが事情は判らない。だが淳は彼らが車に戻る以上は巣守に戻るものだと思って、遅れてはならじと藪からはい出しかけた。

　その時、岩棚を出て行きかけたランニングの男は岩棚の出口でしゃがみ込んだ。ひざまずくようにびしゃびしゃと湿った岩盤の上に手をついている。下駄を拾った。娘の下駄が片方脱げたのだ。男は娘の右の踝《くるぶし》を手の甲でぴしゃりとはたいて、「ほら」と大声を上げながらちゃんと下駄を履くように促していた。

　男はしゃがんだまま足下を見回し……そこに転がっている丸石を見つめた。角の取れた長楕円の丸石は丈二尺、何気なく道端に転がってはいるが、その三分の一ほどの部分が湿って土に汚れている。半袖の日焼けの跡が残った子供の腕のように、くっきりと今まで地に埋まっていた部分の痕跡を残していた。男は辺りを窺い、その石がかつて収まっていた場所を見つけた。一本歯が抜けたように列石の一角が荒らされて石が引き抜かれて転がっている。その痕跡がありありと残っていた。男はゆっくりと立ち上がり、後ろを振り向き、祠のある方に足音を忍ばせて進み出ていった。

淳が藪からはい出していたのはまさにその時、眼の前に迫る足音に気付いて顔を上げたときにはランニングの男に腕を捩《ね》じり上げられていた。

「まぁたこん餓鬼かぃ」

「知っとると」ランニングの男が淳の腕をつり上げたまま、地下足袋に聞いている。

「坂下の……」

「そん子かね、どうすっと。まーた葛井《くずい》ん補導させせんかね」

「そりゃまくねぇがね」

地下足袋の男はランニングに近よって耳元に付け加える。

「呼べば葛井ん日報《にっぽう》ん書かないけんがね、出先は誤魔化せん」

「だきょんね何ともなろうが」

それはまずいと地下足袋がランニングに耳打ちしていた。今日だけは、と言っていたように淳には聞こえた。

「宮司に聞かんと」

「そしたらどうにすると」

地下足袋はしばらく躊躇していたが、祠の方に歩み寄って和錠を解いた。

「どうすると」

「まぁず聞かんがね、お仕置きせんと、入れちまいなぃ」

「たいがいだぃね」

「こん子はぁよそんち荒らしよったがん、お仕置き要らぃね」

どちらもいい歳の爺さんと見えたが、山に活計《たずき》を得る集落の者の腕はやせ細っても強《きょう》靭《じん》で、淳が身を振り回しても男が摑んだ襟首がびくともしない。地下足袋はバックルを外して淳のウエストバッグをもぎ取り、祠の傍らに投げ捨てた。

それから二人がかりであっという間に洞に押し込まれた。土塁の縦穴の縁に手をかけたが、さっと払われた。ばたばたさせる手足をまるで雑巾でも絞るようにまとめて捩り上げられ、穴の中に突き落とされた。穴は深かったが少し下で斜めに曲がっていき、鑢《やすり》で出来たすべり台を落ちていくように淳は暗闇を転がっていく。頭を打った。ひじを擦った。口に土ぼこりが入り、鼻先を殴られたようになって目の奥に星が散った。うめきを上げて薄暗がりの中で腕を立てると、もう上では蓋を土塁の上にかぶせるところだったか、幕を下ろしたようにあたりが真っ暗になった。ごとりと鈍い響きがして蓋は閉ざされた。

「そこでしばらくじっとしていよ、反省すりゃ、明日にゃ出してやるがね」

戸が閉まり錠の下りる音が冷たく響いた。

遠ざかる声が、それでいいんか、宮司に聞かねば、ともかく今晩だけは……と互いに困惑を押し付け合いながらあっという間に小さくなって行く。

淳は呪詛の言葉も吐かなかったし、出せとも怒鳴らなかった。言ったところで、左様ならばと出してくれる話でもない。初めから郷の者とは徹底抗戦の構えでいたのだ、むこうに悪感情を持っている点ではこちらの方が思い余っているぐらいであるから、ここで慈悲を乞うても仕方がない。

だが足音が去っていってしまってから辺りがしんと静まり返ると、問題の娘をあえなく連れ去られ、自らはこうして洞に押し込められて暗闇の中、心細さと不甲斐なさで一気に鼻の奥から涙が湧いてきた。悔しさと憤りで目の奥が熱くなって、どうしようもない嗚咽が肺の底から絞り出されて留めようもなかった。誰に憚《はばか》ることもなく、むしろ聞こえたら幸いといった気持ちで声を限りに泣いた。咳が止まらなくなり、咽《のど》が擦《かす》れるまで泣いた。だがその嗚咽を聞き届けた者も無い。むなしい叫びだった。

やがて淳はゆっくりとしゃくり上げ、横隔膜の痙攣《けいれん》を宥めるように穴蔵の底に仰向けになり、わずかな隙間明かりを見上げながら、しずかに啜り泣き始めた。あの娘も地の底で、こうして泣いていたのだろうか。誰かが近づいたと判って大声で泣き叫ぶまでの間も、たった一人でここで静かに泣いていたのだろうか。

いつしか闇の中で気が遠くなっていく。

耳元で鍋釜が転げ落ちるような音がした。淳はがばっと上体を起こした。いつの間に眠り込んでいたものか、暗闇の中ではたと目を覚まし、しばらく、いや随分長い間、睡夢の境に入り込んでいたのに気付いたときには既に外は暗くなっていたようだった。

今日は朝から山を越え、沢を登り、そして巣守郷から車を追って自転車を走らせた、谷渡りに足を濡らし、大曲がりの祠に辿り着くまで息をつく暇もなかった——疲労のきわみに達していたのに興奮からそれに気付いていなかった。この洞の中に幽閉されてから、憤懣《ふんまん》と恐怖が一段落したころにはすでに、疲れ果てた淳は闇の中で泣き寝入りに寝息をたてていたのだった。

咽が渇き腹が減っていた。擦ったひじと鼻頭《はながしら》がひりひりしていた。脛を手探りでこすると、もう固まっていた瘡蓋《かさぶた》を剝《は》がしてしまったか、僅《わず》かな痛みがあって血のぬめりが感じられた。一瞬自分がいま何処にいるのかも判らなかったが、場所の感覚を取り戻すと同時に、今は何時ぐらいだろうと途端に不安が胸に迫ってきた。

見上げる土塁の上に、夕には微かにまだ残っていたあえかな光はもう見えなかった。夜まで眠り込んでしまったのか、もう明け方に近いだろうか？　彼らは明日になれば出してやると言っていなかったか……今は何時なんだ？　もう夜か、どこかうすら寒い、日はもう暮れたのか。

蟬の声が止んでいた——静かだが……なにかざわざわと密かなざわめきが遠く響いて

いるように思える。その時、激しく山を崩すような轟音《ごうおん》がこの地中にまで響いてきた。雷だ。外では……雨が降っている、雷が鳴っている。さっきのあの音も雷だったのか。

だとすると……

淳は埼玉に住んでいる間は夕立はその名の通り夕方に降るものだと思い込んでいた。だからこちらに引っ越してきてからは、夏の真夜中に雷雨が訪れるのを面白いことだと感じていた。埼玉で夕方にふる雨が、数時間かけてお山に登ってくるのかと。本当を言えば、平野部の夕立と山間の深夜の雷雨はいささか造雲機序が異なったが、淳には件《くだん》の時間差が、南からゆっくりと関東平野を這い上がってくる雷雲のイメージで理解されていたのだった。ともかく、この雷雨はすでに夜半にかかっているということを意味する。

何時になったんだろう。お母さんがいきり立っているんじゃないか。

時間のことを考えたところで思い出したのは携帯電話である。淳は時計を持ち歩かないが、それは携帯があるからだ。洞に押し込められるときに荷物は奪われて放られてしまったが……そうだ、携帯はその前にこの洞の中に落っことしていたはず……すると……

淳は暗闇の中をいざりまわって、地面の湿気《しけ》った泥の上を手探った。あの時、手首が穴につかえて携帯を落とした、どこかに、このあたりのどこかに落ちているはずだ。あの辺に空気穴があって……その下に落ちて……

携帯電話が見つかれば……今の時間を知ることができ、わずかなりとも明かりを手に入れ、そして外への連絡が可能になる。

暗がりの中で既に恐怖感などどこかへと吹っ飛んでしまっていた。淳の携帯は機能を絞った小画面の最軽量のタイプのものだ、落としてしまっても、仮に液晶が割れてしまったって、最低限の機能は残しているはず……

淳の手は地面の木っ端をそっと叩いて回ったが、手のひらに触れるのはやや湿気った埃くさい朽《く》ち葉《ば》と細い木ぎれの感触ばかり。なにか椀のようなものが手に触り、乾いた音を立てて転がった。膝の下で小枝かなにかがぽきりと折れた。だが携帯電話は見つからない。

頭上遥か上の空気抜きの穴があると思《おぼ》しき位置から落ちてきて、こう跳ねる……頭の中で暗闇にシミュレーションしてごつごつと凹凸《おうとつ》する壁面を手探りに登っていく。どれくらい捜していたのだろうか、ようやく階段のように壁際に張り出した部分に、濡れ羊歯に埋もれた携帯電話を探り当てた。壊れてはいないようだが……濡れてしまわなかっただろうか。

携帯電話は通じなかった。電波が届いていない。岩盤に閉ざされた洞穴の中ではとうてい届くまい。可能な限り洞の入り口の所を目指して登ってはみたが、やはり電話としての機能は奪われたままだった。それは洞穴の所為《せい》なのか、あるいはいま外で荒れ狂っている雷雨の所為なのかは判らない。

洞を手探りに捜し回っている間に、その全体がどうなっているのか辛うじて当たりがついた。

この裂け目の底になっているのは長い時間……人の歴史などよりもはるか昔から積もってきた腐葉土の層で、それがほぼ水平の洞穴の底になっている。風雨が洞穴に吹き寄せてきた落葉松《からまつ》や羊歯《しし》の朽《く》ち葉《ば》が塵芥《ちりあくた》となり、土塊《つちくれ》となって降り積もっている……そこに童子の骨や肉の成れの果ても積もっているかもしれないと言われていたなら、淳も平静ではいられなかったかも知れないが、幸いと言うべきか、この洞が何に使われてきた洞であるかまでは少年は知らなかった。

すぐに突き当たる壁面は軽石の粗い表面の岩盤で、その全容は山体に裂けた自然の洞穴だった。上では土塁を積んで井戸みたいに筒になっていたはずだが、下りてくれば岩盤の隙間が細く斜めに続いていく。地が裂けて山体に陥入しているような具合で、洞穴と言うよりは造山時に岩盤に生じた罅《ひび》割れのようなものに近い。これが勝山裕なら、今回の調査にあたって地域の地質史を概観していたから、この洞穴が火山性の典型例で、ガスが抜けたことによって生じた溶岩洞穴だということは壁面の様子からだけでも分かったことだろう。

淳の方はそうした事情には通じない。彼にとって洞窟というものは、鍾乳石《しょうにゅうせき》が垂れ、石筍《せきじゅん》が林立する、どこまでも横に延びていくカルスト地形の鍾乳洞のイメージが強かった。と言うよりも、淳の脳裏にあったのはビデオゲームに出てくる横に続く洞窟だ。だからこの洞《うろ》の様子は祠《ほこら》の奥に彼が想像していたものとは随分と齟齬《そご》があった。トンネルのように横穴が続いていくのではなくて、岩盤全体が縦に裂けた隙間に過ぎない。狭い穴蔵は大人の身長があれば直立することはできないだろう。斜めに走る裂け目に沿って体を倒さなければ頭が迫る壁面に支《つか》えてしまう。そして携帯の明かりを頼りに上を見上げれば、そこには洞窟に想像されるような蝙蝠《こうもり》のぶら下がる天井なぞ無く、ただ細く続く裂け目が上の方まで延び、やがて闇の中に溶けているのが窺えるばかりである。底になっている足下はわずか一坪ほどの空間で、動き回ってもせいぜい一歩ごとに軽石の岩盤に突き当たる。斜めに延びていく縦穴を祠の入り口の方まで登ることは無理ではないかもしれないが、上がった先には蓋がしてある、戸が閉ざされ錠を掛けてある。外から開けることも敵《かな》わないような頑丈な造りだった、まして中から押し開けることは出来ないだろう。

自然の巧まざる偶然のなした細い地下の岩の裂け目であるということは判った。そしてこの裂け目は上の方へと細く裂けて続いていくのと同様に、どこか遥か下の方までも延びていくようだった。いま床となっている部分はその裂け目の中途に生じた棚のようなものに過ぎない。

淳も人並みにゲームなどはやりつけているから、洞窟といえば奥に怪物が住まうものと先《ま》ずは連想が働く。だがこの洞《うろ》は彼が映画やゲームに見てきたような洞窟とはやはり異質なもの、そうした気味悪さはなかった。この奥に人外の魔物の隠れるスペースはない。ただ床の何処かで再び裂け目が始まり地の底に続いている。

少年は底をはいずり回って、携帯の明かりを頼りに、こちらへ踏み込んでいくと危ないという場所を確かめた。斜めに迫る壁面が、棚になった足下の縁に近づく一ヶ所で落とし穴のようにさらに深みへの入り口を開いている。その奥は携帯電話の明かりでは行く先も知れぬ闇ばかりが続いていくようだった。淳は四つんばいになった手元に転がっていた拳《こぶし》ほどの軽石をその先に投げ込んでみる。石はすぐ先で荒い壁面の何処かに引っかかって止まった。遥か下まで落ちて遠い音を届かせてくるかと思っていたが、そうしたことはなかった。

バッテリーを節約するために電源を落とすときに、もういちどだけ未練がましく電波がきていないかどうか確かめた。着信はない。電波自体が届いていていない。

こうなればもう覚悟を決めて、あいつらが戻るのを待つしかないか。だが自分の身の上のことはともかく、一つ気になっていることがあった。巣守郷では今日、今晩におそらく何かが始まる——何かが起こるはずなのだ。あのランニングがこの洞に娘を迎えにきたのには訳があるはず。そして地下足袋と二人、「今晩だけは」と口走っていた。今晩に何かある。だがそれを知るのはここにこうして幽閉されている自分ばかりだ。不甲斐なさに少年は唇を噛む。

時刻は九時を回っていた。祠に押し込まれたときはまだ夕方だったから数時間を眠り過ごしてしまったことになる。きっと母親は心配に右往左往している。センターの留守電には親からの連絡が溜まっていることだろう。自ら招いたこととはいえずいぶん面倒なことになってしまった。明日本当に出してもらえるのだろうか、明々後日《しあさって》は始業式なんだよな。不思議と腹が据わってのんきなことを考えていた。

あの廃バス停の残骸の裏から、また自転車が盗まれるなんてことはないだろうか。でもせっかく自転車を取り戻したのに、おそらくこれで家に帰れてもしばらくは外出禁止になるだろう……。キャノンデールに乗れるのは何時《いつ》のことになるか、溜め息が出た。

連れていかれたあの娘はどうしているだろう。勝山さんはもう東京へ戻ってしまったんだっけ……どのみちここからでは連絡も取れない。

淳は膝を抱えて少しだけ泣いた。泣いてもしようがないことは判っていた。それでも涙は留めおおせるものではない。

外では豪雨が山肌を洗い、平地では考えられないほどの頻度で強烈な落雷が峰々をなぶる。寒くなってきた。外の雨風が残暑の日をあびた山肌を急激に冷やし始めている。

淳は腰のパーカーに袖を通し、首までファスナーを上げた。

そして隠《こも》ったうなりのように響いてくる雷の音を遠くに聞いていた。その音はこの狭い洞穴の上下に反響して、ひゅんひゅんと音の残るような感じがあった。この気味の悪い反響音は何だろう？　こんな音を余所でも聞いたことがあるような気がする。埼玉で暮らしていたマンションのピロティ……エレベーターホールの前で手を叩くとこんな風に音が残る。きゅんきゅんと反響が尾を引いて……お父さんは確か「鳴き竜」と言っていた。

淳には雷がこうしてフラッター・エコーを穴の底まで届かせていることの意味はまだ分かっていなかった。だがこの洞穴に何か不思議な残響が残ることは、思えばしばらく前から気付いていた。外の岩棚で既に、微かな谺が岩陰の祠の周りを包んでいたのだった。折しも琴平宮裏杣道の峰、そして三つ尾根の峠を乗り越えんとしていた雷雲が鋭く切り立った尾根筋にわだかまり、ここを先途と激しい雨風を浴びせかけていた。眼の前に落ちれば数分と目が利かなくなってしまうような強烈な閃光を放って、稲妻が同じ峰に何度となく叩きつけられる。山全体が責め苦にあっているがごとき苛烈な勢いで、山間の嵐はこの峰に最高潮を迎えようとしていた。

地の底では雷鳴が不思議な反響を残すことを訝しんで、膝を抱えた淳が穴の出口を見上げていた。だがぴんと来ない。鳴き竜のような残響は入り口の方から伝わってくるのではないように思えるのだ。それでは……どこから？

いっそう激しい雷鳴が山を揺らさんばかりにどよめき、残響が洞穴にわんわんと響く。落ちた、近くだ！

淳は目を疑っていた。ほとんど雷鳴と同時に稲光が見えたような気がしたのだ。こんな穴の底で……？　稲妻なんて見えるはずがない……。いや、まるで点《つ》けたばかりの電球が切れてしまったように、頭上に一瞬の激しい電光が閃《ひらめ》いた。そんな気がした。そしてそれは……祠が覆いかぶさった出口の方ではなかった。すでに方角の感覚を失って久しい淳だったが、祠の鎮座坐《ましま》すのは右上の方の頭上であったはず……ところが稲妻が閃いたと見た方角はむしろ左の方だった。目の錯覚か。あるいは……

遠く騒《ざわ》めく嵐は波のように遠ざかり、また吹きつけ、その合間に再び激しい雷霆《らいてい》の一撃があった。まさに頭上、霹靂《へきれき》は地の底まで揺るがして響き、鳴き竜の残響が耳を聾《ろう》して長く尾を引く。

見た！ 光った！ 左の方、この上から光が届いた！

まさに雷の落ちるがごとく淳の脳裏に天啓が降りた。出口が他にある！

それはこの穴に籠《こ》められて、なお正気を保っていたものだけが目にすることの出来るたった一つの通り道。外からは山腹に開いた横穴のように見える洞穴は、実は合掌した手の隙間のような岩盤の裂け目――奥へと、あるいは底へと辿っていくことは誰にも敵わぬが、上方の丑寅《うしとら》の方角に向かって裂け目は細く長く続いてゆき、そしてもう一ヶ所だけ峰の方へとわずかな口を開けている。だがこの道筋はまったき暗闇の中で、ふだん誰の目からも隠されたものであった。遥か劫初《ごうしょ》の昔からこの山を責め苛《さいな》み続けてきた雷霆が北東《うしとら》の直上から叩きつけ、昼日中の陽光が決して及ばぬ洞穴の底に霹靂の電光を届けてくるその一瞬、その一瞬にこの穴蔵の底で膝を抱えてそれを待っていたものの目だけに届く啓示の光……

淳の脳裏にこんぴらくだり沿いの渓流に忽然《こつぜん》と現れた和装の少女の姿がありありと浮かんだ。彼女はどこから渓流に下りてきたのか。あの「馬鹿」の娘がどうして集落からの追っ手を逃れて沢まで下ってくることが出来たのか……。あの娘もこれを知っていたのではないか。同じ穴蔵の底で、雷鳴に脅えながらも、この唯一の逃げ道を見つけたのではないか。あの日も……嵐の翌日だったはずだ……

淳は携帯を明かりに点け、岩盤を手で擦って左の上方へと延びるわずかな隙間の道筋を探る。雷よ来い！　稲妻が閃《ひらめ》いている間しかこの道筋は明らかにならない。祈るまでもなく峰に叩きつける稲妻は、時には数秒の間も置かずに淳の辿る細いほそい岩盤の隙間を雷光で照らす。淳は携帯を尻のポケットにしまって手足を踏ん張って斜めに少しずつ登っていく、隙間を辿っていく。ある所では大きな岩塊の出っ張りをかわして鰻《うなぎ》のように狭い隙間を滑り抜けなければならなかった。またある所では、狭く迫る両側の壁に手足を突っ張って手掛かりの無い隙間を登っていかなければならなかった。だが淳にはこれで外に出られるという確信があった。あの娘もこうしてこの洞穴を抜け出していったのだ、雷光に導かれて、たった一人で。

この岩塊の隘路《あいろ》を萎《な》えた手足で必死に摑み、すでに片目しか開かぬその眼で霹靂を待ちながら、わずかな望みを懸けてまさに同じ岨道《そばみち》を辿っていった童女が三百年もの昔に居たことは、淳は知らない。自分の足下にどれだけの骨がうずまっていたのか、それを淳は知らなかった。この道筋を辿った者が、どれほどの「辿りえなかった者達」の怨嗟《えんさ》怨念《おんねん》を背負っていたのか、それを淳は知らなかった。

時折の稲光に導かれるように、首筋や肩に、膝や肘に、擦り傷を作りながら、ただ上を見上げて出口を目指していた。

峰に吹きつける雨風が遠い潮騒《しおさい》のようにではなく、雨戸を叩き窓を揺らす、すぐ傍の音色に変わってきた。もはや遠い嵐の気配ではなく、吹きつける雨粒の水飛沫《しぶき》までがとどいてきそうだった。あと一踏ん張りで「出口」だ。

だが次の瞬間にやや遠見から稲光が閃き、眼の前の岩塊に格子の影が浮かんだとき、淳の意気がすっと萎えるような気がした。遅れてやや遠い雷鳴が届いてきた。あと少しで出口だ、あと少しで……

だが危惧した通り、その出口は太い木組みの格子で閉ざされていた。大曲がり上の祠は風呂蓋のような材木と石臼で押さえられていたが、峰筋に鎮座したこちら末保利神社本宮の岩盤の出口には、固く格子が閉てられ、その上を香燃《こりたき》が押さえていたのである。この御堂に押さえられた格子を撥《は》ねのける力は淳には無かった。ここまできて、ここまで辿り着いて、それでも出られないのか。

峰筋の窪地のただ中に開いた洞穴の末、その上に版築土塁を基礎として据えられた香燃。それはまさに末保利の洞に押し込められたものが二度と出ては来られないようにと重しに載せた鎮護の一石、いや非情の一石であった。淳はもう嵐に騒めく夜空がそこに見えそうな格子に額を寄せ、両手でその枠を揺さぶりながら呪詛の呻きを上げた。初めて上げた。声を嗄《か》らして叫んだ。

ここから出せ！　出して！　誰か！　お願いだ、ここから出して！

第十七章　奪　掠

風雨が荒れ狂い雷鳴が峰々に谺《こだま》するその一夜、その叫びが誰に届こう。その叫びが誰に聞こえよう。それがひと夏の徒然《つれづれ》に寒村に紛れ込んで理不尽に咎《とが》められた少年の叫びなら誰かに聞こえただろうか。それが自我を持つよりも早く謂《いわ》れ無き因習に搦《から》めとられた馬鹿の少女の叫びなら誰かに聞こえただろうか。それが無知と貧窮に押し拉《ひし》がれて縊《くび》られ放り棄てられた往古の童子の叫びならば誰かに聞こえただろうか？
理由《わけ》は知らず道理に因《よ》らず、しかし、全ての因縁の交差するこの雷雨の一夜に確かにその叫びは人に届いたのだった。

淳のカーゴパンツのポケットがぶるぶると振動していた。

甲斐ない叫びに咽《のど》を嗄《か》らして、非情な格子の下で徒労感に身を丸めていた少年は震える手で携帯電話を取り出した。電波は届いていなかったはず……何故……？

ここでどれだけのあいだ身を丸めていたのか、もう分からなかった。暗い穴蔵を這いずってようやく達した祠の下が琴平宮裏杣道《そまみち》の峰に位置していたことも少年は知らない。そこは尾根沿いの最高部の一角、衝立《ついたて》となる峰に跨《また》がり山向こうに遠く展望をひらく岩壁の頂上だった。祠のすぐ下まで躙《にじ》り寄り、すでに分厚い岩盤にぐるりを阻《はば》まれていることもない。巣守郷まで、そして麓の方まで急峻《きゅうしゅん》に下っていく斜面の頂……どこにあったかは知らないが山腹の基地局のいずれかが確かにこの地点までは、この場所までは電波を届かせていたのだった。

「淳君か！　勝山だ、いま何処《どこ》だ？」

胸に思いが迫って言葉にならない。せぐりあげる嗚咽《おえつ》に咽がつかえて返事が出来ない。

「聞こえてるか？　こっちは電波が悪い、よく聞こえないんだ」

まさにその時、峰筋に一撃、激しい落雷があった。電話に狂ったようなホワイトノイズが混じる。だが通話は切れはしなかった。淳は電話口でおいおいと泣き始めた。

「淳君だな！　俺だ、いま行くからな、そこは何処だ？」

返事をしなきゃ、返事を返さなきゃと思いはするが、今まで気丈に保ってきた意気を取り返すことが難しい。電話口にただ泣き声を伝えるばかりだった。無力感で手が震えていて、次の勝山裕の言葉には驚いて携帯を取り落としそうになった。

「大曲がりへ渡ったな？」

「……うん……うん」しゃくり上げながら必死で答えた。

「廃バス停の所で淳君の自転車を見たぞ、黒いやつ、あれ君んだろ」

どうして自分が大曲がりに渡ったと知っていたのか。わりあいにうまく隠せていたはずだったキャノンデールに、この雷雨の中でどうして裕が気が付けたのか。淳はその鋭さに驚いていた。

もっとも裕からすれば順序だった話だった。淳は例の女の子のことにまだ拘《こだわ》っていたか、あるいは自転車を取りに戻りたかったかで、徒歩で巣守郷を目指したはずだった。巣守で捕まったかなにかして、携帯を取り上げられたとしても、その場合にはもう長谷川宅に「補導」の連絡が入っていたことだろう。親を呼び付けるのが一番簡単な厄介払いなのだから。

そうした連絡がなく、携帯も通じないとなると、淳はおそらく今は巣守郷を離れている。ではどこに行ったのか、それは巣守の近在の電波の届かないところだ。

淳の携帯は香織のものと事業所《キャリア》が同じだった。そして香織の携帯が電波を捉えなかった場所のいくつかに裕は覚えがあった——そしてそれはなんらかの事情で淳が今日訪れていてもおかしくない場所だったのだ。あの淳君のことだ、巣守郷に人知れず踏み入っていたとするなら、そこで例の少女がどこに隠されているのか、その手掛かりを摑《つか》んだとしてもおかしくない……今日が祀りの当日だとしたならば、なんらかの決定的な動きを見ていたとしても不思議はない。

だから淳が巣守ではなく、金毘羅下りの沢筋、琴平宮の周辺……いや、末保利宮の周辺に動いているということは想定外のことではなかった。むしろ大いにありそうなことだ。

しかしこの雷雨である。金毘羅下りの沢筋でさんざん往生しながら山道を登ってくる間に、裕はこのあたりに少年が一人で登ってきたのなら、どこで雨宿りをするだろうかと、廃バス停の待ち合い小屋などに人気《ひとけ》がないかどうかずっと気をつけていたのだった。

そして最早なじみの廃バス停「小曲がり」に差しかかると……待ち合い小屋の廃材の配置に若干の変化があり、誰かがその陰で雨宿りでもしているかと見れば、はたして淳のマウンテンバイクが隠されていた。

「琴平別宮の近くにいるんだろう？」

「別宮って……？」

「大曲がりを登っていった……」

「うん……うん……」

「岩場の祠か、そこなんだな？」

「そう……そうだよ、祠の……」

「祠の所にいるんか！」

「そうじゃない……そうじゃ」

「俺は琴平から登って峰筋にいる！　今からそっちに下りて行くからな、すぐだからな、心配するな」

裕の声が一瞬遠ざかった、電話の向こうで誰かに何か叫んでいる。

「香織、淳君を見つけたって、長谷川さんに！」

再び離れた所に落雷があった。やや間遠だが激しい雷鳴が轟《とどろ》き、地響きが伝わってくる、強烈な一閃《いっせん》だった。電話が切れた。

淳ははあはあと息を整え、パーカーの袖で涙を拭った。けっと咳をして唾を飲み込んだ。そして雷の合間に携帯電話を握り直して待った。気を落ち着けて説明しなくては。

再び着信があり電話が通じる。

「勝山だ、岩棚の祠ならすぐに着く、その場所を動くな」

「勝山さん、そうじゃないんだ、僕、祠の中に入れられてるんだ」

「なん……どうして……巣守に捕まったのか」

「それでもう一つ、もう一つ……上に出口があって……そっちまできたんだけど、ここが何処かわからない……岩棚のところから……奥に続いてて……」

「どうしてそんな……奥に、だって？」

「もう一つ別の……なんか出口の下までできてるんだけど……閉じこめられてて……出られないんだ」

「別の……出口の下だって……？」

「よく判らない、よく判らないんだけど……檻《おり》みたいになってて……」

「淳君、大曲がりの岩棚の祠に入れられたって言うんだな？」

「うん」

「それで、その奥にもう一つの出口に続いた道がある？」

「雷で……雷で出口が見えて……ずっと登ってきた、でも閉じこめられてて」

「檻って……天井が格子なのか、木の？」

「そう……そう」

「それでそこまで来たら携帯が通じたわけか。淳君、それが何処か、こっちに心当たりがある。もうそこまで来てるからな、すぐいくから。ちょっと待て、ちょっと」

電話が切れた途端に手から力が抜けかけた。すこし気を抜けば、ごつごつと尖《とが》った岩壁の縦穴を転げ落ちていきそうだ。なまじ希望が湧いただけに少しでも上へと手を伸ばして、こうして土塁の内壁に取りついていると、それだけでもちょっとした苦労だった。だが……もうそこまで救いの手は辿《たど》り着いている。はぁと深い溜め息が出た。

勝山さんは僕がこっちに来てるって初めから知っていたみたいだ。あの娘が巣守じゃなくて、こっちの祠に閉じこめられてたことは知らなかったはずなのに、はなから琴平の方に向かって来ていた。それに僕のキャノンデール……何も見逃さない。勝山さんなら……

あの娘も助け出してくれるかも知れない。

祠のある尾根筋の窪地に裕と香織が篠竹《しのだけ》の藪を掻き分けてきたのは、それからわずか十数分後のことだった。裕が想定していた通り淳はそこにいた。窪地の中央に、神籬《ひもろぎ》にでもなりそうな凝灰岩《ぎょうかいがん》の築山を基礎に土塁が積み上げられ、下に落ち込んだ岩盤の裂け目を隠すように御堂がその上に圧《お》しに据えられている。毛利神社の摂社がその形状を模した祠は春日式だが古式に見えてもこれは近世に復古した様式で修築に時代性を加味しただけのこと、外観に反して殿舎の歴史は短くざっと二百年。この香燃《こりたき》こそ『由緒書上』に説かれている塞《ふさ》ぎの社《やしろ》である。

　雨に濡れた髪を額からかき上げ、裕は祠の足下の格子を覗き込む。すると闇の中から「勝山さん」と裕を呼ぶ安堵と感謝の声が上がった。遠い稲妻がいくつか先の峰に落ち、一瞬だけ辺りが明るくなった。その時に格子の下から上を見上げている淳の顔が闇の中に浮かび上がった。すぐに周囲は再びの闇に包まれる。

　裕はしかしその一瞬に、助けを求めて手を伸ばす少年の姿に、祠の下から這い出てきた返り子の影を見て二の腕が総毛立った。

　祠の戸は作り付けのもので開く部分がなかったので仕方がない、二人がかりで土塁の上の祠を横に引き倒しにかかる。祠は思ったより軽く、格子の上に鎹《かすがい》で固定してあるだけだった。

　みきみきと音を立てて御堂が倒れていくときに版築土塁《はんちくどるい》の《の》上の格子が引き裂かれて、端材が淳の頭に降ってきた。ひとたび土塁の上から祠が取り除けられると、格子の向こうにまで雨風がどうと吹き込んできた。

　すでに嵐は次の峰をめがけて山肌を這いずっていき、雨足はいくぶん弱まり、雷も遠ざかってこの峰に打ちつける頻度は低くなりつつある。それでも折々に夜空に閃光が走り、身が竦《すく》むような雷鳴が山中に轟いていた。

　淳は頭の上に振りかかった木切れと塵芥《ちりあくた》に眼を擦りながら、なんとか這い出してきた。裕の自分はずっと穴蔵の中にいたが、裕と香織はここまで雷雨の中を駆け抜けてきた。裕のシャツがびっしょりと濡れて素肌が透けていた。香織は裕のジャケットを羽織っていたが、洒落た白いスカートの裾《すそ》が泥に汚れて足に張り付いている。

香織の持った電話の向こうではさっきまでいきりたって彼らを詰《なじ》っていた正枝が、いまは涙声で無礼を詫び、繰り返して礼の言葉を口にしていた。

「勝山さん、あの子が下の祠に入れられていて……」

「うんうん」

「巣守に連れ戻されてるんだ」

「そうか」

「今晩、巣守で何かやる積もりだ、準備してた」

「知ってる」

「勝山さん、あの子、ほっといちゃ駄目だ」

「淳ちゃん、お母さんに」

香織に電話を手渡された淳はしっかりした口調で言っていた。

「お母さん、心配かけて御免、もう勝山さんたちと一緒にいるから……うん、送ってもらう、判ってる、それは帰ってからまた説明するから……」

母親の安堵と困惑と叱責を受け止めながら、その眼はまだ決意に燃えていた。「うん、ちゃんと御礼言うから、判ってる」と電話を切るや、裕に向かって言った。

「勝山さん、巣守に行ってくれる？　あの子を……」

すでに二人には大変な迷惑をかけてしまっていた。この上、果たして自分の拘《こだわ》りが、無理筋とも言うべき懇願が、簡単に理解してもらえるとは思っていなかった。だが裕は即座に答えていた。

「すぐ行こう。今晩中だ。今晩に助けださなきゃ間に合わない」

香織は、まずは淳を長谷川家に送り届けることが先決だと主張したが、裕はとり合わなかった。淳にも不思議に思えるほどの即断で、厳しく顔を強ばらせて、すぐに巣守に回ると言い切った。今日今夜、この夜半を逸したら遅いのだ。


車に乗り込んだときに車内灯に照らされた裕と香織は文字通りに頭の先からつま先までしとどに濡れて、座り込んだシートのカバーに見る間に染みが拡がっていった。嵐の一番激しいときに彼らは琴平宮から峰へ上がってきていたのだ。その間は洞穴に閉ざされて風雨をしのぐかたちになった淳の方はそれほど体を濡らさないで済んだ。シートベルトを着けながら、香織が裕にジャケットを返した時に、彼女が小さくくしゃみをしていた。それを見てあらためて淳は申し訳ない気持ちになったが、裕はシャツの裾を絞るようにしながら香織に「巣守へ」ときっぱり言っていた。

香織は「毒食らわば、だ」と不承ぶしょうも車を出した。

車中で裕は毛利神社の祭礼は旧暦の七月十五日、従って日付は明日にあたり、祭儀の式次第はおそらく深夜十二時をまわって動き出すだろうと説明した。その神事の目的はおそらく目占斎子《めうらいご》の再生産、そう語る裕の言葉の意味は淳には分からなかったが、裕はそれを留めねばならないと眥《まなじり》を決している。淳に目占斎子の再生産とは巫女の片目を刳《えぐ》ることだとすぐに説明しなかったのは、それを途方もない話だと信じきれないでいるからか、それとも淳に無用の心配をさせない配慮だったのか。さすがにそんなひどい話を淳にしたものか、まだ逡巡《しゅんじゅん》があるようだった。だが香織の眼には裕の表情は深刻で大真面目なものと見えた。

金毘羅下りをいったん麓近くまで下り県道から山間部の裏側へ回り込めば、離村へ至る広域林道には街灯もない。今夜のような豪雨はこの辺りでは毎夜の恒例であるから、これで行路に土砂崩れだの特別な障害が生じている心配はないだろうが、なにしろ暗い山道が泥濘《ぬかる》み路肩が緩んでいる。香織は必死でヘッドライトに照らされ右へ左へと蛇行する細道を辿っていく。

裕も淳もなかなか捗《はかど》らぬ道に焦《じ》れながらも息を詰めて行く手を見つめていた。やがて雨は小やみになり、冴えた稲妻もしばらく見ない。それでも重たく山々にかかった雷雲はまだ底光りにひかっており、時々遠くからごろごろと不穏な音を届けてきていた。

「じゃあ、明日まで淳ちゃんをあそこに閉じ込めとくつもりだったっていうんかい」

香織が経緯《いきさつ》を聞いてあらためて憤慨していた。

「あのぐるのお巡りさんと、なんか、相談するって言ってたけど……」

「その『お巡り』も大概だいね」

雨が止んでも木々に覆われた山道にひと風吹けば、ばらばらと葉叢《はむら》から落ちる雨垂れがガラスを叩き、落ちてきた針葉樹の葉がボンネットにはりついて溜まっていく。まだ動かしていたワイパーがフロントガラスの隅に落葉松《からまつ》の落ち葉を拭き集めていた。

折々に香織が小さくくしゃみをしていた。服を少しでも乾かそうと途中からヒーターを入れたのだったが、それでも服を濡らした二人はなかなか冷えた体が温まらない。淳は咽が渇いていたし、後部席まで届く温風に息が詰まるようだったが流石《さすが》に文句の言える立場ではない。何度か裕が湿気に曇った窓を手でこすっていた。

「淳君」

「……なに？」

「あん市子なぁ」

「市子？」

「君が追っかけてる『馬鹿』の娘なぁ」

「はい」

「深刻な虐待にあっとるかもしらん、いや、あう可能性がある」

「どういうこと？」

「もしかしたら……もしかしたらだけどな。今晩の毛利の御祀りでな、その子の目を潰そうとしとるかもしれないいん」

「あのな、毛利神社ってのはずっと目占《めうら》の巫女さんが御祈禱《きとう》お祓いを任されていた神社だったのかも知れないいん。片目が瞑《つぶ》れていることが条件になるっていう話……」

「目……を？　どうしてそんな」

「片目って、そんな」

「この辺りではずっと昔の江戸時代にな、飢饉の時に口減らしに子供を殺すっていうことがあって……そういう話知ってるか」

「いや知らないけど」

「その時に山に棄てられて死にきれなかった子が里に戻ってくるようなことがあった。その子の片目が潰れていたんだな。それが神様が返した子なんだろうということで巫女さんに取り立てられる……そんな風に神社が出来ていったこともあった……」

「それ毛利神社のことなの」

「そう」

「それじゃ……」

「上州四大飢饉っていってな、その頃に毎年まいとし飢饉が続くどさくさの中で飢饉の時の生き残りの子が巫女になるっていう話が、どこかでひっくり返っちゃう。同じように目占の巫女さんを用意して、飢饉とか噴火とか、そういう災厄を防ごうっていうように話が変わっていってしまったんじゃないか……って俺はそう思ってるわけ」

「めうら……の巫女さんを用意するって、それって目を潰すっていうこと」

「そうなん。巫女さんではあるけど、これはほとんど人身御供《ひとみごくう》、いけにえみたいな役目なんだ」

「その『いけにえ』にあの娘がされてしまうっていうの」

「ああ。これは想像に過ぎないんだけど、いくら古い文書をあつめてみても、そうした結論しか出てこないように思うんだ。だがなあ、あんまり無茶な話だろう。君から見てどう思う。そんなことあると思うかい」

「あいつらなら……やりかねないよ。あの子を大曲がり……の祠に突っ込んでいたんだよ」

「その娘と入れ替わりにあっこに閉じこめられたんだよな」

「うん」

「やっぱりそうか――空抜《うろぬ》きを再現していたんだな。……まだ目はあっただろうな？」

香織がハンドルを握ったまま身を硬くしていた。

「えっ……うん、もちろん。泣いてたけど……怪我なんかしてなかった。でも巣守ではあの娘、手枷《てかせ》までされていたんだ、話したろ。間違いなく虐待だよ」

「君が最初に巣守で捕まった時の、あの廃屋の話か」

「そうだ、あの廃屋、燃やされちゃったんだ。跡形もないよ、もう。証拠隠滅だ」

「そりゃほんとか。君は言ってたよな、あそこに……」

「うん、牢屋が作ってあったはずだって言ったろ。そこに閉じこめていたんだよ、絶対。

でもう証拠はない。格子戸も、手枷もみんな燃やしちまった」

「わざわざ燃やしたのか……皮肉なことだけど、それが何よりの証拠とも言えそうだな……」

「それに……」

「どうした」

「積んであった紙……も全部燃えてしまった。あれ何だったんだろう」

「紙？」

「多分だけど、閉じこめられていた娘が墨を溢《こぼ》したんだよ。床が墨汁でびたびたになっていて……」

「墨汁……」

「何のためだろう」

「……手習いだな。習字みたいなもんだ」

「習字って……あの娘が字を書かされていたってこと？　……何《なん》の字を？　なんでそんなこと……紙、すごくいっぱいあったんだよ？」

「字じゃない。描かされていたのは弦巻紋《つるまきもん》——蛇《じゃ》の目《め》だよ」

「……蛇の目」

「毛利神社の社紋は蛇の目、それを巫女になったものが描かされるんだ。その練習をさせられていたんじゃないのか。毛利の神札……それは神に捧げたその片目で災厄を見張るために、目占斎子《めうらいご》——片目の市子が描く蛇の目……」

車が巣守郷の中通りを抜けていく間、ひっそりと静まり返った集落には明かりひとつ灯っておらず、その様子は昼見た時に比べてもさらに陰鬱な廃村の趣だった。足音を忍ばせるように香織は車を進めていく。むろん道々に擦《す》れ違うものも無く、いまだ遠く響く雷の音が唯一の物音、雨上がりの泥濘みを踏んでいく車輪の音までがどこか憚《はばか》られる押し黙った村落、淳は焦りに手に汗をかいていた。

毛利神社下の参道の入り口が見えてきた。なにか山がぼんやりと薄明かりを発している。

参道下の鳥居を見上げるところに差しかかったとき淳が声を上げた。

「灯だ」

参道に続松《ついまつ》の煙がけぶっていた。香織は参道下をすこし行き過ぎて車を寄せた。

ドアを開くのももどかしいように淳が外へ出ていく。

「淳君、待て」

裕は淳を追い、先にたって参道を登り始めた。香織が淳の肩を支えている。

巣守毛利神社は侘《わ》びしく数本の松明《たいまつ》を参道に燃やしていた。雨は上がったばかりだ、これは点けて間がないものだ。いましも祭儀の準備が進んでいる。

鳥居を潜《くぐ》ると本来ならば闇の中に包まれているはずの毛利神社本殿が、木立の隧道《ずいどう》のむこうに薄ぼんやりと浮かび上がっていた。まるで暗闇の中に浮いているように、背後の崖の暗がりから際立っている。

歩み寄っていっても、なかなか辿り着かない。本来よりもずっと近くにあるように見えているのか、裕は睡夢の境にいるように覚束《おぼつか》ない足を強いて踏み込んで本殿へ向かっていった。後ろではまだ湿気《しけ》ったシャツの裾に淳が縋《すが》り付いていた。

本殿の手前にわずかに拡がった石畳、そこに数巻きの蓆《むしろ》が延べられるのを待って薪の上に積まれている。運び込まれたばかりと見える酒樽はすでに薦《こも》が古びて、下へいくに従って黴《かび》が拡がっていっているような有り様だった。数台の三方《さんぼう》が重ねられ、まだ神饌《しんせん》を載せる懐紙《かいし》も折っていない。だがここで祭礼が催されることは間違いない、献饌《けんせん》と奉幣《ほうへい》の支度が整っている。おそらく往時の庚申《こうしん》待ちに似せた準備になっているのだろう。だが今は境内には人気《ひとけ》が無かった。

崖際の摂社の祠は……見れば正面の戸が外れたままで黒々と口を開けている。九十九《つづら》折りの坂道へと続いていく方から灯が差していた。下は宮司宅、そちらから、なんらか静かなどよめきが立ち上ってくる。人が集まっているのか。

正面本殿は中に揺らぐ灯があり、おそらくひょうそくか灯盞《とうさん》が灯っているものと見える。裕は本殿に近づいていった。拝殿の中に灯……だとすれば……

その時、神社下を車が通っていく音がした。裕は香織を見返した。

「わたししん車、停めてあったん見られたんね。すぐ来よるよ!」

「そうだな。急ごう」

「勝山さん、いる！」淳が叫んだ。

淳は本殿に躙《にじ》り寄って段を上がり、その中を覗き込んでいたのだ。

「あの子、ここ！」

裕は急いで淳の後ろに駆け上がっていった。

赤い盤領《まるえり》の娘が狭い拝殿のただ中にうずくまっていた。背中に蛇の目、背を丸めてまるで正座したまま低頭しているように見えた。蹲《つくば》ったまま前に倒れて額を薦につけている。髪が薦の上に拡がっていた。

「どうしたん」淳が悲鳴を上げるように呼びかけていた。裕はぞっとして言葉を失っていた。目を刳《えぐ》られて突っ伏しているように見えたのだ。いや、待て、そんなはずはない。もし目掘りが済んでしまっていたのなら、こんな風に放置してあるものだろうか。

「裕、来るよ！」香織が後ろで叫ぶ。

淳は拝殿の戸をがたがたいわせて揺さぶる。

「淳君、閂《かんぬき》を抜かなきゃ」そう言って裕は戸に外から支《か》ってある閂に手をかけた。力を込めてぐっと持ち上げると鎖が持ち上がる。格子の一角に錠で固定してある。開かないか。

「下、騒いどる、人出てくるよ！」

「香織、淳君と居《お》って」

裕は酒樽の所まで戻っていって、薪を一本拾ってきた。こじ開けるのか？　香織が真顔で見つめる。

「やっちゃうの？」

「俺たちゃ、もう毛利宮の旧宮本社を引き倒してきたがね、罰《ばち》ならとっくに当たろうよ」

言い放つと杉材の薪を閂の所にあてがった。だが閂は檜《ひのき》の削り出し、やわな杉の薪ならこっちが折れるのが当たり前だ。下ではどよめきが大きくなっている。誰かが誰かを叱責している。もうすぐ来る。九十九折りを登ってくる。

裕がこじ開ける積もりだったのは閂自体ではない、端の持ち桟《ざん》の脇で檜の材を受け取っている、閂鎹《かんぬきかすがい》の付け根に薪を差し込んだ。閂を保持している鎹の一本を狙って抉《こじ》ろうとしているのだ。

ぎりりと鉄が軋《きし》む音を立てて鎹が一本抜けさった。浮いた閂に手をかけて思いきり引っ張った。淳が手を貸している。中央の鎹が吹き飛び、淳はあおりを食らって段の下に転がっていく。

「だいじょぶ？」香織が淳に駆け寄る。裕は後ろを構わず閂を引き絞る。観音開きの戸の一方は閂がくくり付けられたまま開いていった。手前の戸は蝶番《ちょうつがい》が傷んで斜めに傾《かし》いでいる。

すばやく立ち上がった淳は段を駆け上がって隙間に滑り込んでいく。追って裕も拝殿に踏み込んだ。

拝殿は巴《ともえ》に絡《から》めた三脚に灯盞が燃え、中は燻《いぶ》すような香りに包まれている。雷雨の後だからか湿気が強くむっとした空気が隠《こも》っていた。

前に見た通り粗末で手狭な拝殿だが下の薦が新しいものに敷き替えられている。その中央に茶道の総礼に頭を下げたように、市子役の娘が低頭して伏せっていた。淳はそろそろと近づいて肩に手をかけてそっと揺さぶった。

狭い拝殿の突き当たりは奥の本殿に続く格子戸、だが大社の内陣とはことなり本殿に続く格子は模型のような小さなもので実際に人の出入りはあるまい、ここがこの毛利宮の事実上のどん詰まりだ。奥に何の神体が鎮座しているかは知らないが、どのみちこれは末保利旧宮本社の写し身に過ぎない、こちら毛利宮に本体などない。あるとすればそれはあの空抜の洞そのものだ。

格子の上には御簾《みす》が掛かって煤《すす》けているが、やはりそこには左右に蛇の目の染め抜きの痕跡《こんせき》が認められた。両脇の灯盞に挟まれて祭壇代わりに据えられたのは古い御饌《みけ》台《だい》で、幣帛《みてぐら》に紙垂《しで》をたらした祓串《はらえぐし》の支度がある。脇に寄せられた桶に水が湛えられ、柄杓《ひしゃく》が浮かべてあるのが目に留まって、これは里神楽『狐斎子《くく》』の修祓の杓《ひさご》のなぞらえだろうかと香織が目を見張っていた。その傍らには二本括りの一升瓶と酒器の準備がされていた。

前に見なかった経机《きょうづくえ》が西の壁際に寄せられ、積み上げられた懐紙に文鎮代わりに置かれた楕円の硯《すずり》、墨と筆とは見えなかったがやはり蛇《さら》の目を描き神札をこの場で拵《こしら》えるのか。経机の手前に漆器の三方が一台、上に木綿の晒《さら》しが折り畳んで高く積んである。

「勝山さん、この娘寝てる」声を潜めて淳が呼ぶ。外からはばたばたと足音、ついで怒号が上がった。社に押し入ったのが見つかったか。

「裕、来たよ！」

「わかってる」

淳が必死に眠り込んだ娘を揺り起こしているが、娘はぐったりと蓆の上に頽《くずお》れた。娘の盤領は夜着のごとくに肩に掛けてあったばかりで、頽れた拍子にそれがはだけた。下はうすい襦袢《じゅばん》に白足袋《たび》、襦袢は一方の肩を抜いていた。

あだな姿態に戸惑っている場合ではない、淳は娘の頭をもたげて側臥《そくが》に導き、顔を検《あらた》めた。裕も香織も顔を覗き込む。目があるか、どうか！

娘に目はあった。いや、娘は目をつむっており定かではないが、すくなくとも害された跡はなく、両の瞼《まぶた》は静かに穏やかに閉じられてひっそりと寝息を立てている。淳はその頭を膝をついた腿《もも》の上に抱えて、裕と香織を見上げた。

「起きないよ」

裕と香織はうたれたように息を呑み、二人膝をついて躙り寄り、淳が抱えている娘の顔を見おろしていた。なるほど幾度か擦れ違っただけで淳の魂を鷲摑《わしづか》みにしてしまった端整な愁い顔、淳のただならぬ執着の所以《ゆえん》は一目みるだけで得心がいった。

じりじりと芯を焦がす灯盞が陰翳《いんえい》を投げかけ、乱れた黒髪の下に白磁の額が隠れている。揺れる明かりに輝くように薄い光の一層をつくっているように見える頬はこまやかな産毛が灯盞のあえかな輝きを映しかえしているのだった。眠りこみながらもどこか不満そうに結んだ唇は紅《べに》を引いたのでは醸しえないあか、これがもし微笑んだなら少年の心など刹那に奪われてしまうだろう。そして揺り起こす淳の呼び声に応えて、暗がりの中でそっと開き始めたその眼は、うすい睫毛《まつげ》に縁取られた一重《ひとえ》がわずかに開けば俗世の穢《けが》れを映さぬどこまでも澄んだ黒い瞳、とりまく白目は青ずんで濁り無く……もし神事の意味がこの目を潰すことにあったのだとしたら、それは取り返しのつかない美そのものの毀損《きそん》にあたろう、裕も香織も淳の囚われがのりうつったかのように言葉もなく眼の前の贄《にえ》の相貌に魅入られていた。しどけなく片肌脱ぎに頽《くずお》れる馬鹿の娘の明眸《めいぼう》は、目の当たりにすれば一《いっ》に凄絶だった。

娘は気が遠くなったように再びゆっくりと眼を閉じた。誰も言葉もなかった。

だが社の外の怒号はいましも近づいていた。よもや瀆神《とくしん》にも事欠いて、社の門を引き毀《こわ》しての侵入、郷《ごう》のものにこの狼藉《ろうぜき》を看過できるわけもない。扉を抉《こ》じ開けられた社殿を見て、驚きか、怒りか、はたまた祟りを恐れての戦《おの》きによってか、言葉にならぬ獣のような怒鳴り声をあげて幾人かが足音も高く社の前庭に踏み出てくる気配がした。香織は裕に縋り付き、淳は寝入った娘の頭を抱える。

裕は淳の隣に跪《ひざまず》くと、その耳に囁《ささや》いた。

「この娘は連れてく」

淳はうんうんと激しい勢いで頷くと、裕に娘の頭を預け彼の腕にしがみついた。

裕は娘の肩からうなじと、膝の後ろに手を差し入れ、鳥のように軽いその娘を胸元にかき寄せて抱き上げた。

娘の足が経机の前の三方をなぎ払って、積んであった晒しが拝殿の隅に崩れ落ちる。三角に折った懐紙と、載せてあった小さな金物の農具と切り出しが三方から蓆の上に散らばっていった。足下に転がった品々と漆器の三方を見ると、裕はそれらを拝殿の隅へ蹴り飛ばした。裕に似合わぬ乱暴な仕草に香織は虚を衝かれて顔を見上げる。

裕はすでに拝殿の外に躙り寄る巣守の一党を戸の向こうに睨《ね》め付けていた。

三方と一緒に拝殿の隅に転がっていったのは、手元を懐紙で巻いた一本の切り出し、それから一本の名も知れぬ農具だった。一瞬、香織はごく短い孫の手か何かかと思った、そんな形だった。だがその農具は転がっていった時に確かに金属音を立てていた。そして柄の先に鎌首をもたげたような先端が二俣《ふたまた》に分かれて、叉木形《またぎがた》の鉤爪《かぎづめ》のように立ち上がっているのだった。根《ね》扱《こ》ぎに草を引き抜くための道具だ。そしてそんな道具が三方の上に捧げてあったことの意味——その道具のここでの用途に気付くや、血の気がすっと引いて香織の背中に怖震《うぞぶる》いに寒気が伝わっていった。

裕は拝殿の外へ正対して立ちつくす。抱き上げた少女は片方の肩を抜いて胸が夜風にさらされていた。ここにきて気まずそうに淳が目をそらす。落ちていた盤領を香織が拾い上げて、娘の体を包むように裕の腕ごとかぶせた。

足音が毛利宮の拝殿に近づき、再びの怒号が上がっていた。

「お前ら、なにやっとると！」

「戸を押し開けよった！」

「なんしようがわかっとるんかい、ああ！」

角材を握って郷のものがばらばらと社を取り囲んでいる。

香織と淳は裕の両袖にしがみつく。裕は娘を掻き抱いたまま拝殿の中に仁王立ちになっていた。さして上背のある裕ではなかったが頭が支《つか》えそうだった。だが拝殿の狭さが幸いして、一同がなだれ込んでくることも出来ない。郷の一同は拝殿を取り囲んで「いちを置いて出てきよ」と凄んだ。

しばらくの膠着《こうちゃく》の後に一同を割って白足袋の神職装束が進み出てきた。「宮司」だ。

「そん娘を置いて出てきなさい。いま大事な儀式のさいちゅうだから」

裕は袖に縋り付く二人を引きずりながら娘を抱いたままでゆっくり進み出た。

「余所《よそ》ん人に邪魔されちゃこまるんだぃね」

「大事な儀式？」裕は社の戸を潜った。

拝殿の戸を見回して改めて呆れたように「宮司」が呟いた。

「……こりゃ酷《ひど》いんね、こんな狼藉を……何の権利があって――」

毛利宮本殿の前ではぐるりを五、六人の郷のものが取り囲み、そのただ中に「宮司」

が進み出て、拝殿から下りてくる裕と対峙する恰好になった。香織と淳は息を詰めて裕にしがみついたままついていく。

「あっ……あん餓鬼！」

「宮司よ、あれんどっから──」

「おい、滅多な──」巣守の一人が慌てて窘《たしな》めていた。拝殿から出てきた少年を見とがめて口走っていたのは、こちらも白装束、白足袋に着替えていたが、たしかに件《くだん》の地下足袋とランニング……淳が裕の袖を引いて「あいつら」と鋭く裕に告げた。

裕は一同にぐるりと目をやって段を下りていく。あれが淳君を祠に押し込めたという二人なのか。いまの一言で事情は知れた。やはり淳を娘と入れ替えに洞に閉じこめたのが大きな一失、それは子供の監禁、刑法に言う未成年者略取《りゃくしゅ》であって明確に犯罪を構成している。裕はもともと法律には通じないが、ここしばらくの経緯から「子供を監禁する」とか「虐待する」とかいったことの法的定義については、児童相談所にかけあった都合上、いささか知るところとなっていたのだった。

そして、その二人がここに淳がいることが意外だというのなら当然だ。だが「どっから」……どこから、とはどういうことだろう。裕は口を滑らせた男を横目で睨《にら》んだ。

ともかく、こうして裕たちが淳を伴って現れた以上は、裕たちが淳を祠から連れ出したと想定するのが普通だ。「どこから」もなにもない。

それなのに、最初に口をついて出た疑問が「どこから」だった理由ははっきりしている。大事になっては困るからと深夜を前に淳の「釈放」に行ったのだ。「ぐるのお巡りさん」か「宮司」の差し金かもしれない。

略取といってもやたらな手出しをせずに早々に解放すればさほどの罪状にはあたらない。略取誘拐は何らかのいたずらをしたり、営利、身の代金が目的だったりすればもう言い抜けもできないが、そもそも未成年者略取は親告罪で、自動的な起訴の対象となる罪状ではない。おそらく官憲に関わるものから注進があったのだ。はやばやと解放すれば穏便に収拾できる運びになる。行き過ぎたお仕置きといったほどのことで問題は片が付くはず……。だがそのために大曲がりの祠に戻った者が「あん餓鬼」を見つけられなかった。「どこから」か消えてしまったからだ。少年が祠にもういないことを確認して戻ってきていた者がいたのだ。

わずかな沈黙の間に裕は次の一手を求めて、この窮状を打開する策を探した。手掛かりはある。やつら、自分たちが何をしているか知ってる。

裕は娘を抱いたまま、「宮司」の前に決然と進み出ていった。周りでは郷のものたちが角材を手にして、度を越した狼藉を働いたこの闖入者達《ちんにゅう》に打擲《ちょうちゃく》を加えてやろうかと取り囲んでいる。これはまずいのではないか、むしろ拝殿に隠《なま》っていた方がよかったのでは、と香織が必死で裕の袖を引っ張っていた。

「権利とおっしゃいましたか」落ち着いた裕の声音が境内に響いた。

「権利というなら、権利も義務もありますよ。市民には虐待を受けている子、受けそうな子について行政に通告する義務があります。ちゃんと法律に定められていますよ。僕はいまここで深刻な虐待があるかもしれないと考えたんで、強制的にこの娘を保護することにしました。この神社の扉を壊したのは申し開きも出来ないことで、これはこれで悪いことですけど、それは別に訴えてもらって構いません。もちろんきちんと弁償します」

なにをぬけぬけと、と怒号が上がるが「宮司」は黙っていた。裕はその沈黙の意味を推し量って圧力をかけるように宮司をまじまじと見つめる。

刑法でも民法でも、自分や第三者の権利を守るためであれば、他人のものであってもそれを毀損する行為について、不法行為としてとくに責任を問うたりしないという規定がある。刑法、民法にいわゆる「緊急避難」、加害に対して身を守るためなら普通に違法行為とされることでも罪には問われない場合がある。たとえば人の家に鍵を壊して忍び込んだら明らかな不法侵入だが、命を狙われて逃げ込んだという事情があればそれは罪には問われない。

だが放っておけば目を潰される娘を救出するのに神社に押し入ったというのは事案としては実は微妙、特に「放っておけば目を潰される」というのが事実として認定されるかどうか、そこにこちらの勇《いさ》み足を咎められる可能性がある、いやこの件の事実認定はかなり厳しい。香織はうしろではらはらしながら聞いていた。彼女自身も法律には通じないが、かなり危うい主張だと思った。裕だって訴訟に詳しい訳がない、淳ちゃんに相談されて泥縄で虐待児童保護関係の法律を調べただけのはずなのだ。そんな微妙な判断に判例の後ろ盾があるわけでもあるまい、ここははったりを言って乗りきろうとしているのだと思った。

「葛井に……」

「いや、それは……」

ひそひそ声で後ろに目配せをかわすものたちを見て、淳が裕の袖を引く。

「まずいよ、お巡りさんを呼ばれる……ぐるなんだ……」

裕は視線を「宮司」に据えたままで昂然《こうぜん》と立ち、むしろ勢いを得たようにきっぱり言った。

「お巡りさんを呼ぶなら呼んでください、有り難い。児童虐待防止法に定められているとおり、虐待を受けそうな子を保護するのに児童相談所は警察に介入を願い出ることが出来ます」

踏み込んだはったりだった。言っていることはその通りだが、「児童虐待の防止等に関する法律」の規定は、介入を願い出るのは本来は知事なり児童相談所長なりの話で、臨検や強制捜査もすべて本来は令状を必要とする。

巣守の一同が動揺して宮司のもとに躙り寄ってくる。密かに、おい、どうするん、と口々に困惑をあらわにしていた。裕の頼みは後ろ暗いのは向こうの方だという読みひとつに懸かっている。

「この子の保護者の方を出してください。保護者の方にまず伺いたいことがあります」

「そん子の親ってことかね」

「親に限りませんが、親がいればそうでしょう」

「そん子ん親はない。神社で預かっとる子だ。余所様《よーそさん》ん関わりんないこっだがね、余計な口出しはしないでもらいたい」

「親権者はいないんですか」

「しんけんしゃ？」

「親なり、親代わりの後見人は」

「それは……家《うち》が後見に預かっとるわけだが」

「後見開始の届け出はされていますか？」

「後見開始？」

「法的に認められるには届書《とどけがき》が必要ですよ」

宮司が言い淀《よど》んでいた。

「あんた弁護士かなんかかね」

「法曹の仕事には携わりませんが戸籍法には通じています」

「保護って言うが、そん子はこん神社ん祭礼に御籠《こ》もりしとっただけだがね。なんが虐待、なんが保護んいう必要があろうが」

「明日にも同じように傷つかないでいますか？」

静寂に包まれた境内にぴしりと音がしたような気がした。郷の者はすでに黙り込んで宮司と裕の対決を息を呑んで見ている。だが、この場に居た誰に娘が明日も傷つかないでいることを保証できよう。

「明日にもこの子には両目がありますか？」

一同が言葉を失っていた。

何故、と互いに顔を見合わせて無言のうちに尋ね合っていた。

何を言っているのかと、何を言っているのか判らないと、くってかかる者が一人もいなかったことに香織はぞっとした。

裕が参道へ向かって進み出した。宮司がそれを遮るように前に立つ。毛利宮参道の松明は灯を弱め、心細い揺れる明かりを境内におよぼしていた。裕の横顔が松明に照らされて赤く上気していた。

裕は娘を抱いたまま宮司の間近まで進み出ていく。顎《あご》を上げて厳しい表情を浮かべていた。こめかみから眼鏡のつるを潜って汗がつたっていったのを香織は見た。平静を装っているが、裕も必死だ。ぎりぎりの勝負をかけている。そして怒っている。憤っている。こんな表情は見たことがない。

昔からいつもひょうひょうとした少年だった。仲間内で一番出来る子だった。塾ではもう一人、度外れて出来る子がおり、その子は典型的な天才肌でちょっと格が違ったが、それに伍《ご》して普通の子の中でたった一人天才少年と張り合っていたのが少年の日の勝山裕だった。なんでも聞かずとも判っているようなライバルに対抗して、目前の課題から、出題者の意図から、すべて地道に研究しつくして高得点を叩き出していた。一度として天才少年を凌《しの》いだことが無かったその足掻《あが》きが誰の目にも明らかなのに、いつだって本人はひょうひょうと落ち着いて……そして何か諦《あきら》めたような風情でいた。

なにしろどうやって点を取るか綿密に研究しているものだから、クラス選抜の前では一番頼りになるのが裕だった。優等生を集めた塾にはよくあることだがクラス序列がかなり厳しかったのだ。下のクラスに落ちたくない最上級クラスのボーダーラインの子達はみんな裕が頼りだった。件の天才君のノートは汚くて誰にも読めないが、裕がまとめたものが流通すればみんなの助けになる。

すでに色気づいたころとあって、クラスでは男女の間に暗黙の敷居ができていたが、裕が「次の選抜試験のヤマはここ」とノートを持ってきてくれるのがいつでもメシヤマ——香織のところだった。いちばん話しやすい娘に皆から頼まれていたノートを渡す、裕からすればそれだけのことだったのかもしれないが、香織はその頃からずっと裕に注目していた、いや裕のことしか見えなかった。みんなに頼まれていたノートを持ってくるのに他ならぬ自分のところに渡しに来るのがうれしくて、特権を得たようで、人にそのことを囃《はや》されても全く不愉快でなかった。裕が自分に最上級クラスに残ってもらいたくてノートを一番に持ってきてくれるものだと妄想して……それはないなと思い返して……
どこか老成した感じのある少年で、それは高校、大学と遠く離れている間にも変わることがなかった。その知性を、独特の臆病さと含羞《がんしゅう》が包み込んでしまっているような表情に変わるところがなかった。だが彼のうちにも人に見せぬ執念が、拘りが、憤りがある。

諦観にみちた表情のうちに決して譲らぬ芯がある。だから父親ともぶつかったのだろう、勘当沙汰にまでなっていたのだろう。その芯がいま剝《む》き出しになって見えていた。頑固な人だ。頑《かたく》なな人だ。決して譲らぬ人だ。こんな時なのに、こんな時だからか、香織は松明の明かりに赤く染まった裕の横顔を見て、ずっと抱いていた自分の想いを強くしていた。

静かにどよめく一同の間を割っていくように裕は進み出した。まるで意気に押されたように宮司が道を塞ぎながらも後ずさっていた。彼こそ誰よりも目を見張って裕の顔を見つめていた。

裕はぐっと近寄るといったん立ち止まって、宮司に正対して言った。

「この子は私たちが保護していきます。一時保護して、児童相談所に預けることになりますからご不満は、もしあれば県の児童相談所によせて下さい。法定上の親権者も後見人もいないわけですから仕方ありません。神社の損壊については必要があれば弁済しますのでご連絡下さい。書くものはありますか、連絡先を」

誰もペンや紙を持ち寄っているものはなかったが、かたわらの祭礼の支度に筆と墨と懐紙があった。いまや完全に座を支配していた裕の求めに応えるように郷の一人が筆をおずおずと差し出した。

「香織、頼む、書いてくれ」

そうして裕は、自分は勝山裕、住所と電話番号はこれこれ、必要があれば連絡してくれと言い放った。

さすがに腹に据えかねたか、宮司の後ろから窘《たしな》めを振り払ってくってかかる者がいた。宮司は何も言わず、ただ裕の表情を見つめたまま凍りついたように立ち尽くしていた。

「虐待、虐待と言うが何の証拠のあってのこつかね、言いがかりもたいがいに――」

「この子に虐待がなされるか、それは児童相談所の判断することですが、まずこの長谷川淳君が今日こちらの方々のいずれかに向こうの金毘羅下りの筋道で『監禁』されていますよね。これについての申し開きがあってのことですか？　普通に行って略取にあたりますよ。幸い無事に保護出来ましたし、私個人はことを荒立てる心積もりもありませんが、ここで留め立てされては困ります。あなた方に今出来るのはこの子を早々に安全な場所に解放してやることだけです。それで事情が変わります、さもなければ確実に略取誘拐罪になります、減刑も望めませんよ」

裕の声音《こわね》が曇天の下で境内に強く響く。略取などと言われても判らないが、誘拐罪と聞けばことは明らかだ。淳が視線をやると地下足袋が身を竦《すく》ませていた。境内がもう少し明るければ青ざめて額に汗が浮かんでいるのも見えたことだろう。

「この長谷川君のことは今も親御さんが捜しています。まだ警察に捜索願までは出していませんが、今もご自宅でこちらからの連絡を待っているところです。あなた方は長谷川君に特に乱暴したりしていませんから略取誘拐罪に問われるかどうかは親御さんの判断次第です。親告罪、つまり告訴するかどうかの判断は警察ではなくこの場合保護者の側にあります。判りますか、早く連れ帰ってあげなくちゃいけません……これ以上ここでもめている訳には行かない」

巣守一党が密かに動揺して騒《ぞ》めいている。本流筋で捜索願が出れば、彼らと地縁のある交番相談員ではなく県警から直に巡査が出張ってくるかも知れない。逆に、ここで解放しておけば訴えられずに済むというのか――威《おど》しが効いていた。

「この娘さんに関しては未就学児童の疑いがあるということで、児童相談所には既に連絡済みです。今日はこのまま保護していきますが、追って沙汰があると思います。これまで著しい虐待を受けてきた形跡は無いようですから特段のお咎めはないかもしれませんね。いずれにしても親権者も後見人も居られないようですし、恐らくは養護施設の方で引き取るかたちになるでしょう。後見その他のあとの手続きについては児童相談所から臨検がはいるかもしれませんから、その時にご相談下さい」

そう言って参道を鳥居の方へ向かって踏み出していった。宮司が裕の顔をまじまじと見つめている。後ずさるように道を空けた。

納得していないのは後ろの一党である。一人は振り上げた角材を力なく下ろしながらも、裕の前へ回ろうとする。

「そんな勝手な、困るがね」

「宮司よ、どうすると、御祀り」

「このまま行かせるんか」

「いちないんだら御祀りは……」

宮司は答えず、一党に打つ手はない。社を壊され、市子を奪われ、祭礼はめちゃくちゃにされてしまった。それでありながらこの無体きわまりない闖入者が帰っていくのを黙って見送っていなければならない。だが殴りかかって叩きのめして市子を取り戻しても……もうどうしようもない。もう祭礼を次第の通りに遂行することはできない。その時には集落に降りかかる災いは数層増しになってしまう。誘拐、虐待、そしてこの者等に働いた傷害──集落を災厄から護《まも》るための祭礼が集落を潰してしまう。

内部に非難の矛先が向かい、一党は小声で詰《なじ》り合っていた。

「あん餓鬼、電話で呼びよったんだぃね、ゆったっべやぃ、どうしておんし……」

「電話なんか持っとらんかったがね、だいっつさぁまほりん洞《うろ》んか、いっこ繋がらんべぃよ」

「どっから出たと、洞《ほら》ぁ開いてなかった」

「いちなしん、どうする？」

「宮司よ、どうするん」

「宮司よ」

裕は香織と淳を引き連れて鳥居を潜り参道を下りて行く。一党の一人がまだ角材を手にしたまま付いていこうとした。ずっと黙っていた宮司がその肩を摑んだ。不満顔で振り向いた男に宮司はかぶりを振り、肩《なじ》にかけた手に力が隠った。

いつしか頑なに沈黙を守る宮司を詰る声も切れぎれになり、境内に御巣坊《ごすぼう》村一党は黙って立ち尽くす。やがて一人が角材を積んであった薪に叩きつけた。一人が傾いた社の戸をせめても真っ直ぐに戻そうとしていた。誰も言葉もなかった。

どうして宮司はあの若造に何にも言い返せないでいたのか、集落のものはふつふつと不満を腹に滾《たぎ》らせていたが、宮司の様子があまりに深刻そうで頑なだったのに気後れして、それ以上詰め寄ることが出来ないでいた。

嵐を御巣坊村の山肌に叩きつけた曇天は、ここにきて雲が途切れだして夜空の端々に雨後の星が瞬きはじめていた。だがまだ遠雷が彼方の峰の方から陰鬱な轟きを伝えてくる。

宮司はまだ鳥居の方を向いて悄然《しょうぜん》とうな垂れていた。

祀《まつ》りは終わったのだ。金輪奈落《こんりんならく》、終わってしまった。

第十八章　形　見

裕と香織はターミナル駅に併設の喫茶店に差し向かいに座っていた。

裕の足下には大きなボストンバッグと革の書類鞄が置いてあった。昼のこととあって特別快速は出ない。裕は鈍行とさして所要時間の変わらぬ名ばかりの快速電車に乗るつもりだった。電車はもうホームに入っているかもしれないが、発車までの残りの十五分、香織とのしばしの別れを惜しんでいた。結局帰京は二日順延したのだが、おかげで院試は目前に迫っている。

香織は盛んに洟《はな》をかんでいたが、べつだん裕と別れがたくて涙にくれている訳ではなく、一昨々日《さきおととい》の嵐の一夜にすっかり体を冷やしてしまって風邪気味だっただけのことである。

「ちゃんと御飯食べなきゃだめだぃね」

「判ってるよ。梅干しも貰ったしな」

「無くなったらまた取りに来《き》ない。分けたげるから」

「有り難い。こっちにいる間、少し太ったかもしらん。香織とおると飯が旨くて太るんな。握り飯もでかいし。まさにメシ山だ」と、裕は快活に笑みを見せる。

「あれは……お婆《ばあ》が、男落とすんには飯をたんと食わせるこっつと言いよんよ」

あはは、と裕は声を立てて笑った。

「それが家訓か。お婆さんの言うことには間違いはないんかね。年の功かな」

「上手くいったと教えたら、自分の手柄みたいに言ってるん」

「頭が上がんないんだな」

「こんど来たとき紹介するがね」

「ああ」

「それから御実家も寄りんさいよ、次は」

「そうだな」

香織が拍子抜けしたような顔でいる。裕としても我が事ながら意外だった。父親とのあいだに抱えていた蟠《わだかま》りが、凝《しこ》りがほどけたように無くなってしまっていた。

「冷戦は終わりか」

「そうだな」

娘を巣守から運び出して毛利宮での悶着《もんちゃく》にひとまずの決着をつけたことで、裕自身の屈託もまた晴らされてしまったようだった。

実際、あの夜は心騒ぐ夜だったが……

嵐の一夜、毛利神社を後にして車に乗り込むと香織はハンドルの上に突っ伏して長い溜め息をついていた。裕と淳は娘を後部座席に運び込み、淳が膝に頭を抱える形で落ち着くと裕も助手席に乗り込み、やっぱりダッシュボードに額を付けて深く息を吐いた。

「手が震えとる」

「俺もだ」

裕は手ばかりか、いまや声まで震えていた。

「声が出ない」

「なに今になって……」

威《おど》して賺《すか》してしじゅう気丈に見得を切ってきたのに、ここにきて震えが止まらない。

「実はずっとびびっておったんさ。俺はそんな……気の細い方だし」

「よく言うんね……まーず立派だったぃね」

「ほんとだよ、僕……」

安堵と感謝で思いあふれた淳が涙声になっていた。

「裕が法律に詳しいとは知らんかったよ」

「あんなの出鱈目《でたらめ》だよ。条文なんて読んだこともないがね」

「そうなん？　えらく堂に入ってたが」

「児童虐待防止法なんて通称に言うだけだろう、児童福祉法とか、最近出来たもっと長い名前のやつとか、猫の目で動いとるからな。ぜんぶ把握しちゃいない。そう間違ったことも言ってないだろうが細かく言ゃあらだらけの理屈だったろうよ、はったりだ」

「ありゃほんとなん？　未成年の誘拐が親告罪だっていうん」

「そりゃほんとだ。淳君が巣守に捕まったのは、こりゃ略取だよ。誘拐とは言わないん。これ訴えれば訴えられる。ご両親の判断だな」

「お母さんは……面倒はいやだって言うんじゃないかな……」

「まあ、そうだろうな」

巣守郷の入り口では淳が道路下の竹藪《たけやぶ》にかくした折り畳みの自転車を回収した。もう一台のマウンテンバイクは明日明後日の土日にでもお父さんに頼んで取りに行ってもらいなさいと香織が釘を刺す。淳もここまで世話になっておいて、この上の贅沢は言えない。また無くなってはしまわないかとやきもきする気持ちはあったが涙を呑んで我慢した。金毘羅下りの道筋は長い山道で、行き来するものはたいがい車に乗っているだろうから自転車を持っていく人なんていないだろうと、裕が安心させるように付け加えていた。


まずは淳を長谷川家に届けなきゃいけない、電話口の向こうにはすでに長谷川清も帰宅していて、今かと連絡を待っていた。

県道に下りた辺りで裕は携帯から、かねて当たりをつけてあった中央児童相談所に連絡したが、むろん留守電が待っているばかりであった。土日はこうした役所はお休み、今日は既に深夜になろうとしている。録音の音声に従ってこどもホットライン24に連絡してみると、こちらは二十四時間の受け付けだが、さすがに一時保護児童の引き取りなどこの夜中にはやっていない。ともかく、ここは然《しか》るべく関係各所に連絡をしたということが肝心なのであって、向こうに取り立てての対応を期待してのことでもなかった。

こちらの筋が通せればそれで足りる。

長谷川家に淳を送り届けると、正枝は怒りも頂点を過ぎていたかすっかり疲れ果てて、無事帰ってきた淳を迎えて涙ぐんでいる。車中で淳はお母さんがさぞや怒るだろうと戦々恐々の面持ちだったが、蓋を開けてみると親の方は憤りよりも安堵が勝って叱責の言葉もない、淳の方は拍子抜けしていた。

長谷川清は裕と香織が雷雨の中を山中に息子を保護に回ってくれたことに改めて礼を言い、いろいろとご迷惑をかけ、ご無礼をはたらいたと詫びを口にした。正枝から「ひどいことを言っちゃったかも知れない」と聞いていたので、そこを謝ったのだ。もっとも裕も香織も含むところなどなく、例によって「お母さんがご心配するのは当然ですから」と簡単にいなした。

問題は保護してきた娘である。児童相談所はこの時間に動く人員は持っていない。明日にもボランティアのケースワーカーが相談に来てくれるような話だったが、ではどこに？　これについては長谷川清が、この週末は家で預かろうときっぱり言った。正枝は渋い顔で、これ以上の面倒はと納得できない様子でいたが、清は淳の頭をぐりぐりと揺すって、相談所がことに適正な対処を決めるまでは誰かが保護してやらなきゃならん、香織や、まして友人宅に居候中の裕に押し付けるのは筋じゃないだろうと言うのだ。頭を揺すられてぐらぐらさせながら、淳は父親を見上げていた。言葉はなかったが、父親がお前は正しいことをした、よくやったと言っているのが判った。

正枝の困惑を思いやって、さすがに目掘《まほ》りの祭儀にまでは言及しなかったが、裕は娘が確実に監禁されており、自分の意思とは関係なく集落の祭礼に担ぎ出されていたということだけ語って、ケースワーカーとの談判では自分も同席して保護にいたった事情を説明すると約束した。これで帰京は順延となった訳だ。

香織は娘が単に集落に閉じこめられていたにとどまらず、ぎりぎりのところで救出されたということを既に疑っていなかった。「この娘に明日、両目はあるか」と突きつけられて誰も答えるものがいなかった——あの時の背筋が凍るような恐怖は思い出しても首筋がぞっとする。だがそれが児童相談所に判ってもらえるだろうか……目掘りの習俗など、古文書を突き合わせた想像の、妄想の世界にしか存在しない。それが本当にありうるなどと誰が信じるというのだろうか。

いずれにせよ、かくして長い夜はようやく平静を取り戻した。


裕はけっきょく大橋の下宿には戻らず、香織は朝方に着替えに自宅に戻った。二人は翌日土曜の昼も連日になるが長谷川家を訪れた。

午後になると、休日労働をも厭《いと》わず来訪した、児童福祉司を目指しているという若いケースワーカーを前に、主に裕が事情を説明した。やはり目掘りの習俗については伏せたままでいたが、監禁の事実が確かならそれだけで一時保護の対象となる、そして未就学の問題もあり、親権者も法定後見人もいないということなら、それが決定打となって娘は児童養護施設入所の運びになるだろうということだった。知的障碍児童を村落が共同で養育するような例はかつては無いことはなく、むしろ戦前にはままあることだったが、今日ではこうした措置を看過しない。

娘に身体的な虐待を被《こうむ》った形跡はなかった。日常的に暴力を被っている児童に特有の、大人に脅える素振りも特に観察されなかった。金曜深夜に正枝と依子が二人がかりで、どこか垢染みた娘を風呂に入れていたが、その時にも特段の暴力の痕跡《こんせき》は見られなかったという。ケースワーカーの話では暴力を振るわれつけている子は大人が眼の前に立つだけで身を竦《すく》めて体を丸めるのだそうだ。そういう素振りはなかったと長谷川家のものが請け合っていた。ただし、後で判ったことだが、車に乗せられるのを異様に怖がった。

娘は箸は握り箸で、辛うじて匙《さじ》が使えた。食事はなんでもよく食べた。そして眼の前に出されたものを食べ終わると人のものを奪おうとしたり、お代わりを要求したりはせずに、床の間に行って隅に座った。それを聞くとケースワーカーは、ああ、と悟り顔で「そういう風に躾《しつ》けられていますね」と呟いていた。その場にいた誰もが「動物のように」という言外の意味を受け取っていた。

こちらが話していることは判るようだったが言葉は発せず、極端に臆病だが振る舞いは律せられていて、あるいみ理性的だった。ケースワーカーは専門のものが判断しないと、と前置きしながらも、いままでの教育がどうだったかにも依《よ》るが、普通学級は厳しくて特別支援学級で就学できるぐらい、おそらく施設で保護して特別支援学級のある公立校で受け入れる形になるのではないだろうかと語っていた。

調査員の派遣に先んじて巣守郷にも電話連絡がいっていた。先方の言うことには、身よりの無い馬鹿の娘を集落で育てていたまでで、特段の虐待などは行《おこな》っていない。監禁とか捕縛とかいったことも、娘が危ないことをせぬように普通に行動を制限していたまでのことで、さもなければこれまで無事に育っては来なかったとのよし——じっさい娘に体調の問題はなく、その伝では集落の共同養育には問題視するほどの難点はない。

また神事に担ぎ出していたのは集落の皆が参加するものであっただけの話、娘は目隠しをして神札を複製するという演劇的な役割で神事の再現の一端を担ったまで、それ以上の意味などないとの説明があったという。これは相談所が意味を取りかねて困惑していたことで、裕と香織と、そして淳だけが詭弁《きべん》を弄《ろう》しているのだと察していた。

なるほど目占斎子《めうらいご》の再生産といっても、それが神事にお芝居ごととして再現されるだけだというのは理屈としては自然に聞こえる。後から聞けばそっちの方がまだ理解しうる話だ。だがそれならなぜ宮司はあの場でそう反駁《はんばく》できなかったのか……。それに香織ははっきり見ていた。あの拝殿で裕が……まるで汚らわしいものを撥《は》ね除《の》けるように、憎しみを叩きつけるように蹴り飛ばしたもの——三方《さんぼう》に載っていたもの。お芝居ごとにあんなものまで用意するだろうか……？

娘には籍もなく、名もない。「いち」という呼び名は祭儀上の役割のことだと裕から説明されて一同が耳を疑っていた。この世に名前を持たず役職だけが定められている人間がいるという話が理解できなかったのである。ともかく定まった親権者、後見人が無いらしいというのが大きく、巣守郷にこの娘を帰すという扱いにはならないのではないかとの説明がケースワーカーからあった。これには淳が胸をなで下ろしていた。

ケースワーカーは月曜には行政職員が処遇を決めて一時保護所に引き取りに来ると述べ、その日は娘の一時保護を長谷川家に委託したままで帰っていった。ケースワーカーにはそうしたことを判断する権能は無かったが、その一存で一時保護児童をいずれかの施設に移送することを決定する権限もまた無かったからである。

児童相談所との折衝が済めば、その後に担当児童福祉司、ケースワーカーと相談の上で児童養護施設と入所日程の摺《す》り合わせが行われる。このケースだと受け入れ学校に特別支援学級があることが条件になるだろうから、施設の選択肢が限られるため一時保護が少し長くなるかも知れないということだ。

長谷川家の広い庭では養鶏場と同様に平飼いの鶏が左右にうろついており、それを依子と淳が曾祖母の手伝いに追いかけて右往左往している。それを縁側の柱にしがみついて、依子の白いワンピースを着せられた娘がじっと見ていた。

午後の日差しは縁側をじりじりと照らし、羽の散る庭に陽炎《かげろう》がたっていた。正枝に梳《くしけず》られてふわりと拡がった黒髪を垂らして、こざっぱりとしたなりになった娘は首を傾げるように庭に繰り広げられる鶏と子供らの喜劇を眺めていた。目を眩《まぶ》しそうに細めていた。やがて裸足のままで庭に下り立った。淳が捕まえた太りじしの雌鶏《めんどり》を掲げて見せると脅えたように縁側に走り去っていった。淳と依子が笑っていた。娘は縁側の柱にかじりついてまだ脅えた様子だったが、やはり笑っていたかも知れない。

娘は右足を少しだけ引きずっている。昨晩風呂で依子は踝《くるぶし》が妙に出っ張っているのを見つけていたが、おそらく足首を脱臼したか骨折したかの後に手当てと予後が悪くてどこかが癒着《しょ》してしまっているのだろう。

大きな背負い籠《こ》を伏せて捕まえた鶏を押し込んでいると、また娘が出ていきたそうにしていた。だが淳の父、清が奥から姿を現すと娘はさっと縁側に上がって膝を抱えて座った。

それを裕と香織は車を停めた前庭のところから遠く眺めていた。

昨晩に見た妖艶とも言うべき美は影を潜めていた。見れば見るほど普通の少女にしか見えなかった。

遠く発車のベルが鳴っている。これは裕の乗る便のものではないが、気が急《せ》かされた。

「もう行かなきゃ。座れんくなるよ」

「そうだな……」

「またすぐ会えるよね」

「うん」

裕はボストンバッグに駅ビルの本屋で買った新書を放り込むと荷を整える。

香織は洟をかみながらぽつりと言った。

「結局……お母さんのこと判らんかったんね」

琴平、毛利、山間《やまあい》の神社をめぐって古文書を渉猟《しょうりょう》したひと夏だったが、いつしか探索は近世末期の山間の愁絶《しゅうぜつ》に及び、その終盤は行き合った少年の哀訴に応えてひとりの少女を救い出すことに費やされてしまった。裕自身の帰郷の目的は果たされなかったのかも知れない。

だが裕はここでいつもの口癖のように「そうだな」とは応えなかった。

香織はそっと目を上げ、裕の顔を盗み見た。裕はうすく微笑んでいた。

何を聞いたらいいのか判らなかった。本当は聞きたいことはいくらもあった。香織は赤くなった鼻をこすって、荷物を引き寄せて旅立ちの支度をしている裕を見つめていた。

どうして裕は淳ちゃんの訴えにあれほどにも真摯に応えたのだろうか？　裕が初めに淳ちゃんの訴えに「ほっとくわけにはいかない」と静かに答えたとき、まだ裕は末保利宮の本当の由来を知ってはいなかったはずだ。

どうして目掘りなどという惨酷酸鼻《さんこくさんび》きわまりない習俗が実在すると、あれほどまでに強い確信があったのだろう？　どうしてこんな伝法《でんぽう》な話を端《はな》から信じられたのだろう？

どうして御巣坊村の「宮司」は裕の言葉に一言たりと言い返すことが出来なかったのだろう？　あれは裕の弁舌に折伏《しゃくぶく》感化されてというわけではなかった……。宮司は御灯《みあかし》に照らされた裕の姿に、裕の顔に、一切の反駁を許さぬ道破《どうは》を突きつけられていたのだ。

そして、名をも知れぬ巣守の市子を救い出すことに、どうしてあれだけの固執が裕自身にあったのだろう？　淳ちゃんの訴えに心動かされたというばかりではない、裕自身がまだ見たこともない娘を救い出すことに個人的な責任と義務を負ってでもいるかのように。

だが、そうしたいくつもの「何故」をいま問うことはどうしてか憚《はばか》られた。

荷物をまとめた裕はいつもの革鞄をテーブルの上に出して、ファスナーの付いた小仕切りから切符を取り出し、胸のポケットに移していた。根付け紐がちらりと覗いた。

その時に香織は何気なく聞いた。ごく瑣末《さまつ》なことだったから聞けた。

「ねえ、そんお守り、何処《どこ》の？」

鞄を持ち上げようとしていた裕の手がぴたりと止まった。一瞬の沈黙があった。

裕は時計を確かめた。上げかけていた腰をどさりとシートに落とした。そして今しも閉じなんとしていた小仕切りのファスナーを再びちりちりと開くとくすんだ金糸が緯糸《よこいと》に入ったお守り袋を出し、「これか」と呟きながら袋の口を開いた。長いあいだ手も触れずに持ち歩いていたものだろう、巾着状の袋の口は襞《ひだ》が癖になっていて開く時に軋《きし》みを上げる。

中から出てきたものは、すっかり黄変した古新聞に包まれていた。新聞紙はやけに文字が小さく、活字の様子が電子製版の今日のものとはずいぶん違う。ひとめ見て相当に古いものだと知れた。裕がそれを摘み上げてテーブルに置くとかさりと乾いた音がした。換え札を差し出すように香織の方に滑らせてきた。

香織はそれを手の中に包むと裕の顔を見上げた。裕が頷いている。香織は古新聞の端をつまんで開きはじめた。

これ……なんだろう？

新聞に包まれていたのはお守りの内符ではなく、白いすべすべした割れ皿の欠片《かけら》のようなものだった。いや、むしろ貝殻に似ていた。それこそ大きさは浅蜊《あさり》の貝殻ほどで、もっと分厚く、輪郭は角の丸い滑《なめ》らかなお握り形で、二辺は内側に微かにへこみを描き、ややいびつな扇をつくっている。まさしく貝殻のように全体が緩やかに湾曲していた。

「……陶器……？　貝殻……かな……」

「そうだな。碁石蛤《ごいしはまぐり》から削り出したものだ。よく見ると縞があるだろ？」

香織は目を近づけてみた。たしかに、澄んだ白一色に見えて、うっすらと純白と乳白色で細かな縞紋が浮かび上がっている。

摘みあげてみると指先に滑《すべ》らかで冷たかった。裏返して見た。

そしてぎょっとした。

裏側……いやこちらが表《おもて》だったのか、緩やかに湾曲してもりあがった凸面の側には蛇《じゃ》の目《め》があった。漆《うるし》だろうか艶やかな漆黒の蛇の目が描いてある。

驚きに目を見張りながら、香織にもそれが何であるかがようやく判ってきた。

大概の人は不思議とそれについてよく知っているような気になっているものだが、実際に目の当たりにしたことのあるものはごく少ない。現実にはどういう形をしているのかを知らずに、なんとなくのイメージで間違った形状を思い描いているのが常である。つまり——多くの人はそれが球体をなしていると誤って信じている。

「義眼だよ」

艶やかな玉器《ぎょっき》のような入《い》れ目《め》が、捧げ持つ両の手のひらに包まれて、いまやすべてを理解した香織を見上げていた。

「母の形見だ」

解説

杉《すぎ》江《え》松《まつ》恋《こい》（ミステリー評論家）

奇妙。

どうしてそうなのか分からないが、とにかく普通とは違っている様子。

奇妙ミステリーとしか言いようのない作品が、時折このジャンルには出現する。たとえば、知られざる禁教の世界を描いた和田《わだ》はつ子《こ》『かくし念仏』（一九九八年。幻冬舎）。あるいは謎の絵画を巡る物語、柄澤齊《からさわひとし》『ロンド』（二〇〇二年。現・創元推理文庫）。その特徴は、作品の系譜が見えないことだと思う。いかなる影響関係もなく、ある日突然この世に出現する。「どうしてそうなのか分からないが、とにかく普通とは違っている」のである。分かっていることはただ一つ。使われている部品が細部に至るまですべてオリジナルだということだ。

高田大介《たかだだいすけ》『まほり』もそうした奇妙ミステリーの一冊と言っていい。

第四十五回メフィスト賞に輝いた『図書館の魔女』（二〇一三年。現・講談社文庫）が高田のデビュー作である。言語学の研究者である高田の本分が活《い》かされた大部のファンタジーであり、刊行されるやたちまち店頭から本が消えて品切になったほどに注目を集めた。続篇『図書館の魔女　烏《からす》の伝言《つてこと》』（現・講談社文庫）も二〇一五年に出ており、作者のサイトによれば第三弾の『図書館の魔女　霆《はたた》ける塔（仮題）』も刊行準備中とのことだ。

ファンタジーの人だとすっかり思い込んでいたので、四年ぶりの新刊がミステリーだと知ったときにはかなり驚いた記憶がある。奥付によれば『まほり』の親本は二〇一九年十月二日にKADOKAWAから刊行された。今回が初の文庫化である。

少年を視点人物として描かれる印象的な第一章の後、第二章で主人公の勝山裕《かつやまゆう》が登場する。裕は大学院進学を真剣に考えている大学生だ。彼の糞《くそ》がつくほどの真面目さを見込んで、同じゼミに在籍する学生たちが卒研グループ研究の手助けを頼み込んでくる。彼らのテーマは「都市伝説の伝播《でんぱ》と変容」というもので、それを聞くなり「かつて文化人類学であったような説話の構造分析が必須になるだろう」がその「予備的な分析がまずもって主観的で恣意《しい》的なものに流れがちなのだ」と考えるあたり、融通の利かなさがよく出ているではないか。初めは気が乗らなかった裕だったが、学生たちが集めた説話の一つに関心を持ったことから、手助けの域を超えてフィールドワークにのめりこんでいくことになる。

その説話の舞台は、奥利根《おくとね》のとある宿場町であった。街路のあちこちに二重丸を描いた紙が貼られていることに気づいた小学生たちが、それを辿《たど》っていくうちに奇怪なお堂を発見するという内容である。お堂を覗《のぞ》き込んだ一人が、中に「目隠しをした子供がいた」と言いだすあたりに怪談の域を超えた現実の手触りがあり、禍々しさをも感じさせる。

調査を開始した裕は、まずお堂の場所を特定し、さらにその由緒を調べようとする。そのために必要な歴史学的なアプローチは、社会学者の卵である裕にとってはまったくの専門外である。学者らしく一次史料に当たろうとして、そもそも資料目録だけでも厖《ぼう》大《だい》な量が存在すると知らされて呆然《ぼうぜん》とするのだ。ここから歴史という巨大な対象に取り組む裕の、知の冒険が始まる。証拠や証言を集めていってそこから結論を導き出すのがミステリーの探偵法だとすれば、その対象が史料に代わったということになる。裕の驚きは、演繹《えんえき》的推理のために必要な証拠を特定しようとしたところ、それがほぼ無限数に近いと知らされた探偵、と置き換えてみるとわかりやすい。演繹ではなくて帰納法でいかなくてはならないと知って、びっくりしてしまうわけである。ありうべき選択肢をすべて潰《つぶ》していけば残る可能性はいかにありそうでなくても真実だ、という消去法はこの分野では通用しない。

二人の専門家から裕は助言を受けることになる。一人は歴史民俗博物館の学芸員《キュレーター》である朝倉《あさくら》、もう一人は郷土資料館員の古賀《こが》である。歴史とは勝者によって記述されたものであり「残っていく歴史」には死角、つまり語られない部分ができると朝倉が考えるのに対し、史料がそこにあるという事実自体が重要で研究者がそれを恣意的に選《え》り分けてはならないと古賀は言う。二人の主張はまったく対照的、と見えながら、実は史料のみに拠《よ》るという史学者としての基本は一致しているところがおもしろい。主観によって史料の真贋《しんがん》を判断してはならないと説く古賀は一方で「純粋に客観的であるような史料など原理的にありえない」「史料の伝存自体がすでに書いたものの底意、保存したものの意志の働きを帯びている」とも言っているのである。「客観性という幻想」に自覚的でなければならないという史学者の思考から、真実性が絶対的に担保された推理は不可能であるという、探偵の論理的な危うさを指摘した一連のミステリーに関する議論を連想する読者は多いだろう。史料分析という主題に関する議論がミステリーの謎解きに関するそれと同一の地平に辿り着くところに本書の独自性、「とにかく普通とは違っている」点がある。

冒頭で取り上げられる都市伝説という話題は、一九八〇年代後半にジャン・ハロルド・ブルンヴァンの研究が翻訳紹介されたことがきっかけで日本でも注目されるようになった。宮本常一《みやもとつねいち》の民俗学などからも影響を受けた網野善彦《あみのよしひこ》が中世の非農業民に着目して既存史観の見直しを唱え、歴史学界に波紋を引き起こしていた時期もこれに重なる。一九六八年生まれの作者は、人文学の分野で起きていたそうした変化、学問領域がパラダイムシフトを起こしている時代に学生時代を過ごしたことになる。『まほり』にその痕跡《こんせき》を探すのは決して無理筋な読み方ではないはずだ。

一目見たら忘れられない題名である『まほり』の語は、下巻の三十八ページで初めて登場する。文中の伏線が重要な意味を持つ手がかりとして後に使用されるというのが謎解きミステリーにおいては大事な技巧である。真相が明かされた後で、そういえば「まほり」ってどこで出てきたんだっけ、と探したくなるはずなので書いておく。この手がかりを解釈するためにもミステリーでは普通使われないアプローチが用いられるのだが、読者の興を減じないためにここでは伏せる。この作者ならではのユニークなもの、とだけ書いておく。

物語の後半では歴史的アプローチの極めつけとして、史料の原文を裕が検討することになる。返り点などを打たない、いわゆる白文なので馴染《なじ》みがない人には辛《つら》いと思うが、ぜひ熟読していただきたい。小説の中に出てくる別の創作物を作中作と呼ぶが、それに近い味わいがある。過去に書かれた文章はそれ自体が物語なのだ。虚構の史料を用いて架空の過去を浮かび上がらせた他にない作中作ミステリー、とは言いすぎだろうか。作中では「間テクスト性《インターテクスチュアリティ》」、すなわち対象の記述が先行する史料の影響を受けて変形する可能性について言及される箇所がある。別の文脈では「伝承が話を曲げる」とも。歴史記述は初めからありのまま存在したのではなく、その伝存自体が物語を内包するという古賀の発言に物語後半で読者はもう一度思いを馳《は》せることになるだろう。

作品の硬い部分を中心に言及してきたが、裕が中学時代の友人である飯山《いいやま》香織《かおり》と再会してからの恋愛小説要素や、淳《じゅん》少年を視点人物としたひと夏の冒険的味つけなど、物語には柔構造も備わっているのでご安心を。青春小説的な物語運びを味わわせながら、段階を踏んで論理を展開し、意外な真相へと誘《いざな》うのが本作の展開なのである。あえて触れなかったが、裕がこの調査に執心する背景には彼自身の出生に関わる問題が影響している。その要素は遠くの花火のように音のみをずっと響かせているのだが、ある時点で作品の中核と結びついてまったく別の風景を現出させることになる。すべての要素が開陳されたとき、胸中にはいくつかの思いが去来するはずである。一つは驚き、一つは過ぎ去った歴史の重さに対する畏敬《いけい》の念、もう一つはたぶん郷愁の念だ。それらが入り混じった不思議な感覚を読者に噛《か》みしめさせながら、物語は幕を閉じる。

高田大介、不思議な作家だ。消えない記憶を読者の心に刻み付ける。またとない記憶を。

本書は、二〇一九年一〇月に小社より刊行された単行本を加筆修正し、上下に分冊のうえ、文庫化したものです。

まほり　下

高《たか》田《だ》大《だい》介《すけ》

令和４年　１月25日　初版発行
令和４年 12月10日　３版発行

発行者●山下直久

発行●株式会社KADOKAWA
〒102-8177　東京都千代田区富士見2-13-3
電話　0570-002-301（ナビダイヤル）

角川文庫 22994

印刷所●株式会社KADOKAWA
製本所●株式会社KADOKAWA

表紙画●和田三造

●お問い合わせ
https://www.kadokawa.co.jp/（「お問い合わせ」へお進みください）
※内容によっては、お答えできない場合があります。
※サポートは日本国内のみとさせていただきます。
※Japanese text only

ISBN 978-4-04-112052-1　C0193

◆◇◇

角川文庫発刊に際して

角川源義

第二次世界大戦の敗北は、軍事力の敗北であった以上に、私たちの若い文化力の敗退であった。私たちの文化が戦争に対して如何に無力であり、単なるあだ花に過ぎなかったかを、私たちは身を以て体験し痛感した。西洋近代文化の摂取にとって、明治以後八十年の歳月は決して短かすぎたとは言えない。にもかかわらず、近代文化の伝統を確立し、自由な批判と柔軟な良識に富む文化層として自らを形成することに私たちは失敗して来た。そしてこれは、各層への文化の普及滲透を任務とする出版人の責任でもあった。

一九四五年以来、私たちは再び振出しに戻り、第一歩から踏み出すことを余儀なくされた。これは大きな不幸ではあるが、反面、これまでの混沌・未熟・歪曲の中にあった我が国の文化に秩序と確たる基礎を齎らすためには絶好の機会でもある。角川書店は、このような祖国の文化的危機にあたり、微力をも顧みず再建の礎石たるべき抱負と決意とをもって出発したが、ここに創立以来の念願を果すべく角川文庫を発刊する。これまで刊行されたあらゆる全集叢書文庫類の長所と短所とを検討し、古今東西の不朽の典籍を、良心的編集のもとに、廉価に、そして書架にふさわしい美本として、多くのひとびとに提供しようとする。しかし私たちは徒らに百科全書的な知識のジレッタントを作ることを目的とせず、あくまで祖国の文化に秩序と再建への道を示し、この文庫を角川書店の栄ある事業として、今後永久に継続発展せしめ、学芸と教養との殿堂として大成せんことを期したい。多くの読書子の愛情ある忠言と支持とによって、この希望と抱負とを完遂せしめられんことを願う。

一九四九年五月三日

角川文庫ベストセラー

ゴーストハント4
死霊遊戯
小野不由美

新聞やテレビを賑わす緑陵高校での度重なる不可解な事件。生徒会長の安原の懇願を受け、SPR一行が調査に向かった学校では、怪異が蔓延し、「ヲリキリさま」という占いが流行していた。シリーズ第4弾。

ゴーストハント5
鮮血の迷宮
小野不由美

増改築を繰り返し、迷宮のような構造の幽霊屋敷へ集められた霊能者たち。シリーズ最高潮の戦慄がSPRを襲う！　ゴーストハントシリーズ第5弾。

ゴーストハント6
海からくるもの
小野不由美

日本海を一望する能登で老舗高級料亭を営む吉見家。代替わりのたびに多くの死人を出すという。一族にかけられた呪いの正体を探る中、ナルが何者かに憑依されてしまう。シリーズ最大の危機！

ゴーストハント7
扉を開けて
小野不由美

能登からの帰り道、迷って辿り着いたダム湖。そこにナルが探し求めていた何かがあった。「オフィスは戻り次第、閉鎖する」と宣言したナル。SPR一行は戸惑うも、そこに廃校の調査依頼が舞い込む。驚愕の完結。

もののけ物語
加門七海

招き猫、古い人形たち、銅鏡。見初め魅入られ、なぜか頼られ……。気づけば妖しいモノにかこまれる加門七海のにぎやかな日常。驚異と笑いに満ちたエッセイ集。

角川文庫ベストセラー

お呪《まじな》い日和
その解説と実際
加門七海

人と掌に書いて呑み込む、藁人形を五寸釘で打ちつける……「オマジナイ」も「マジナイ」も「ノロイ」も漢字で書けばいずれも「呪」となる。ではオマジナイとは一体？　深くて広いお呪いの神秘と謎に迫る！

巷説百物語
京極夏彦

江戸時代。曲者ぞろいの悪党一味が、公に裁けぬ事件を金で請け負う。そこここに滲む闇の中に立ち上るあやかしの姿を使い、毎度仕掛ける幻術、目眩、からくりの数々。幻惑に彩られた、巧緻な傑作妖怪時代小説。

続巷説百物語
京極夏彦

不思議話好きの山岡百介は、処刑されるたびによみがえるという極悪人の噂を聞く。殺しても殺しても死なない魔物を相手に、又市はどんな仕掛けを繰り出すのか……奇想と哀切のあやかし絵巻。

後巷説百物語
京極夏彦

文明開化の音がする明治十年。一等巡査の矢作らは、ある伝説の真偽を確かめるべく隠居老人・一白翁を訪ねた。翁は静かに、今は亡き者どもの話を語り始める。第130回直木賞受賞作。妖怪時代小説の金字塔！

前巷説百物語
京極夏彦

江戸末期。双六売りの又市は損料屋「ゑんま屋」にひょんな事から流れ着く。この店、表はれっきとした物貸業、だが「損を埋める」裏の仕事も請け負っていた。若き又市が江戸に仕掛ける、百物語はじまりの物語。

角川文庫ベストセラー

西巷説百物語　京極夏彦

人が生きていくには痛みが伴う。そして、人の数だけ痛みがあり、傷むところも傷み方もそれぞれ違う。様々に生きづらさを背負う人間たちの業を、林蔵があざやかな仕掛けで解き放つ。第24回柴田錬三郎賞受賞作。

幽談　京極夏彦

本当に怖いものを知るため、とある屋敷を訪れた男は、通された座敷で思案する。真実の〝こわいもの〟を知るという屋敷の老人が、男に示したものとは。「こわいもの」ほか、妖しく美しい、幽き物語を収録。

冥談　京極夏彦

僕は小山内君に頼まれて留守居をすることになった。襖を隔てた隣室に横たわっている、妹の佐弥子さんの死体とともに。「庭のある家」を含む8篇を収録。生と死のあわいをゆく、ほの瞑（ぐら）い旅路。

眩談　京極夏彦

僕が住む平屋は少し臭い。薄暗い廊下の真ん中には便所がある。夕暮れに、暗くて臭い便所へ向かうと――。暗闇が匂いたち、視界が歪み、記憶が混濁し、眩暈をよぶ――。京極小説の本領を味わえる8篇を収録。

旧談　京極夏彦

夜道にうずくまる女、便所から20年出てこない男、狐に相談した幽霊、猫になった母親など、江戸時代の旗本・根岸鎮衛が聞き集めた随筆集『耳嚢』から、怪しい話、奇妙な話を京極夏彦が現代風に書き改める。

角川文庫ベストセラー

鬼談　京極夏彦

遠野物語 remix　京極夏彦　柳田國男

遠野物語拾遺 retold　京極夏彦　柳田國男

ふちなしのかがみ　辻村深月

きのうの影踏み　辻村深月

藩の剣術指南役の家に生まれた作之進には右腕がない。その腕を斬ったのは、父だ。一方、現代で暮らす「私」は見てしまう。幼い弟の右腕を摑み、無表情で見下ろす父を。過去と現在が交錯する「鬼縁」他全9篇。

山で高笑いする女、赤い顔の河童、天井にぴたりと張り付く人……岩手県遠野の郷にいにしえより伝えられし怪異の数々。柳田國男の『遠野物語』を京極夏彦が深く読み解き、新たに結ぶ。新釈〝遠野物語〟。

『遠野物語』が世に出てから二十余年の後——。柳田國男のもとには多くの説話が届けられた。明治から大正、昭和へ、近代化の波の狭間で集められた二九九の物語を京極夏彦がその感性を生かして語り直す。

冬也に一目惚れした加奈子は、恋の行方を知りたくて禁断の占いに手を出してしまう。鏡の前に蠟燭を並べ、向こうを見ると——子どもの頃、誰もが覗き込んだ異界への扉を、青春ミステリの旗手が鮮やかに描く。

どうか、女の子の霊が現れますように。おばさんとその子が、会えますように。交通事故で亡くした娘を待ちわびる母の願いは祈りになった——。辻村深月が〝怖くて好きなものを全部入れて書いた〟という本格恐怖譚。

角川文庫ベストセラー

おそろし
三島屋変調百物語事始
宮部みゆき

17歳のおちかは、実家で起きたある事件をきっかけに心を閉ざした。今は江戸で袋物屋・三島屋を営む叔父夫婦の元で暮らしている。三島屋を訪れる人々の不思議話が、おちかの心を溶かし始める。百物語、開幕！

あんじゅう
三島屋変調百物語事続
宮部みゆき

ある日おちかは、空き屋敷にまつわる不思議な話を聞く。人を恋いながら、人のそばでは生きられない暗獣〈くろすけ〉とは……宮部みゆきの江戸怪奇譚連作集「三島屋変調百物語」第2弾。

泣き童子
三島屋変調百物語参之続
宮部みゆき

おちか1人が聞いては聞き捨てる、変わり百物語が始まって1年。三島屋の黒白の間にやってきたのは、死人のような顔色をしている奇妙な客だった。彼は虫の息の状態で、おちかにある童子の話を語るのだが……。

三鬼
三島屋変調百物語四之続
宮部みゆき

此度の語り手は山陰の小藩の元江戸家老。彼が山番士として送られた寒村で知った恐ろしい秘密とは!? せつなくて怖いお話が満載！ おちかが聞き手をつとめる変わり百物語、「三島屋」シリーズ文庫第四弾！

あやかし草紙
三島屋変調百物語伍之続
宮部みゆき

「語ってしまえば、消えますよ」人々の弱さに寄り添い、心を清めてくれる極上の物語の数々。聞き手おちかの卒業をもって、百物語は新たな幕を開く。大人気「三島屋」シリーズ第1期の完結篇！